在水之湄

万辉华 著

文化发展出版社
Cultural Development Press
· 北京 ·

图书在版编目（CIP）数据

在水之湄 / 万辉华著. — 北京：文化发展出版社，2025.1
ISBN 978-7-5142-4227-0

Ⅰ. ①在… Ⅱ. ①万… Ⅲ. ①散文集－中国－当代 Ⅳ. ① I267

中国国家版本馆CIP数据核字(2024)第016745号

在水之湄

万辉华　著

责任编辑：孙　烨　　　　责任校对：岳智勇
责任印制：邓辉明　　　　封面设计：吉建芳
出版发行：文化发展出版社（北京市翠微路 2 号　邮编：100036）
网　　址：www.wenhuafazhan.com
经　　销：全国新华书店
印　　刷：三河市中晟雅豪印务有限公司

开　　本：710mm × 1000mm　1/16
印　　张：17.75
字　　数：270 千字
版　　次：2025 年 1 月第 1 版
印　　次：2025 年 1 月第 1 次印刷

定　　价：79.80 元
I S B N：978-7-5142-4227-0

◆ **如有印装质量问题，请电话联系：13121110935**

目 录

第二辑　俯仰之间

第三辑　书香诱人

第四辑　观影有悟

第五辑　名士风流

第一辑　山水寻芳

成都，成都

成都，今夜请将我遗忘。

这是别人的成都。也许，女作家洁尘这般感喟，文化学者冉云飞这般赌气。

我在白天的成都大街上匆匆一瞥。隔着玻璃窗，没有看出成都的天际线上，有蔚蓝的天。也没有望穿护城河那瘦瘦的水面，究竟是游弋着何种鱼儿。一幢幢，高楼大厦，船形的，靠近水湄，正方形的，像积木无限膨胀，是古代城堡的仿制。终于，见到一截城墙与城门，砖儿是青色的小方砖，没有爬上青苔，岁月的沧桑尚未显露出来。这些景物，只有商业气息，而缺少市井气息。你不能不有些失望，这景致与长沙天心阁一带又有何不同呢？

也许，夜的成都又是另一番景象呢？

去春熙路逛逛。

外来的游人都赶集般涌去，凑这个热闹，还不是近距离，直感这暴露了成都繁华与喧哗的商业步行街的市井气，这商品与丽人交织一起产生的目眩神迷。

我也跻身在这游人的队伍中，一袭短袖，尽管成都是阴天，也不觉得怎么凉爽。

有几处十字街头，停满了人力车与的士，走近一看，还有石头椅子可坐。这时，你停下脚步，购一袋珍珠豆浆，来一串羊肉串。再看看身边掠过的成都女子，白净而饱满的圆脸，适中而又丰满的身子，她们很大方地走去又走来，有的窃窃私语，有的旁若无人，有的与男人并肩地赶路，对你的打望一点也不躲避与吃惊。你不好意思上去与她们攀谈，只好目送她们一个个像彩云般飘走。

在一处广场的中央，围了一大圈人，正在争着留影。只见，一个青铜雕塑的老人，坐在椅子上，望着远方在沉思。这面孔好熟悉，宽阔的额头，浓浓的眉毛，炯炯有神的大眼睛，这不就是孙中山先生吗？他在春熙路接受市民与游人的瞻仰，却没有在纪念馆里那般庄重与威严，就像成都街巷里一个泡茶馆的普通人般，恬静而又安详。这就是成都的平易近人处，这就是成都的街头文化的生动写照。

折进了几个店铺，有真人模特站在窗橱里供人观摩，出售邮票、纪念品的小店，也有小女子在柜台里守候着，你趁机要过样品翻翻，聊上几句价格、品相之类的话头。没有吴侬越语般动听，但是也很软很柔，比普通话要有亲切感。她们是否是卓文君的后代，这不好考证，但是精明灵巧，小鸟依人，足以让进店的游人，很难空手而退。

我是不准备购物的，选一个小吃店，点了一盘“夫妻肺片”，要了一瓶啤酒，吃将起来。那道菜是上了美食书的，据成都美食家车辐老人介绍，“肺片”是由牛脑壳和牛杂碎煮熟后，切成薄薄的片儿，拌上熟油辣汁，吃起来辣呵呵，有嚼头，脆嘣嘣的。

吃上了“夫妻肺片”不枉成都之行。尽管在这十月阴雨连绵的时节，没有去造访杜甫草堂、薛涛井、诸葛祠，是有些许的遗憾，但我下回来成都一定补上。还要去诗人翟永明的白夜酒吧去吃消夜，或许这才真正见识到成都文化人的豪饮与海吹，一窥市井之外的成都，真有它隐秘而又浪漫的镜像。

峨眉山

从成都往乐山看大佛，再上峨眉山，叩拜万年寺之普贤菩萨，这是一种随缘，也是寻着自然山水古贤圣迹，去领悟人生某些真谛。

汽车行至报国寺，乘缆车上峨眉山。天空中飘起了似雾似雨的“甘霖”。我穿上了一层雨披。缆车掠过一些树林与山峰，不甚险峻。

爬到万年寺不到20分钟的路程。好旺盛的香火哟。一些游人不顾导游的讲解，急不可耐去购买高香。

从熙熙攘攘的人流中，从“大光明山”的匾额下，跨进了万年寺的门槛。里面是两厢房的购售佛像、经书、字画处，沿道是石雕的大象，一只接一只，极憨厚地迎候香客与游人的到来。

老远就见到了一座黄色的呈四方形的寺庙，这就是明万历皇帝为还愿而建筑的供奉普贤菩萨的大殿。据说，历600年，经受过许多次地震而不坍塌。这是建筑史上的奇迹。

大殿内，普贤菩萨骑在大象上的佛像，金光闪烁，气势恢宏。

殿外地坪里，几十把高香，与几十盏莲心灯，交相辉映。和着梵音钟磬声，给人一种佛国的静穆与庄严之感。

我在佛像前沉思。希望得到佛菩萨的加持，让我在未来的工作中，勇猛精进。

再朝后殿走出，有一殿锁了门。里面安放了许多做功课的坐垫。有一僧人在门口书写捐功德钱的姓名。

从万年寺出门，又进了白龙寺，里面有两棵400多年的树。留影的人特别多。

一路上，见了挂有树牌的名贵树木多棵，最老者千岁矣，这是我在许多名胜地很难遇上的奇观。

有些地方，猴子悬于树杈上，不惧行人；有些地方，猴子则栖于石头上，双眼探向游人手中的食物。

我们沿着一条清溪，爬了一小时的山路，仍未至金顶。抬滑杆的则说，离金顶有九十里。我们只得放弃。

下山则轻便多了，雨停了。我则专注于对岸的山峦，树木茂盛，植被保护得很好。近处，凤尾竹一丛丛，倒映于溪水上。我不得不感叹此地是一个清秀的世外桃源。

洪江的前世今生

2007年秋天，我偶尔闯入她的梦境，竟然未惊醒她600年的酣睡。她头枕一脉青山，牵着一条绿水，飞檐翘角，雕梁画栋，青石板留下了车履的擦痕，白墙上大块的石灰掉下露出青砖的真面目，这就是怀化大山深处的古城——洪江。

药店

我进入洪江古商城的木板门廊，迎面是一个三角处，三角形的底部，是一个名号为“福金堂”的药店，二层木阁楼，底楼是一排顶天立地的药柜，抽屉一层层叠加起来，标着药名，闪烁着厚重的古铜色光泽。

虽然没有掌柜的，没有坐诊的郎中，但历史在这里停滞了时光。主人仿佛上山去采中药了。一股淡淡的薄荷，抑或是艾草的气息，混合着霉味扑面而来。

其实，这药店完全是可以激活的。大山不缺中草药，一座对巫蛊文化格外迷恋的边城，如果有药香缕缕，人们或许更能产生时光倒流之感。

潘家宅院

穿过几条防火墙高耸的窄巷，见门楣上有一文物指示牌称“潘家宅院”光绪元年（1875）。

门是洞口的，有一个天井，一口石缸，养着金鱼，墙壁上有一个偌大的红“福”字，细看由乌龟、仙鹤、喜鹊三种动物的形体构成。寓意五福齐家。进得堂屋，有一幅中堂的字画挂在屋正中，八仙桌两侧两把太师椅，上悬“潘存德堂”的匾额。

到会客厅，桌上还有围棋黑白分明地布局着，似乎一局等待主客定输赢的棋。据云主人是一红顶商人，有儒雅气。这种由动物组成的“福”字呈送清光绪帝，皇帝又赐回来，成为潘家的镇物之宝。这潘家沾了皇上的光，成为洪江一处重点文物保护地，也是洪江几处要收取银子才能入室的地方。我对于陈列柜上挂着的一排“福”饰品，产生了兴趣，购了一个，企图把“福”带回家。

青楼

在几条小巷里都看见标有“青楼”的指示牌，无奈，这些巷子深深，容易迷路。我正要放弃，忽遇一老者，他告诉我从“码头”那儿下去就是。

我从留园的荒草凄凄的花园里穿过，再从居委会的门口借道，转入一古宅的窄巷，终于见到了深巷顶上斜挂的红色酒旗，还有一串串红灯笼。凭直觉，我知道已进入了史称“佘家冲”的青楼区。

正午时分，“绍兴班”的大门紧闭。从门缝里望见里面粉红色的窗纱。

好在，大门上有一副对联：“问生意如何打得开收得拢，看世情怎样醒得少醉得多”，颇耐人寻味。

复前行，10米外，又遇“荷风院”，同样铜锁一把，不见粉面女郎，也不见喝醉了的排古佬，死一般地静寂，旗幡也不飘动。那些艳丽女郎的灵魂如今飘荡到哪儿去了？

荷风院不语。门上的对联都很醒目：“迎送远近通达客，进退迟速逝逍遥。”流水对，时光就是门前的洪江水，流走了胭脂，流走了珠光宝气，流走了缠缠绵绵的风流韵事。

在洪江古镇徘徊，你最能联想到的是戴望舒的诗《雨巷》。若是杏花春雨的四月，你定然会遇上打着花伞的靓女，不，打着油纸伞的女郎，从“烟馆”里月份牌上走下来，高跟鞋会敲打青石板，和着滴滴答答的屋檐水，重现昔日的华丽与传奇。

云南纪行

2009 年 10 月 31 日　晴　在昆明

上午 10 时从长沙黄花机场起飞，穿过云层，直刺蓝天。

11 时 50 分，至昆明机场，有旅行社的服务员接机，赠送康乃馨一枝。接我们去泰来酒家住宿。

1 时许，我与同事乘公交车至昆明北京路。在街头小店，我购两盒普洱茶。几经换车，至世博园参观。

看了中国馆之湖南、江苏、江西几个馆，在大厅里见了景泰蓝等陶瓷及玉制品。后去外国馆溜达，大多销售一些所谓外国产品，其实是云南本地的，如什么植物精油等。

傍晚时分至步行街，在云祥小吃店，吃陶瓷装的米线、米哺、汤圆、臭豆腐等。

11 月 1 日　早上阴　去大理途中

5 时 40 分起床。7 时吃毕早餐。昨夜 10 时，我房间增了一位华容老乡任爹。一大早我们仨及华容三旅客，一同乘车开始旅游。

车行1小时40分，至恐龙谷。大厅里陈列着一具具考古发掘的恐龙化石，还有考古学家杨钟健先先的塑像。正巧我来之前购了他的游记集《剖面的剖面》，还看了立体电影介绍恐龙主宰地球及覆灭的过程。

中饭在楚雄境内的路边店吃的。华容籍蒋先生拿出了辣椒酱，成了我们的最爱。

2时50分至大理古城。太阳很厉害，刺得眼睛睁不开。我们进城门后分开行动。在左手边的小巷里，见到了巷中间有一条小溪流，布满了石跳板，有杨树与不知名的古树，许多人坐在石头上小憩或留影。

街上有卖银器的，卖茶叶的，卖蜡染的，多得不得了。我在一家书店，购了2本丁文江、楚图南的游记集，系云南人民出版社出版的丛书，许多文章就是介绍云南、贵州等西南边地的。

又乘车去丽江，夜8时至，吃晚饭后去看了张艺谋投资的电影外景基地，仿古街，有一中央广场篝火正在燃烧，男男女女围着跳舞。夜宿玉泉宾馆。

11月2日　阴雨天　较冷　丽江一日

早上5时起床，6时30分动身去玉龙雪山。外面下起了小雨，冷得牙齿打战，只得花30元租一件羽绒服。坐缆车上山，又转乘电瓶车，至云杉坪。此地有原始森林之气象，古树参天，苔藓与朽木同在，一树树黄叶，一树树红叶，一树树青松，大自然不吝啬巨彩装点这里，可惜天公不作美，见不到玉龙雪山的真面目。

牦牛在黄草地优哉地啃草。

碧蓝、草绿、雪白的湖水，构成了蓝月湖的色调。

大山的绿把湖水衬得如此色彩鲜明。

在冷雨中，我们一处处打量湖水与瀑布，打量湖边的树木，让人流连忘返。

中午去观看张艺谋策划的《映象丽江》表演艺术，恢宏的气势，庞大的阵容，歌舞交替，诠释出纳西人的民族记忆及爱恨情仇。

下午去参观东巴民俗村。摩梭人的农舍，烧饭、接客、就寝在一舍，那姑娘走婚的房子洞开，挂上帐帘，后窗有3米高，让走婚的男子增大了冒险的难度。

晚上在“忆栈”吃饭。吃腊排骨火锅，烤了一盘茄子，喝了青梅酒，就着旺旺的炉火，吃得蛮舒服。

是夜，我们去造访丽江古城。这城市是1996年地震后重修的，全都是销售小物件的店铺，只不过每条街前有小溪潺潺，人们接踵而至，挨家店地看过来，我未能免俗，花20元购了一册本地画家的木刻画。

11月3日　晴　重返大理

7时30分，从丽江重返大理。

10时左右，至大理市洱海源西湖风景区。踏过跨湖木板桥，坐上游船，荡起木桨，划开碧波，我们似乎又回到了故乡洞庭湖。芦苇黄了，残荷满目，有几只水鸭在湖面游弋。对面光秃秃的山，不是苍山，却是茶马古道。此湖系洱海之上游，村民以旅游为业。

划过船，去品白族人家三味茶，先是苦涩，再是甘甜，最后是回味茶。白族姑娘、小伙子表演婚嫁习俗的节目，还有九节鞭。

下午去叩拜崇胜寺。三座古塔耸立在苍山十九峰之第十峰下，崇胜寺在塔后，需要拾级而上。我远望苍山，山峰真像一朵朵莲花。难得佛家占有这么好的山水。此地供奉了观音菩萨，呈现男身菩萨像。大雄宝殿在第三进处，供奉释迦牟尼佛。有僧人在此殿诵经。

夜7时至楚雄市，去吃野山菌。有五六种菌子，味极鲜美。饭后，我们去参观彝族古镇，是丽江古城的克隆品，人声鼎沸，点起火把，玩龙舞狮，跳舞对歌，不亦乐乎。

凤凰：记忆或遗忘的影像

时隔16年，在金秋时节，我重返凤凰古城的怀抱。下车伊始，只见沱江边林立的吊脚楼层层叠叠，街上人潮如流水，满目的饰品与小吃，让我真不敢相信，这就是那个宁静幽深的古城凤凰吗？！

我想从青石板小巷，认出我的足迹来；我想从彩虹桥的砖石上，找出我留影时的背景来；我想从脚下那不知疲惫的沱江水的映照中，辨出那倒影究竟是一脸沧桑还是硬朗……

凤凰呀，阔别你16载，你却返老还童，我却辨不清你的真面目，而惆怅，而惘然，而失落。

人说，岁月无情，会把房屋、墙垛、店铺、水磨、城门等物什腐朽、坍塌、损坏、毁灭。然而，在凤凰却是“涅槃”，却是整旧如旧，却是不断自我复制，自我仿制，一个巴掌大的凤凰，变成了不断延伸的“凤凰城”，也即古文化民俗村落，与依附的商业购物圈，一层层如藤蔓缠在白墙青瓦木板门扉上；或如蚂蟥吸附在牛腿、农人的双脚上，摔也摔不掉；还如围城的棋局般，越过楚河汉界，森严壁垒，这些商业的力量，这种物质的包罗万象，璀璨无比，想回避吗，想拒绝吗，想剥离吗，这些想法都是不现实的一厢情愿，大多数人如藏人在八角街朝拜佛祖般，围绕着转经路径，虔诚地重复自己的步履。这里，是一种“拜物教”式的漫步与行走。有些人，随着导游的吆喝进了沈从文故居、熊希龄故居、田兴恕故居，暂别闹市喧嚣，与古物、老照片、天井的晦暝打照面。这里，也许是凤凰掀开的一页原始面貌，但是又禁不住细细打量。一些现代文明的手印，烙在古物的每一角落，如电脑制作指示牌，如出版的人物传记、文集、家谱，如投影机打出的幻灯片，如可供游人拍照的门扉与大红灯笼，等等，这些都是声光电与印刷、书写物共同作用的物品，时代的光影显而易见。历史的古旧，只不过是一些朦胧的印痕而已。

从古城的围城中冲出来，企图到江边去观清水、白鸭、龙舟与翠翠。这些沈从文自传与小说中反复描写的人与物，民与俗，还是隐约可辨，只不过是导演出的纪录片或行为艺术，它已祛魅了，让你可以与之互动，参与到这一幕山城夜宴中去。黄昏的一刹那，万盏灯光，辉映沱江两岸，夜黄浦江、夜香江、夜嘉陵江，这种视觉印象让你产生短暂的晕眩。这里的江水浅浅，过江有栈桥，一墩墩地排列着，一盏盏荷灯浮在江面上，星星点点，闪闪烁烁，陪伴你从黝暗的江水上涉蹬而度。对岸的灯火是在招手，对岸的铺摊、酒吧、音响，把市声不断地抛过来，你快快地过去吧，那里有不同于白天的生活场景与娱乐方式等你来饱览与消费吗，上了对岸，你才明白，这里只不过为你提供的是可以坐下来，憩憩，吃喝一番，放歌一番，狂舞一番，不啻是一条食色的长廊，在夜色的衬托下，更生龙活虎地抚迷你，招摇你，它与白天围城的热气腾腾的物欲与人气，没有什么本质区别，只不过，它变得更加暧昧而已。

难道凤凰古城就不能寻觅到一丝古朴宁静吗？我不甘心，驱车 20 多公里，朝贵州铜仁的方向驰去。终于，来到南长城的脚下，这里的游人就少多了，购物的摊铺也不见了，只有几个农人提着凉薯、橘子、板栗，向游人兜售。南长城，也是重新装扮了的一截石头墙垛，拾级而上，有中日围棋高手交手的雕塑与我们擦肩而过，有大把大把奢侈的阳光打在光滑的地板上，无风掠过，没有古战场的萧飒与凝重，好在山脊蜿蜒，树木苍劲，绵延伸向湘黔交界的远方，让你陡然想起，这里曾发生了苗民起义与杀戮的血腥事件，这里的宁静不语，只不过是现时代的和谐与稳定的写照，但是，这是一段历史的活物，不该视它为放大了的图腾与饰物。它与北方的长城一般，遥相呼应，如今，成了历史教科书与旅行册上的图画。

如果没有南长城，凤凰的前世今生，就会混淆不清，如幻如梦的边城凤凰，叫我怎么来铭记还是遗忘你哩?

哦，梵净山

从怀化乘火车至贵州铜仁，街上没有旅行图，又乘汽车去印江，那儿去梵净山附近。在汽车上，火辣的太阳从玻璃窗外射进，不能久视，零零星星，看到屋宇村舍，溪流田野，尤其是一柄柄剑般竖立的山峰，排列整齐，向我们作别而去。车几乎是在“之”字形的山坡上爬进，峡谷深不可测。我老在想，似乎见过这般景象，与两年前去湖北神农架旅行差不多，一路青山碧水相伴左右。

快到印江时，在大山的怀抱里，陡见几个粗笨的烟囱，工业文明对这片净土的入侵，让我一惊。车子绕过这水泥厂不远，有一碑高高耸立，原是纪念因泥石流而葬身此地的村民。不远处是一水坝。倘若，这儿没有水泥厂，没有水坝，泥石流的爆发恐怕是可避免的，人造孽，遭自然的报复也。

终于到了印江县。一个大山深处的小县城，取了一个与禅宗的意味相近乎的名字，可解为“万月印江”，或曰“法印千江水”。

我顾不了疲惫，去茶叶店造访。喝了好几杯印江翠峰茶，清黄的水，袅袅的香，解人渴，去其疲。

第二天一大早，我们乘车去爬梵净山。路上，橘子、柚子压得树枝低了头，农舍前挂满了一串串老玉米，牛在溪水里泡澡。这里，与凤凰的氛围何其相似也。

车子戛然在永义乡刹住，原来此地有一紫薇树，据云树龄1380年。车上的旅客好奇，每人需购五元门票方可进。远远望去，树像一座塔般，直刺天空。近观，树杈上系满了红布条，前方有香炉供人顶礼膜拜。红铁色的树干，怕有四五人合抱才能围住。像千手观音般，长出了无数的树丫，形成一个巨扇，遮避一方风雨。村人说，此树逢太平盛世，一年开三次花，依次是红花、白花、红花，有时三年则不开。我们遗憾的是错过看花的时节。

进门处，村人还立了一个“紫薇王”的石碑，有趣的是有一条石龙偃卧其上。

车子复前行，至棉絮岭，顾名思义，这就是从印江进入梵净山的山门口了。海拔约1500米。下车伫立，前方有一卧佛，躺在万山丛中。佛的鼻子高耸，发髻分明，下巴饱满，朝向西方。这不就是传说中的弥勒道场吗？

把视线向东移动，哟，还有三尊佛，依次盘坐在山顶上，屹立不动，接受万山顶礼。

沿着山脊朝佛打坐的方向也即梵净山行，路不陡，但要穿过绿荫遮盖的“黑巷子”，在一亭前，一条峡谷把山分成两半，这里就是乌江与沅江的源头，也是印江县与江口县的分界处。山顶处，悬崖壁立千仞，有水滴叮叮当当跌落下来，我们仰头接水，清甜的甘露入口，何其幸运也。

终于揭开了梵净山神秘的面纱。

这三尊佛，其实是三座三峰。一座高过一座。我听说一峰上有山泉可饮，便随同众人去爬。好不容易爬上一半，在一古庙前小憩，抬头一望，其峰仍在半天云里，隐隐约约见一亭翼然如鹰展翅。那般若泉仍在其上，我只得放弃了。

在我的前方，也即第二高峰处便是金顶。要登金顶，还得从“万卷经书”处绕行。

这里，山岩一页页地重叠而生，一叠叠爬满青苔，似经卷堆积而成，又似草纸等待切边。这山页原是海底的礁石经受水之冲击而形成的么？抑或是山风山雨侵蚀风化所致吗？沧海桑田。大自然鬼斧神工下的万卷经书，就是一部造化变迁史。只不过，它偶然呈现在这里，便顺理成章成了佛教的偌大经书，便成为人们想象弥勒道场的印迹可寻之物。

爬金顶，有一条窄窄如草绳般的路可寻。有的地方，光滑陡峭，稍不留神，有跌入深渊之虞。正攀援时，一米阳光从云缝里打过来，照亮了黑黝黝的岩壁。峰顶是裂开的，由一座石桥连通。一边供奉释迦佛，一边供奉弥勒佛。

我在山顶鸟瞰四处，林海莽莽。白云在顶上盘旋。万山俱寂。我想，这山峰修炼成佛形，赢得“梵天佛地”之美誉，还是拜大自然之赐。“养在深闺人未识。”你太远离人间烟火了。但愿这山永远清净下去。

内蒙问古

未到内蒙古前，脑海里有许多想象，“风吹草低见牛羊”的壮观，龙梅和玉荣雪中救羊的壮烈，昭君出塞和亲的壮举，甚至还有历史学家翦伯赞先生《内蒙访古》的历史散文，让我充满了向往与憧憬。

穿越南方的酷热，两小时后空降于呼和浩特市，凉爽扑面而来，夜色包裹的呼市，没有南方的灯红酒绿与市嚣滚滚，在夜市里，吃烧烤，喝当地的啤酒打量稀少的行人，似乎，这里还是“日出而作，日落而息”的农耕社会，古意盎然。

去响沙湾沙漠，汽车在平坦的高速公路上奔跑，两旁的白杨树，在艳阳的晕染下，泛出白色的光泽，似乎有千树万树梨花点缀枝头，向日葵在地里张开笑脸，黄灿灿，热情似火，而一路伴行的大青山，俗称阴山，如一条赤龙横亘于高原之上，不知伸向何方，有稀稀拉拉的草点缀其间，其峥嵘的岩石裸露出来，呈红色或白色，这可是一道汉时“不教胡马度阴山”的天然屏障啊！

一路上，我老在搜寻溪流，没有。偶然，见到有水的浅沟，我怀疑这是人工蓄水，供牛羊饮水的地方。不甘心呀，我还是不敢打盹儿，希望能找到作家张承志小说中描写过的“北方的河”，除了眼前的光秃的大青山，路旁的白杨树，田地里的土豆与向日葵、玉米，就是有河流，却是干涸的浅河床。到了包头，望到高耸入云的烟囱，这里曾有过包钢，后来，不听说了，而是见到了包铝的标志与厂房，没有特别之处。有工厂，该有水呀，北方的河，你在哪里？

终于见到了河流，在鄂尔多斯，这才是古老的河，母亲的河，它是黄河吗？浑黄的水，浅浅的水，没有船，水宽不过百多米，两岸都是河床。黄河从它的发源地到内蒙古，流淌不过千多公里，然而高原的流沙染黄了它的面容。这条曾洗濯过王昭君、成吉思汗、忽必烈等精英面容的老河，如今，还是不舍昼夜地默流，把盛衰荣辱吞下，波澜不惊，让无数的子孙吮吸其乳，几乎吸尽了它的血汗，仍是那般无怨无悔，我们只能汗颜，愧对它的雍容华贵。

有沙漠，骆驼便成了人们行走的最佳伙伴。在爬上骆驼背上的一刻，我似乎成了唐僧的信徒，一步一步地踏进沙漠，那山丘般起伏，弧线般划过的沙丘，竟顽强地长着绿色的小草，有人说它是芨芨草，不怕风沙，不怕干涸，有小鸟从头顶掠过，曳出生命的流线，如果没有人从驼背上欣赏，这沙漠便静寂如长夜。眼下，风沙未起，留下前行者的足迹可辨，你不必担心走不出沙漠，但是，这也是古战场埋忠骨的场地，说不定有汉时战士的尸骨木乃伊般露出沙尘，让你陡然一惊，他们似乎告别人间还不是太久。

在内蒙古，你不去大草原驰骋，那你就是白来了。

我去的是希拉穆仁草原。这回的车子在崎岖的山路上爬行，眼前不时掠过男女相会的敖包，它们置身于山包上，小屋一座，孤孤单单的，土地庙般低矮，那浪漫情怀恐怕要打折扣。但是在莽莽草原上，你要找到幽静的谈情说爱地，无疑是痴人说梦。有敖包，那还是可避风沙的幸福港湾。还有陡岩石壁，人工挖出的沟堋，绿色的植物还是白杨树，总是亭亭玉立，哨兵般坚守。

望到了一片蒙古包。远看像蘑菇般，一柄柄，爬在草地上，白色的身子，圆圆的顶篷，项圈是一线蓝。近看，这蒙古包，排列成井田般，横竖都构成街巷，太规则了。好在周遭都是草地，不然，你会奢望，如此密集的蒙古包会压迫你的视觉。

跨上马背，我的书生习气瞬间转换成战士、侠客，抑或是流寇，马蹄腾空，凉风习习，吹拂我的乱发，沙尘滚滚，没有战号，众马奔腾，你有一股冲锋陷阵的兴奋，你不敢落后，马也通人性，争先恐后，你挤我夺，把一方草地演绎成战场。

到了玛尼堆前，下马，接受哈达，手持石子，绕玛尼塔缓行。这玛尼堆，仿西藏藏密的朝拜形式而设，呈三角形，下宽，上尖，石头垒成，四周系满了无数哈达，如一片片旗子，呼啦啦地招展。我绕行，默念“嗡嘛呢叭咪吽”。古老的藏密进入了内蒙古，在草原上耸立玛尼堆，成了一道独特的风景。

行走于内蒙古高原，我们来自楚地，走访王昭君青冢便顺理成章。

青冢坐落于呼和浩特老城区。进入景区，迎面有一诗碑，乃昭君老乡、革命家、诗人董必武的题诗。

再进入是一座雕塑像，一人骑马腾空，笑傲于战场，非单于莫属也。

第三进，才是昭君墓，其墓偌大无比，高如山丘，青草覆盖，墓前立有一碑，碑文将王昭君出塞和亲的史料简洁地作了介绍。

就是这么一座冢，把汉地的老乡造访的目光吸引来了。就是这么一座墓，让人产生无限遐想。汉代的铁蹄、金戈，已经锈迹斑斑，与瓦当、青铜器具陈列于博物馆，战争的硝烟早已弥散，但是，你在此地，不能不思接千载，不能不睹物思人，如果没有昭君，那大漠草原，就会少了许多传奇与浪漫，如果你在内蒙古不访古问古，你的观感就会少了历史的厚重与对自然的叩问。

我终于找到了张承志的北方的河——黄河，古老的河。还有古老的青冢，古老的响沙湾沙漠，古老的希拉穆仁荒原，以及敖包与玛尼堆。

重游南岳

5月1日，我与内人在衡阳火车站会合女儿，驱车去南岳一游。距上次来游南岳，已26年矣。那时，我坐火车至欧阳海车站（如今的衡山站），再步行过河，上汽车至南岳镇。这回，坐了一个小时的汽车，沿途见农民正在插秧，水田如镜，绿秧似锦。一片片成熟的油菜倒伏着，正期待着收割。

至南岳镇已是中午，下车一看，家家店铺陈列着高香蜡烛、鞭炮，还有印刷好的烧给神明的“红包”。不断有路人招手兜售生意。走了千把米，便见到一仿古牌楼，“南岳大庙”便是。我们空着手进牌楼，被人引进一店铺，经不住劝说，每人买了一大把香烛与“红包”，花钱不菲。这大庙似乎作了扩建，中间那部分是老庙，两旁修了许多建筑，自成院落，左手旁厢房供奉佛教的菩萨，右手旁厢房则是供奉道教的仙人。朝拜者，大多先走中间的正殿，去圣帝大殿，顶礼朝拜，然后到大殿前方去烧香烛，于是，红色的火焰炽烤人，震耳欲聋的鞭炮不停地雷人，还有空气中弥漫着一种木屑油香的混合气味。我们也从俗，依次去烧香烛，汗水湿透了衣背。在右手厢房的几棵老树下，小憩片刻，这才感到些许凉爽。

是夜，我们住宿南岳镇，早早地吃过晚饭，便去镇上走走。仍然要穿过一栋栋仿古建筑，与香烛和五花八门的纪念品擦肩而过。过了一条石桥，转入一条泥路，似乎是通往近郊农舍，迎面一个三龄童。拿着一串枇杷，摇摇晃晃地跑来，那路下是一条小溪，溪旁有一二株不知名的古树，暮色中还很苍劲。我们漫无目的地朝前走，一只狗在树下汪汪地吠着，逢桥过桥，七弯八拐，又转进了闹市区。一时间，仿佛在梦境里，似乎曾来过这儿，也是我们仨。

第二天，一大早我们就出发乘免费大巴，至衡山购票处的康家垅，排队上巴士，汽车沿着盘山公路上行，松竹青翠，灌木茂盛。在忠烈祠，我们下车，去看七七纪念塔，尖尖的似炮弹指向天空，这建筑仿中山陵，有四层之多，一层高过一层，我上回就看过，这次就没有多看。复上车至磨镜台。

磨镜台系禅宗七祖怀让大师，为了点化一天到夜在此处打坐的马祖道一，故意把砖作镜子磨，以引起他的注意，这嚯嚯的磨砖声，终于叫参禅的马祖道一坐不住了，便问老和尚磨砖作甚？做镜子。这砖怎能磨成镜？你这打坐又岂能成佛？当下，马祖道一便开悟了。这个公案曾被收入《五灯会元》。因此，南岳也是禅宗一个重要道场，这里还有怀让老和尚圆寂后安葬的墓地。我在此处还看了民国时期湖南省省长何健的公馆，陈列有蒋介石在抗战期间，三次主持南岳军事会议的历史照片。

终于到了南天门，天空中飘起了雨丝，山峦被云雾裹得严严实实，我们汇入浩浩荡荡的游人队伍，穿着雨披，气喘吁吁地攀登。路旁一块巨大的石壁，上刻“思亲石”，我们停下留影。复前行，至望日台，这样的天气，望不成日的。不停步，直往前爬，到了祝融峰，天风猎猎，吹得人要飞腾似的。烧香的、拜神的、问签的、留影的，各忙各的。我肚子饿，吃起了八宝粥与水果。这山顶的老庙还是旧时的，解签的和尚不是当初的老僧了，女儿抽了几个上签。她此时的年龄，正是我当初上山的年龄，可时光却流逝了 26 年，如果再隔一个 26 年重游此地，我就变成了老翁矣。

神农架散记

8 月 31 日夜 9 时 30 分，汽车嘎的一声停在神农架林区松柏镇。一条街的铺面灯火辉煌。下了车，打了一个寒噤。

肚子饿得发慌。早上 8 时从岳阳动身，跑了 12 个小时。吃了晚饭，只得放弃夜宿山上木鱼镇的计划。

第二天 6 时起床，推开窗，一条清溪从街中穿过。窗下，老百姓在菜地里扯菜。摘过玉米的杆子，一排排，仍青葱葱的。

本地导游上车了。她介绍起神农架松柏镇的由来。此地过去盛产松木、柏木。公路伸向大山，原是为了伐木而修，如今成了国道。难怪，一路上，都是原始次生林，大树早就被伐光了。山民迁移到了松柏、木鱼几个镇，靠种返季蔬菜，销旅游产品过日子。他们的房子伴山临水，二层楼，门口都堆满了玉米，黄灿灿的。门上挂着旧灯笼。四围栽着花木，一副过好日子的架势。

上山了。雾把对面的悬崖峭壁缠上了。我们还在惊叹中，不一会儿悄悄地包围了我们。五米外，便辨不清路。

开一下窗，凉风习习，空气清冽。

9时许，车子跑上了山顶海拔2980米的燕子垭。这是神农架的最高处。我们在垭的西北方眺望，只见两山的一个巨大豁口。正被浓雾所吞噬。对面有两个山峰，仿若渔船浮在海面上一般。导游说，这是陕西。我靠近右边的峡口留影。这峡口云深不知几许，只能看清山顶的岩石与矮树。

再前行，有数块巨石孤立于峰顶。细看，被山风霜雨所侵蚀，如海礁一般苍老。这是数亿年造山运动的绝作。我用手去摸这巨石，以沾这些仙气与灵气。

在苍石之下，有数株半米高的黄杨木，翠绿的碎叶，与黑色的巨石，形成对比。

好在苍石下方有一片原始森林。一些朽木横七竖八,一些大树爬上青藤与苔藓，一些洞穴吊着钟乳石，一些不知名的蓝的、黄的、红的花朵三三两两地开着……

穿过这一片不大的所谓的原始森林，你不得不悲哀，还是人能进去的地方，你想象中的古树茂林，是看不到的。

在一面背阳的坡上，数座茅棚，与低矮的杂草为伍。我好奇地走近，一些修路的民工，正蹲在茅棚前休息。一问，他们有的是本地兴山县的，有的是河南的，有的是四川的。这些茅棚，平时是探险者的临时帐篷。

下山时，我们还去看了香溪河的源头。这条因王昭君而得名的溪流，伴我们前往神农架有200多公里。终于，见到了它的真容，一堆乱石下，酒盅般大的泉眼，冒出汩汩清流，用手掬一把，凉如冬水。

黄昏，我们在木鱼镇上散步，两旁全是卖土特产的店铺。此地出产中药，我选了治慢性咽炎的开口箭，半斤才五元。嚼了两片，苦苦的。溪边，有一水车在转动，一大一小两只羊，在草丛里啃草。溪边还有一畦茶园与菜地。这里很恬静，好在溪水喧哗声不绝于耳。

游闽日记

2010年9月5日　晴　在武夷山

8时多火车至武夷山市，吃过早餐后，至武夷山风景区天游峰下，过石桥时，见这里红色的鱼甚多，名叫醋坛壶和酉坛壶的两座山岩，一大一小，相邻对峙。复前行，至武夷精舍，南宋朱熹讲学的地方，2004年重修后的书院，门额上挂着康熙题词“学达性天”。书院内，陈列着朱子的文集。

沿路有马尾松、喜树、板栗树如一柄柄巨伞。从接笋峰上山，爬上一级级石梯，到了叫茶洞的地方，有一瀑布从悬岩峭壁上直挂下来。据说这里曾是一仙女沐浴处。在洞的边沿上，生长着一些茶树，这可能是大红袍藏身之处。

继续向上攀岩，到了山顶叫中正公园，一览众山小，九曲溪在脚下，如一条银带子在飘动，有许多竹筏在溪里漂动。

9月6日　晴天　在武夷山

8时30分来到武夷山一字天景区。这里有著名的一线天，一巨石裂缝178米，东西走向，形成了三个洞穴。

我们先去伏羲洞，从窄窄的岩缝里爬行至风洞，果然，一到风洞感觉有风呼呼地灌入耳鼓、凉爽。再朝上爬行，略略的只有一点阳光从洞隙上空漏进来，到灵洞没有看到蝙蝠成群出没。

走出洞穴，在山间林中穿行，路旁有许多茶园，我们不时停下脚步，摘一两片嫩叶子嚼嚼。这些茶叶就是大红袍、金骏眉的原材料，我们先尝尝它的原味。

经过一个洞穴处，只见有一尊20多米高的观音菩萨大佛像耸立在岩石的半山腰，礼佛后，我们去攀登虎啸岩，一条从岩石开出的小道，仅能容一个人攀岩，有的地方垂直90度。忽然见到一片黄花开在岩石上，真像我们家乡的黄花菜，黄得亮眼。也许是礼了佛，有了佛的加持，爬起山来不觉吃力，我们不一会儿就爬上了山顶，下山时，也是快如奔马。

9月7日　晴　在厦门

去厦门的火车上。

6时起床，窗外有一条不知名的河流，混浊的水在相向而流。快到漳州市时，不时闪过香蕉树和龙眼树的丛丛绿影。

9时多，我们来到鹭岛名山——南普陀寺拜谒。墙外的榕树、木棉、菩提树无不高大挺拔，沧桑而又充满活力。在第三进大悲殿，顶礼观音大士。第四进大殿正在修整。从右手旁的小径穿过，一块大圆石，雕刻了许多诗句，“五老凌霄”格外醒目。其他周围几块圆石上，长出了树枝。后山坡上，有两个老和尚的塔，右边的系明末景影和尚塔，左边的系清代喜乐和尚塔。再朝后山上爬，一个大“佛”字赫然在目，香火颇旺。时间来不及，就没再往山上爬。

11时许，去造访五缘湾上古文化艺术馆。几个展厅里，分别展出红山文化、良渚文化、三星堆文化、卑南文化、齐家文化的各种陶、玉器，人面兽形，栩栩如生。

开饭后没有休息，去一个叫薄饼馆的地方，用投骰子的方法来分秀才、举人、进士、状元四个层次的奖。

晚饭后，散步去看厦门大学，在路旁的书店，购日本矢原谦吉撰写的《谦庐随笔》一册，广西师范大学出版社 2008 年 10 月版，15 元。入厦大门，校园宽敞，椰子树林立。

9 月 8 日　晴　在厦门

9 时许，坐车至鹭江路船码头处，只见美国木棉花，鲜红如血，与三角梅争妍怒放，坐船一小时，可望见对岸的金门岛上的标语和旗帜，船在金门外停留片刻，供人照相。

下午仍乘船去鼓浪屿，刻把钟就到了，我们穿行在 200 多年前英、日、西班牙使馆建筑的外国风情中，时而又走入海天堂构、怡园等中国传统建筑的沧桑记忆里，还顺便去造访了林巧稚大夫纪念馆，见到老舍先生为她题写的扇面，字洒脱，词隽永。街巷里，你一不小心就会碰上高大的柠檬桉，或与凤凰树满枝的红花擦肩而过。在海滩上伫立了片刻。

九嶷山赋

（一）

“你从九嶷来，应知九嶷事。”一位诗人对一位伟人说。我刚从九嶷山归来，在祭祀的大鼓与烟花的礼赞，在祭文的押韵与花篮的缤纷，在细雨霏霏与无人机的俯冲，供三牲，三鞠躬，进了三重门，天开颜。九嶷山上白云飞。舜帝南巡的座驾凤凰累倒后，三分峰上始终有一朵白云盘桓，它也许是等待涅槃后的凤凰，也许是为娥皇女英寻夫指引路径，也许是为寻根的华夏子孙遮挡骄阳。这朵白云，朝云暮雨，或朝雨暮霞，云蒸霞蔚，海市蜃楼映出君山的青螺。芙蓉国内尽朝晖。

（二）

我见九嶷山，三分石如三笔杆，刺破云天。此地文曲星辈出，一村两状元四十进士，千年文庙，薪火相传。朝拜者如行山阴道上，杂花生树，目不暇拾。

在下灌村的山道旁，一种笔直挺拔如白杨如白桦的桉树，从异国葳蕤于此，它也是朝拜者，想从这里沾些文墨，化为纸浆重回故里。

（三）

“你从九嶷来，应知九嶷事。”我从九嶷回，却不明白这桉树，这三分石，这文庙十八根石柱，都是冲天而起，欲扶摇直上云天，都心怀书生一笔戳破天的壮志，舍我其谁？南蛮子，这里都是清一色的南蛮子。

在水之湄

寡妇矶的一页已翻过

一尾鱼，一口江豚，一个水妹崽，曾流经过此地。对寡妇矶的记忆是刻骨铭心的痛。

上游，城陵矶三江口的宽敞浩荡，流到这里，如进了篢口，在漩涡里游的鱼，差点吸进去，过境的江豚生怕幼崽被浪冲走，水妹崽在岸上和尚念经道士喊魂后方可下水，去打捞葬身江里的同胞。

天地不仁。对岸湖北监利也有一只矶，隔江对峙，它似乎是雄性的，有宽阔的胸肌，平坦的水流，都涌向雌性的寡妇矶，它的狭长深险，如剑阁之峥嵘；它的幽深莫测，如百慕大海峡之神秘。湘军统帅曾国藩、彭玉麟的战船在此地差点折戟沉沙。光绪五年（1879）地方绅士花了大把光银，在此地给寡妇颈脖戴上三把项圈，如蜈蚣之张爪，专吃水怪，过此船员纤夫绕着这三道，栈道慢行，以雄壮的过江号子，震慑江怪水妖，化险为夷。寡妇矶也因此有了另一别称——大矶头，不就是男人秀出的胸肌吗，与对岸的雄矶平分秋色。

寡妇矶这页沉重的历史已翻过。

请给我一柄青铜剑

在陆城附近，发现了彭城的遗址，商代的。出土的文物有酒器，还闪着琥珀的光，激活了长江的碧波。其实，我想在这片废墟上，找到一枚玉佩，屈大夫迁徙时遗忘的饰物。

这城也许埋在铜鼓山下，也许藏在大堤下，也许活在长江的水中央。长江是巫山女神的兄弟，朝思暮想，朝云夕雨，翻云覆雨，莫说一个彭城，一个陆城，许多三国将士，都让它葬身鱼腹。

我请求给我一柄青铜剑，勾践用过的，荆轲用过的，吕洞宾用过的，最好。我愿用我的青铜酒鼎换。我要剖开巴蛇，我要划开水母，我要从回头鱼的子宫，找回燕子瓦、水车、酒槽，找回少女的铜镜，找回小龙女的情书，找回茶马古道……

水在时间之下，这水也如鱼之洄游，在它漂尽桃花与血色后，每朵浪花都是稻花，每个漩涡都是酒涡，每一滴水都是一滴泪，每一片芦苇都是思想者的呢喃，这是一个青春的彭城，一个乌托邦的故乡。

它把生命的奥秘写在水的肚脐上。

慈氏塔，洞庭湖的守望神

在岳阳城南的陋巷，邻湖的青砖黑瓦下，一丛竹篁和丝瓜藤旁，它如一老僧打坐，一定千年。尽管堤外，浊浪排空，阴风怒吼，如如不动；尽管远浦归来，渔歌互答，如如不动。

它的静寂与耐心，让街坊邻居生生灭灭，过眼烟云。老去的是它的容颜，不老的是坚守与呵护。它似乎忘记了自己的年轮，知道湖水不老，明月不老。一个朝夕与湖吐纳的长者，许多事在他看来，不过是春风秋月，不值得怀旧，不值得倾诉。

它是风雨无法摧垮的硬汉，也曾有过伤心与掉泪。当血吸虫泛滥的时候，当洪水肆虐的时候，当兵荒马乱的时候，它也如屈原一样哀生民之多艰。它也有铁树开花般难得的笑容，那是制服了血吸虫，制服了夏汛，保卫了和平……未到江南先一笑，岳阳楼上对君山。黄庭坚的笑，还是诗人对风月无边的赏心悦目，它的笑是拈花一笑，也是天心月圆，更是芙蓉国地尽朝晖，遍地英雄下夕烟。

它是带着大愿而来的。是等一个人，也是等众生。它叫慈氏塔，也就泄露了天机，慈氏者弥勒佛也。那时，我知道，它的八角上的风铃一齐鸣响，百鸟朝凤，它回放洞庭湖不朽的号子与湖音……

在文庙的沉思

郁郁乎文哉。自从有了孔子，华夏万古长夜点亮了明灯。这灯，这香火，在各地的文庙书院，形成恒河沙数，引导一代代读书人，做谦谦君子，弘道担当，以天下为己任，先天下之忧而忧。这是踏入文庙后，面对孔孟圣贤，我不由自主地发思古之幽情。

文庙在民国前，逢孔圣生日，初一十五，县令府官，率领同僚祭拜先师，督促子弟学业，因此文庙的香火是旺的。它的衰败颓废，有许多历史原因，无可奈何。

如盛世修典，在中华民族伟大复兴的宏图中，振兴我国优秀传统文化，重新修缮文庙，成了一项迫在眉睫的文化工程。你也别幻想重现昔日金碧辉煌，书声琅琅，香烛闪烁的盛景。

我想，有一个修旧如旧的文庙，让新一代学子在老师的引领下，像走入当地博物馆，朝拜先圣先贤，尤其是历代当地文化名人著述事迹，学习研究，以先贤为范，发奋自强，庶几近于重整文庙之旨趣。

木屋的前生今世

黄沙湾畔湖山岗。参天古树，互相守望，俨然五代同堂。它们的年轮里刻下民族苦难的记忆。似乎百年的光阴，宛若昨天的事，看着一幢幢欧式木屋起，看着一群群黄发碧眼的洋人出没，看着人去楼空，颓废蒙尘……

古树不言。朝晖夕阴，一群群鸟，从屋顶上掠过，叽叽喳喳，如唱诗之回荡。

木屋好在有古树掩映，沐风浴雨，却不失古典之风雅。拉开门扉，踏上木地板，一阵震动，让你停步，生怕打扰主人。石地基，石柱，都有苔痕，刻上东方印记。窗棂已朽，风不请自来，呼呼鸣唱。

世人似乎遗忘了木屋。然而，近年作家周钟声创作长篇小说《异乡》，让这木屋成了谈资，人们才知道这是鸦片战争迫使岳阳通关后，洋人在岳阳创办的教会学校。一本书唤醒了历史的记忆。

这木屋与古树一样，是有故事的。它们共同见证了岳阳的沧桑，洞庭湖的潮涨潮落。

在修缮的脚手架拆后，木屋空空荡荡的地方，是否唤回一些当年的文物与气息？

访圣安古寺

南津古渡的彼岸，是圣安古寺。

唐代大文豪柳宗元被贬为永州司马，买船去上任，船过南津渡，知道渡不远处的圣安寺住持无性是老友，无奈风雪弥漫，路上泥泞，只好放弃拜访，在船上怅然作诗赠给无性和尚。这一幕，被作家张步真写进文化散文集《江湖之远》。

我们现在上山没有渡，方是方便，尤其是进寺的香客。在南津古渡一夫当关时，风浪太大，停渡。夜晚停渡，只得在寺里过夜。这些慢时光，让人有耐性，也有期盼。

人世间有许多迷津，有人感叹，月迷津渡，桃园望断无处寻。是呵，需要导师的开示，需要寺庙歇脚，偷得浮生半日闲，听听梵音与诵经，或如惠能听诵《金刚经》："应无所住而生其心"，当下有悟。

数次打圣安古寺经过，也想拜谒，总想有机缘，今春还真的圆梦，随众多诗友进寺礼佛，一睹怀梵住持之风仪。

进得山门，繁花正浓，鸟语啁啾，遇查宜局长作导游，边走边说，让我等听明白了佛、菩萨与罗汉之名号及分工，善哉善哉。在方丈室喝茶，怀梵向李冈会长赠送榜书“诗禅”，古风习习，能诗善书的和尚，文字般若，沁人心脾。

这时，我却走神了，眼前的法师似乎幻变成了八指头陀，当年，八指头陀登上岳阳楼，吟出“洞庭波送一僧来”。他的预言在两百年后成真。

十多年前，怀梵法师孤身一人，在圣安古寺的遗址上，白手起家，一砖一瓦，靠他化缘而来，金刚勇猛，锲而不舍，聚沙成塔，终于有了今日圣安古寺之雄观，圣安寺何幸，信众何幸，承续了无性和尚之法脉。山脚下的洞庭滚滚之波涛，无不回荡着海潮音！

在登岳阳塔途中，忽听到书法家李新文一声喟叹，柳宗元乃我师兄！这不是妄语，这是穿越，这是棒喝。在诗意和体悟上，可以古今对接，今月曾照古人，新文也可能是唐代某诗人轮回。

去圣安寺已无须过津渡，但我心中仍有迷津，需要参悟。此时，春山空寂，松风轻拂，岁月静好。

冬阳下的紫竹林禅院

冬阳暖暖地打在岳阳市三荷乡紫竹林禅院的红砖墙上。

门扉紧闭。竹梢与树枝的青绿伸出墙来，看不出冬的凄美。

敲开了门，见到了阔别多年的释了果法师。她青癯的面容，双目极有神，虽穿一袭袈裟，但平易之风仍不改当初。

紫竹林禅院，及“茶禅一味”的匾额，均是当代佛学大师吴立民先生所题。

随了果法师去经堂、闭关室、斋堂、寮房、足浴室、文殊楼拜谒，似乎感觉不到佛我之间是多么遥远。人间佛教，乃太虚大师于30年代所倡导。如今，在紫竹林禅院生根开花。有缘进禅院的清修者，禅院不企求你出多少香火钱、抽签钱，免费吃住、足浴、理疗。放下牵挂，一心修道。

在会客室，了果法师送我一盘《曲肱斋全集》研讨会录像带，及一套吴立民先生撰写的《楞伽经讲记》等佛学著作。我了解到去年此时，十多位全国各地的高僧大德、佛教专家学者会聚紫竹林禅院，为出生于湖南攸县的一代高僧陈健民上师文集《曲肱斋全集》出版进行研讨。有学者指出，陈大师提出的在家修行者如何处理好夫妇之道，也是正确选择修道门径之一，与我们当下倡导的建立和谐文化也是相吻合的。

在冬阳的抚爱下，我还有幸地目睹了佛祖释迦牟尼佛的五脏舍利。它被安放在五个透明的玻璃小瓶里，白色的舍利子，有拇指般大，绿色的舍利子，小如珍珠，红色的、黄色的、黑色的更细微，但都熠熠生辉。

这可是无价之宝。岳阳何幸，湖南何幸，中华何幸，这可是继北京、西安、广州存放有佛祖舍利，我国第四处存放有佛祖舍利的地方呵。

登太子庙

太子庙，乃铁山水库边的一个文人景观。几年前，我就听闻该庙如何香火旺盛，如一个灯塔，置身在茫茫竹海，令人向往，令人一窥庐山真面目。

我在清明的丽日沐浴下，与老友携手，从湾头桥边，循千步踏，拾级而上。刚上第一层，我还有心数了数，大约 130 步。山道两旁，有地米菜、野藠头、猪草，翠绿油嫩，一路相伴。复前行，山道变得陡些，有栗子树、青松、冬茅草、黄绿相间，地下铺了厚厚的松毛，我留心看了看，没有发现茅菌。这季节，还不是吃茅菌的时候。但是，一些刺尖新发，毛毛的尖儿，如新茶般嫩儿，茶叶树也有数株，长在地里，兀自地绽芽，估计属庙里的物品，山下人不好来采摘，只是再拖几日，这茶芽儿变成叶片，老了，就不是清明茶了。

一路走，一路眺望，山那边有一峡谷，让我忆起那是金鱼峒，20 世纪 70 年代，我曾入峒打柴，顺着一条小溪流，穿山越岭，在竹林深处，被烧窑伐下的一片荒坡上，砍伐一些掉了叶的继木与苦竹。累了，望望天空中那些悠悠白云，口渴了，到小溪流边喝几口水。盼望风儿吹来，盼望云朵飘移过来，盼望山峒里响起伙伴的山歌与返程的吆喝。

如今，铁山水库的水漫漫上涨，把峒底的山丘、田土淹没了许多。昔日那砍伐过度，曾露出石岩与秃顶的山坡，都长出了蓬蓬的柴草，只不过大树被砍，一片片映山红，闹得山里挂起了红灯笼。

复前行，爬上山顶的路旁，成了竹子的空间。碗口粗的楠竹，亭亭玉立，竞相伸向空中，欲与天公试比高。那竹笋，则是急不可耐地冒出尖尖来，把水泥地板也拱出了豁口，山坡上，密密麻麻耸立黝黑的茬儿，它们顽强地见缝插针，彼此呼应，生怕这山巅孤寂，也不怕馋嘴的人把它们挖走。见到了进庙前的石碑，共有三四块，载了捐款人的姓名，我伫立片刻，认出了一些熟人的名字。只不过当初修这太子庙，捐资人你几块，他十多块，最多的也只有数千元。全凭一片爱心而已。

攀上了山顶，一座孤零零的庙立在那儿。

太子庙，来历如何，我不甚清楚。请教老友，他说明朝的某一太子的护驾将军，曾在此地显了神灵。于是，山里人便把庙立在山巅，可以俯视铁山水库，与云山的道观、湘思源的芙蓉寺遥遥相望，形成三角鼎立之势。如此布局，佛道与本地神明都有立足之地，也不失良策，只不过，要来朝拜太子庙，爬千步台阶，没有强劲的体力与坚强的毅力，恐怕难以成功。与我一起爬山的一个朋友，才上第一层，就做了“逃兵”，可见，爬太子庙也是要有功夫的。

庙门上有一把铁锁把守着，我们不得入内。据云，守庙的村姑已亡故数月。门口堆积了鞭屑与香灰，庙的四周布满丛丛茅草，几棵松树，苍劲挺拔，有几分野气。好在山峒里，传来几声鸟鸣，让人感觉出春的气息。

芭蕉湖，可栖居的后花园

一片积淀了丰厚文化底蕴的土地

从恒泰雅园小区，沿着宽敞的临湖马路，步行20分钟，来到芭蕉湖生态游廊，踏在竹木板铺就的走廊上，享受习习凉风的吹拂，湖水在脚下拍打着岸石，似乎奏着小曲。

在临近松阳湖农场的岸上，矗立着一面偌大的石鼓，后面则衬着一个石牌坊，写着“擂鼓台”三个大字。附近散步的居民，步行到此处，总要停下脚步，摸一摸这面石鼓，感叹它的厚重。

熟悉当地历史的人，瞬间便可穿越数千年，把目光回溯到公元前606年，那时，屈原在楚国的庙堂任职，楚庄王主政，然而，楚国令尹斗越椒，却不像屈大夫那般忠心辅国，在庄王收了他的部分权力后，耿耿于怀，趁庄王从长江乘船来攻打陆逊时发生政变，屯兵城陵矶长江岸边，企图截住庄王的归路。楚庄王得知这一信息后，急速回兵，在与越椒交火时，庄王亲自擂响战鼓，士兵们终于击败了叛将，故称此地为擂鼓台。

另一种说法是三国时，此地为东吴水师出没的场所，擂鼓台正处在长江的一个避风港湾，鲁肃经常在这里督促水师演练。后来，发生了震惊历史的赤壁之战。因此，城陵矶擂鼓台与湖北的赤壁一样，都属于三国古战场而被载入史册。

因为，城陵矶在清朝鸦片战争后，被设为对外开放的港口，这里，英国、美国人曾设立了海关，修筑了一些洋房子，至今还有一座因当地的人民代表呼吁而完整地保留下来，成为历史的见证人，这里自古就是一个大码头，去重庆、下武汉的必经之地，也是兵家的必争之地。

据岳阳地方志介绍，清咸丰四年（1854），曾国藩的湘军水师，在城陵矶陆城一带与太平天国的水军激烈交战。后来，太平军退走，清军夺得了进入武汉的通道。

一片正在美丽蝶变的神奇土地

忽如一夜春风来。这片长江抱枕下，一片偌大芭蕉覆盖的土地，不能再沉睡下去了。

岳阳市委、市政府以此地临近长江经济带，属于环洞庭湖经济圈的地域优势，把它作为一极三宜江湖名城发展中的重要增长极，也即港区经济大力扶持，抢抓机遇，设立了临港新区，提速发展，在芭蕉湖外不远处，一座现代化的国际港口建立起来，湖南有了通江达海的良港。第二期工程即将启动，沿岸 13 个企业进行整合整治，岳阳航运中心即将落地，加速发展航运物流，与未来的三荷机场一道，合力打造岳阳空港物流大市。新一届市委又提出了“港口、园区、交通、精准扶贫”的四大会战，城陵矶港区成为主战场。预计 2020 年，城陵矶新港口完现外贸进出口额 50 亿美元，集装箱吞吐量 70 万箱。

记者于2014年曾在岳阳市委党校聆听湖南师大教授朱翔作《洞庭湖生态经济区建设研究》的报告，为之一振。想不到，短短三年间，朱教授当年描述的城陵矶港区建设的一些设想，由蓝图变成了现实。

你看，国家保税区已落户此地，临港国际汽车城正在建设，肉类口岸即将开建，尤其是集蔬菜、水果等农贸产品于一体的海吉星市场呼之欲出，临港体育产业园水上健身乐园已基本敲定。

这片建设中的热土，吸引了中外企业来这里开发创业，因为，这里以历史知名的城陵矶港，中南地区最大的国际汽贸新城，新兴崛起的新区域——临港新区，国家级的肉类口岸、粮食口岸等亮点，成为湖南对外的桥头堡，也是岳阳闪亮的新名片。

尤其是让世人眼睛一亮的大型工程“五湖连通”，起点在芭蕉湖，终点在南湖。由时任市长、现省委常委、统战部部长黄兰香提出，现任市委书记兼市人大常委会主任胡忠雄接过这一接力棒，现在有些地段的征地拆迁正在如火如荼地进行，经过数年的奋战，将芭蕉湖、吉家湖、东风湖、王家河、南湖这五个湖泊串穿在一起，岳阳城区将在湖水的环绕下，成为一个水上之城，闪着水的波光。生活在恒泰雅园的居民朝夕目击，长江之水涌入芭蕉湖，芭蕉湖水一路欢歌地涌向王家河。兴致好的居民，沿着湖边的游路可以骑行，到岳阳城里访亲探友。有垂钓爱好的朋友，蹲在湖边，享受波光潋滟的奢侈，收获垂钓的愉悦。

一片可诗意栖居之地

诗人艾青曾说过，“为什么我饱含眼泪，我对这片土地爱得深沉”。

在芭蕉湖周围，活跃着一批作家、艺术家，他们从20世纪80年代走来，以芭蕉湖为题材，创作过诗歌、散文、摄影作品及画。如果要命名的话，可以叫“芭蕉湖派”。例如，我的邻居工人诗人杜玉兴先生，出版了一本古典诗词集，题目就叫《芭蕉湖的月光》。芭蕉湖确实滋润了包括记者在内的一批诗人艺术家。摄影家张绍成在全国造纸行业、轻工系统获大奖的作品也是取材于芭蕉湖。一年四季总有美术院校的学生来这里写生，寻找创作素材。

而今天，我们常在这里遭遇以责任担当著称的央企恒泰房地产公司，他们让芭蕉湖在自然美之外，更增添了建筑的恢宏之美，实现了人与自然的融合。

抬头仰望一栋栋拔地而起的住宅楼房，徐鹏说，楼与楼之间有 80 米宽的间距，1.8 超低容积率，充分保证了业主的“私密”空间，宽阔的楼间距提供了丰沛的日照和采光。户型周正，坐北朝南，保存了中国传统建筑这一美学法则，营造了一个和谐、安全、闭合的安居空间。

在恒泰雅园住宅里，推开窗户，15000 亩芭蕉湖的风光扑面而来，尽收眼底。把目光收回楼下林荫大道，高大的乔木如一柄柄巨伞撑向天空，喷泉射出一股股水花，健身的人们，在球场上一展身手，跳广场舞的女士们，在地坪上滑水的孩子们，在健身器上锻炼的人们，各有各的空间和喜好，各有各的用武之地，各显其能。

每到夜幕降临，这里的万盏灯光迸放，芭蕉湖镶嵌了一颗颗珍珠似的，闪闪烁烁，美不胜收。

还是听听住户在市房地产网上以“@ 桃之妖妖”的隐称，对恒泰雅园的评点吧。

临港产业新区山水环境秀美。境内有 30.61 平方千米的生态区，有格石岭山、松阳湖、芭蕉湖等多处生态景点，特别是芭蕉湖周边生态环境保持良好，地势开阔，水质清澈，湖光山色，风光旖旎，极具休闲观光、旅游度假和商贸居住价值。

无须花更多笔墨，来申述我对这片可诗意栖居之地的理由了。业主就是上帝，上帝的声音不可不听啊！

第二辑　俯仰之间

城陵矶忆往

铁路·邮局·书店

那条铁路，是条从冷水铺通到我原单位造纸厂和邻近工厂的内部铁路，天天鸣着汽笛，把清晨喊醒。

每天上下班都要打铁路通过，常常被它拦在路上，它慢吞吞地倒车，来来回回，放上几声屁，才不情愿离开。我们的迟到也不算迟到了。

我在纸厂担任宣传报道工作，业余时间爱好文学创作，隔三岔五，要去邮局寄稿件。走铁路是最近的路。

这条铁路从厂大门穿过，它还要穿过家属区低矮的棚户旁，穿过一两口水塘，穿过农民的菜地，穿过小镇不宽的马路，通往冷水铺车站。

我在春天的铁路上，最先看到菜地上的油菜花以黄色的碎花唤回春天；看到池塘上，一只只鸭子扑嘎扑嘎地戏水，水牛在铁路旁啃草。春风习习，万物生机勃发。有时，迎面走来一妙龄女子，打着油纸伞，人面桃花，让你禁不住回头再多看一眼。有时，你还沉浸在美好的愉悦中，冷不防前方传来铁轨的震动声或汽笛的长鸣声，一列满载原木或煤的货车，迎面而来，我赶紧闪到铁轨下的土坎边，好在一下子就到邮局。

邮局和书店，都是依山而建。爬上一条坡，就到了。邮局也就一排二层房子，营业厅十多平方米，营业员见我经常来寄信与领稿费，也很熟了，从一叠回单中，很快就会找出我的单子，把几张半新的票子递给我。有时，在沿海地区发了长的稿件，也就百多元钱，工作人员会认真看我填身份证，才把一叠票递给我。怦怦直跳的心呀，似乎自己做了回贼似的。

从邮局出来，几分钟到了新华书店，店长马姨，一张弥勒佛的脸，很慈祥。她见我戴着眼镜，准许我在柜台找书，这种破格待遇，让我心里一阵温暖。后来，马姨退休，来了位漂亮的许姐，来的客陡增。她也准许我进店买书，因此，我口袋里稿费还没放热，就换上了几本书籍。当时店里来了套香港版的《金瓶梅》五六册，三百多元，我一下拿不出，她代我垫付了几十块，我来了稿费才还她。

如今这邮局与书店早就歇业了，在我梦里却还活着。

江边渔火

20 世纪 80 年代初的单身生活，无拘无束，倒也逍遥，有闲时，散步或访友。

我所在的企业，正在三江汇合处，即洞庭湖、荆江、长江在城陵矶汇合，每到下班后，吃过晚饭，我便揣着收音机，独自沿着铁路，来到厂内江边水泵房，觅一块礁石，静坐，收听流行音乐，任江风吹拂，带走一天的疲惫。

夏天，江边比陆地凉爽，航标灯在对岸的沙渚上，陆续亮起，顺江而下的江轮，也亮着灯，鸣着汽笛，向码头行举手礼。我仿佛从梦中醒来，看见一条条轮船，灯光辉煌，甲板上还有许多人眺望，有的还向擦肩而过的船挥手致意。他们驶向武汉、芜湖、南京、上海，多么令人向往。

1985 年，当长江科考队从上游漂流到城陵矶，万人空巷，人们涌向码头，欢呼雀跃，他们仿佛是凯旋的英雄，受到热捧。我作为企业的宣传干事，有幸近距离采访了他们，并获得他们送的明信片，上面都是长江的一些港口，让我对长江倍感亲近。

老乡见我单身，为我介绍了小镇的一位卓姓姑娘。在红娘的陪同下，穿过高高低低、曲曲折折的青石巷，敲开了一扇老式木门，咦，暗灰的房子里，坐着三四个年少的姐妹，我知道，把我介绍给老大，众花丛中，不难找出老大来。

她也落落大方，高中毕业即参加工作，在洪湖航标站工作。我带了一个笔记本，原准备送给她的，只好给了她最小的妹妹。

这次相识后，我就多了一份期盼，盼望从长江对岸飞来的书信，她的字迹端正，稳重如她本人。

她在书信中透露，正在参加自学考试，想拿一个文凭，再调回湖南。她还说，才二十岁，还年轻……我那时自尊心颇强，她那么爱学习，惜时如金，怎好因恋爱耽误她的前程，索性自己主动撤退。

就这样惆怅地分手，我还照旧去江边坐坐，听听江水的涛声，让心情舒畅些。

有一年中秋，市作协组织作家坐船，从城陵矶码头出发，沿着三江口向陆城驶去。这是我首次坐轮船，伫立在甲板上，一轮明月高悬碧空，月光融融，沿岸的灯光曳成一条长龙，熟悉的工厂渐渐退向身后，一条野气的岸线映入眼帘，这船却是开向小卓工作的方向，不禁有了些许伤感，似乎这江边渔火也对着我发愁。

水边小景

（一）

从我所在的工厂出门，就是一片菜地与稻田。

下了雪，雪把菜都覆盖了，把山丘的草和坟茔都覆盖了，唯有飞鸟栖在树枝上，噗的一声腾空。

我不是踏雪寻梅，而是去附近的芭蕉湖，究竟是怎的一番景观。

一路上，踏着厚厚的雪，吱吱喳喳，留下了深深浅浅的脚印。手上拄着一根棍，怕摔跤，要过几条小溪，很窄的桥，结了冰，差点滑倒，惊出一身汗。菜地的雪呈现出一个馒头状，这是大白菜。挖上一两棵下火锅，鲜嫩无比。

七拐八弯地艰难前行，芭蕉湖到了，雪落湖中静无声。这条湖，因电厂的循环水注入，水温较高，湖面不结冰，似乎有热水弥漫。远处，有过冬的鸟在水里戏水。这温暖的良港，是候鸟的天堂。近岸有些杂木和荻苇都被雪穿上衣裳，岸边竟然有人在独钓寒江鱼。

环顾四野，无不银装素裹，天地混沌一片。好在这鸟与钓翁，给偌大的宣纸钤上几枚印章。

（二）

看涨水，是七月的风景。

那时，三峡水库未修，洪水直奔三江口，几天工夫，水漫城陵矶镇，小镇成了水巷。几条老街可以划船，居民搬到高处搭棚子，或投奔亲友，淹在水里的家，暂时成了鱼虾的天堂。

有胆大的人，见水面上漂浮着木材与芦苇，麻着胆子去捞，大多的人带着捕鱼的网子，趁机捕些河鲜。更多的人则纯是看水，似乎涨水的热闹，不亚于看划龙舟。天天都去，只要水不退，其好奇心就不退。他们也为别人打捞和捕鱼吆喝。

我也是看客之一，带着猎奇，想打捞些新闻，如某人救了落水者，或打捞到浮来的死尸，却难以碰上这样的场景。

晚上天热，我一个人不敢去江边，便约上几个朋友一同去看涨水，江面没有船，航标灯似乎也不见了，黑漆得很，似乎听到一些蛙鸣与蚊子嗡嗡声，天地何其静寂，如果港口码头鸣上一两声汽笛，让人会从梦境重返人间。

（三）

莲花塘里看花，这企望注定要落空。我 20 世纪 80 年代到小镇，这口濒临长江的塘仍在，一塘浸泡着马尾松，老远就闻到一股松脂的气味。荷花都没有一朵，过去也许有，被浸过松脂的水毒死了。这是我的猜测。

傍晚散步，也去荷花塘走走，看人钓鱼。鱼却有，不好吃，有松脂味。

某日，厂里通知到荷花塘搞劳动，我以为是塘放干了，挖塘泥，到了塘边，才知道抬木头，抱浸泡了许久的木头，从塘里抬上岸，这活还真累人，穿着套鞋，踩在泥巴上，脚难以拔出，一下午才抬了几根。好在常常歇一会儿，看看江面上的轮船和飞着的水鸟。

这塘也许被填掉了，工厂不需要泡马尾松了。但是，小镇的公交站台，却保留了这一名字，听上去让我温馨。

寻找风景

与我住宿一墙之隔的是岳阳电厂，它的厂址与本厂建于同期，原本是一家。

每天天刚亮，我就直奔电厂的足球场，绕着绿茵茵的草地跑开了，就像校园生活一样，开始一天的新生活。

傍晚，我们沿着高大的梧桐树，进入电厂，打它的俱乐部门口经过，一排玻璃宣传窗，如一排哨兵，盯着我们。俱乐部常放电影，我们更感兴趣的是，它的前面有一个露天游泳馆，夏天里，这是一个凉爽的世界，如果来迟了，人太多，就进不了游泳馆。还有，它的家属区有一条马路通往芭蕉湖，这里男男女女接踵摩肩，挎着救生圈，一路说说笑笑，赶集似地奔向芭蕉湖。

这湖似乎是一个天然的游泳场，不收门票，水面宽阔，望不到边。不受时间限制，即便泡上两三个小时，也没有人驱赶，尤其是青春期的男男女女，往往喜欢打水仗，相互嬉戏，这比在游泳馆自在多了。这里也似乎成了男女私下小憩的乐园。

若想散步走远些，我们朝另一个方向奔去，那就从电厂的门前，过村口，穿过桃花山，插到冷库，绕过几口鱼塘，到了吉家湖，一口鱼池接一口鱼池，把一条河分割成若干份，到了七里山大堤，脚下就是洞庭湖，湖风凉爽，柳叶披拂，再往回返，到了粮库，老远闻到一股酒糟香和豆饼香。

我们从粮库厚重的围墙下穿过，这黑洞洞的豁口，让人仿佛在黑白默片地走了一回，有野狗忽地窜出，差点撞到身上，吓出魂来。

在黄昏的街灯下，我们重回到了城陵矶老街，狭窄得高低不平，两旁的铺面已关上了木门，风吹着瓦楞上茅草窸窸抖动，有一两只灯笼亮着红光。还有一两家饭馆，飘出菜香和煤味。我们没有停下来，片刻就进入了港务局的连接处。

要穿过一两条铁路，有时，正值货车经过，路被栏杆截住，须等候一阵。前面港务局已经亮起灯光，人们似乎在吃夜饭和看电视，门口空无一人，一些晒着的辣椒也懒得收拾。

复前行，就到了港务局码头边。停泊的船只，灯光耀眼。江风很大，片刻，汗就收了。没有人下船，秉烛夜游，使得街上越发冷寂。

爬满青苔的洋房子

在城陵矶镇上，听不到海关的自鸣钟报时的脆响。这是久远的事。

1899 年，英国人在城陵矶开埠通商。一百多年过去。一个甲子前，三江口的长江岸线上，耸立着三座西洋建筑物，它们是上、中、下三个洋关。1958 年，岳阳造纸厂兴建于此，上洋关被拆了，再过十多年，岳纸要建江边泵房，又拆了中洋关。如今，唯有下洋关一栋孤独的洋楼，仍在长江的风雨侵染下，爬满青苔，以苍老的容颜，接受街邻的注目礼。

20 世纪 80 年代的一个冬日，我穿过一条条街巷，在冷雨中，从一个个屋檐下蹭过。来到被一栋栋红砖楼包围的洋房子前，在几株梧桐树与香樟掩映下，罗马柱支撑着一栋四层的水泥建筑，墙基上青苔泛着绿光，水点打在院前的芭蕉叶上，溅出水珠。

进入一楼的走廊，转进侧门，沿着楼梯拾级而上，灰暗的走道，蜘蛛结着一张张网子。

老乡许姐住在三楼的一套房子，走廊上，每家都堆着煤球，似乎瞪着黑眼珠打量来人。进入房间，红木地板吱吱作响。有一股霉味扑面而来。昏黄的电灯下，仅能看清对方的脸，家具似乎被雾气罩着。

许姐很热情，为我们准备了一个炭火盆，木炭烧得红彤彤的，散发出温暖的光泽。她为我们在火上煮着甜酒，空气里有了一些甜甜的酒香。

一只猫不知从哪里窜出，在火塘边蹲着，绿绿的眼珠朝我们盯着。

隔壁房间传来一两声咳嗽。许姐说，老公身体不适，不便出来陪客。我们不好进去打扰他。

许姐家的墙壁上，贴了几张大红奖状，还挂着一张全家合影。照片上的许姐，穿着一身军装，姐夫则是工装，他头发有了些许白，没有一丝笑容。许姐的军装，大抵是当红卫兵时留下的，好在她头上扎着两根粗辫子，有几分英姿。

儿子到外婆家过寒假去了。照片上的他极像许姐的脸蛋，还有两个酒窝。

我在墙上观察时，许姐喊吃饭。许姐用湖藕炖骨头，还做了鱼丸子下火锅，这两道菜都是湖北口味。我听人说，许姐的丈夫是对岸监利人，她家的饭菜也就是湘鄂一锅煮。

外面天黑了，北风刮得梧桐唰唰地响。我走出洋房子，在外面遇上冷风，打了一个寒噤。

桂花园

在吉家湖与洞庭湖之间，有一条长堤，一头通往七里山，一头通往城陵矶镇。在长堤即将进入城陵矶粮库拐弯处，有一座小岛映入眼帘，这就是桂花园。

洞庭湖的水把它拥在怀里，桂花园仿佛是浮着的蚌壳。那条湖沟宽不过数丈，深不出两米。沟畔长了几株歪脖子树，有了些年份，粗的身子水桶大，大抵是梧桐或柳树。在夏天，打大堤经过，晒得人发烫，到了桂花园前，就跑下堤，到湖畔的大树下歇歇荫，树枝擎着一柄柄大伞，蹲上一会儿，见到湖水里的刁子鱼，一排排地梭来梭去，水约半人深，怕粘上血吸虫，不敢下水捉鱼，只图看鱼儿游戏。

桂花园近在眼前，没有船是上不了岸的，上面似乎堆了些货物和砂子。零零星星有些树木，近水的地方生了些荻苇。那时，我不知道它过往发生过的香艳故事。

大约到了 80 年代末，本地一名作家创作了一部长篇小说，名为《水妓》，就是以桂花园为背景，讲晚清民国时期这孤岛上骚人商贾来寻欢作乐的事。书尚未火起来，就被禁了，却把桂花园的名声煽起来了，外地人问城陵矶的桂花园还在吗。在是在的，只不过是一座荒岛。

我常常到粮库办事，总是多望几眼桂花园，企图看到岸上的桂花盛开，如海市蜃楼般有美人从云中落入孤岛，抑或是被风浪逼入港湾的渔家姑娘，在岛上借树躲雨……这些往往落空。

时光过去了二十多年，桂花园被房地产开发商看中，把那条几丈宽的湖沟填了，把杂树野草砍了，搬走了货物，建起了一栋栋湖景房，还是留了一个巴掌大的岛，让它权做桂花园的标志。这弹丸之地，倒如一座灯塔，让由洞庭湖入长江的船，想进港湾避风，它就成了抛锚的靠背。

风流总被雨打风吹去。在晚清人的日记里，还是能找到城陵矶桂花园客栈大红灯笼与香艳的记载。仿佛那是小秦淮河，灯红酒绿，夜夜笙歌，让南来北往的仕子商贾苦旅不孤。这一页历史在园外的湖水击荡声中渐渐远去，我过重湖望楚云，这楚云，白如絮，似乎有些心思都赋予湖光波影。

吃茶去

好多年前，书法家崔向君给我一叠“吃茶去”的明信片，三个字似拙却有童趣，似乎看到童子随父母，背着竹篮上山摘茶叶的一幕。

前些日子，去乡下挂清明，遇上好多老乡在山坡菜园摘茶叶，或在地坪上晒茶叶，一股清香扑鼻，让人流连忘返。

早就想到茶博城去一饱口福，恰巧报社近日在虎形山社区搞活动，忙里偷闲，去造访了一番。在一家门店，问明前茶到否。女老板说已进了龙井、碧螺春、君山毛尖，还有平江的绿茶。我随便问有信阳毛尖否，她拿出一包，撕开，撮了一把，泡了起来。数分钟后，一杯绿水中，单瓣的茶叶舒展开来，如雀舌，惹人怜爱。喝上一口，清香怡人。

我问了价格，老板说 980 元一斤。我花 200 元买了 128 克。打道回府。放进冰箱，冷藏一个月后，再喝，先去去火气。我知道，茶博城有洞庭春、华容胜峰绿茶买，这些本地茶都不错。

春天是一个好时期，万物皆妩媚，问道小有春。

得月楼茶社赋

洞庭之野，南津古渡，骚人墨客，多会于此。

缘何？南湖又名滬湖，因李白诗云“且就洞庭赊月色，将船买酒白云边”而闻名。今人以日内瓦湖而冠之。一湖云锦，一湖诗意。

此地乃湘江汇入洞庭湖的要津，北上乡试的书生，走南闯北的商贾，贬谪南蛮的官人，都要在南津古渡下榻。“四面湖山归眼底，万家忧乐上心头。”面对南湖，躁动的心，万般的愁，渐渐平复。喝上君山银针，劳累顿消。悄然间，一轮明月出龙山，湖风轻拂，银波粼粼。圣安古寺，钟磬悠长，此时此刻，心放下，愁已别，梦里不知身是客。

丙申中秋，在千亩湖走廊，得月楼茶社落成。“好雨知时节”，它的面世，恰与我市着力打造一极三宜江湖名城相呼应，它将成为秀美岳阳新亮点，宜游岳阳新景观，宜居岳阳新家园，无论春夏，还是秋冬，这里花木扶疏，朝晖夕阴，美不胜收，得月楼装点了千亩湖走廊的梦境。想不到吧，两个“80后”女子，汇入创业洪流，眼眸、鼻翼、口吻与心情联袂登场，经销茶叶、茶具，展示传播茶艺、茶道，开设画廊，培训沙画，以茶会友，赖江湖名城之底蕴，赖茶客作后盾，欲打造这一修性养生的“后花园”，可谓正当时也。

茶社将秉承让每一位茶客品味最好的原味，享受朋友般的温馨服务，以最合理的价格结算的理念，循茶马古道，不远千万里，从福建采购白茶、红茶，从云南采购普洱，从江浙采购绿茶，加上本地出产的黄茶、黑茶、绿茶，蔚然大观，一饱口福。在古筝行云流水的演奏中，品茗，享画，观月，冥思，天然一段风韵，总在眉眼盈盈处。

置身此地，此乐何极。

东乡女子如苇般活着

（一）

君山瓦湾的一所民居里，方珍奶奶在晒太阳，她反复地说，“吃了饭再走”。这句话穿越时空。一个好客乐施的老人，半个世纪来，哪怕是在最困难的日子里，你想象不出，两个侄子与自己的孩子一同生活，视如己出，直到他们成年。后来还添上自己的弟弟与孩子，都在她的呵护下，其乐融融地生活，真是好大一个家，内内外外全靠她。

（二）

方奶奶还吸烟，在蓝色烟雾下，光洁如瓷的脸上，却笑出了一朵金丝菊。她一百岁了。政府派人祝了寿，她很知足。五时起床，一碗面条，中晚餐各一碗饭，荤素都吃。喜欢喝东乡的洗水茶，放椒子，一大把茶叶，浓得化不开。

（三）

方奶奶的丈夫许志和先生，曾任过国民党连长，1949 年参加岳阳和平起义，“文革”时被划成右派，一辈子沉默寡言，连大年三十也不歇息。20 世纪 70 年代过世，家里的一切靠方奶奶操持，哺育了三子两女，带大两个孙子。1958 年挑大堤，她如男子汉般下到长江挑泥，生产队种水稻与棉花，她也是一把好手，直到九十岁还能种菜，至今能自己洗头发。瘦小的身体却扛起一个户门，不啻是条老黄牛。

（四）

方奶奶广结善缘，在大集体时代，无论是在食堂做事，还是在家里做家务，每天都有十多个孩子寄养在她身边，她是众人的妈妈，孩子跟在她身边，如一群雏鸡叽叽喳喳，他们的父母收工较晚，有的人就在她家吃饭，分文不收，那时生活是多么困难，她宁愿自己饿着，也要让小孩吃上一口热饭。

（五）

瓦湾有一片芦苇荡，秋天里芦絮飞扬，这恰如方奶奶的银丝飘动。一个东乡女子，把自己嫁给平原，如一棵银杏深植大地，也似苇子逐水而居，以柔韧的耐力，熬过了生活的困厄。起风了，苇荡簌簌发声，似乎礼赞这片沃土与方奶奶这样的湖州人。

俯仰之间

鱼肚白把清晨的天空抹上胭脂，海青的天空，有了这一抹镶边，正如大海有了一道彩虹，单调的天空就因此不孤单。这鱼肚白让早行者，在星星隐遁后，他对一天开始的行程，有了底气，即使单独一人踽踽独行，这鱼肚白似乎就是他暂时的行伴，不即不离，你要好好地珍惜这短暂的相逢与相伴，也许你转入曲径通幽处，也许你钻入林荫遮蔽处，重回平坦之道时，这鱼肚白却消失了，它被喷薄而出的朝阳抹掉了，清晨也就这样悄然暂别了。

雨夜，你坐在屋子里听冷雨敲窗，知道窗外黑漆不见五指，这雨叮叮嘭嘭，时紧时疏，时急时缓。这时，冷不防，一声雷豁然炸响，随即一道闪电撕破天空，你陡然一个寒战。这沉寂的夜有了这声雷这道电，似乎石破天惊，万马奔腾，再现古战场的厮杀。自然与历史此刻交融，其遗迹一页页点亮，单调的黑夜竟蕴藏着丰富的底稿。

大地的底稿也不难一窥。你伫立于退了水的湖边，那湖滩，也就是湖床，并不是一坦平川，它有底注的水窝，曾藏着蚌壳与甲鱼，它们来不及随水撤退，就把自己深深地埋在这自挖的洞穴里，有时，在夜里爬出来觅食，在淤泥上划下一道道若隐若现的线条，如一截牛绹，陡然中断，又在另处重现。还有更宏大的线条，那就是一条条水沟，大水退去了，沟里还残留一些水，一些小鱼小虾守着，不愿放弃。你远远地看，这条条通向湖心的沟，它们仿佛是你手上的一条条青筋，蚯蚓般地扭着。这退水后的湖床，一条条水沟，一洼洼水窝，让这张灰白的底稿，有了些许生气。这时，芦苇、水草也趁机扩张自己的领地，延伸得特别快，一个秋冬，它们覆盖了湖床，呈现出青纱帐，而后如喜看稻菽千重浪，湖床的底稿由水墨而油画，你不得不吃惊大自然的伟力。

俯仰之间，一切皆为尘烟，一切皆是自然的迸发。

艾蒲飘香赏湖光

——与李汉秋教授聊节庆文化

端午前夕，黄昏的洞庭湖，一轮黄澄澄的圆球挂在西边天际，水面波光耀金。人们三三两两，从岳阳楼新景区汴河街上，走下石阶梯，来漫步偃虹堤。这时，记者遇到了中国民协节庆和委员会主席李汉秋教授，他刚从汨罗江畔来，那边的端午节文化活动结束后，特来一睹岳阳楼新景区的风采。

在农工党岳阳市委刘女士的陪同下，我们从瞻岳门通往湖边的小径出发，至“洞庭银沙”处，湖里有数只渔船正在晚归。李教授颇有兴致地停下来，要我们为他摄下洞庭湖此刻“渔舟唱晚”的恬静美景。再前行，步于碑廊处，他在孟浩然写洞庭湖的一首题为《望洞庭湖张丞相》前伫立，指着碑石说：“写得最好的是‘气蒸云梦泽，波撼岳阳城’这两句。‘欲济无舟楫，端居此圣明’，这两句是孟浩然向张丞相求官的隐喻。”我们感到李教授的点评颇有道理。

刘女士告诉我，李教授曾于 1955 年考入北京大学中文系，与谢冕、张炯等著名学者是同学，曾任安徽大学教授，出版过《儒林外史研究》《关汉卿研究》等学术著作20部。

难怪李教授一路走来，把写洞庭、抒心襟的句子，如此熟稔地指出，如此恰到好处地一一点评，当代硕儒也。

李老今年69岁，戴着一顶草帽，很朴素的一个老头。如果你不去看他的名片，不会相信，他是农工民主党中央原宣传部部长，仍任中央党刊《前进论坛》总编辑。

他是福建人，对于我们岳阳的洞庭湖赞不绝口，可惜眼前有些雾岚，看不清“白银盘里一青螺”的君山岛。

坐在汴河街临湖的露天饭店，我们点了鳜鱼、藕尖、空心菜等水乡土菜，边喝酒，边聊节庆文化。李老近几年研究中国节庆文化，跑过许多地方。最近在呼吁重建我们的母亲节（孟子出生的那天是四月初二），已经有学术界在北京召开了专题研讨会。经他与纪宝成教授等学者多次向人大、政协提议，把除夕、端午、中秋、重阳、七夕列入我们自己的节日。如今国家已决定从今年开始清明、端午、中秋放假。原来，他也像屈老夫子一样，对中国的传统文化有一种“虽九死而不悔”的执着，一直在路上，在奔跑着。

我翻看李老出版的《李汉秋弘扬中华文化实录》，半块砖头厚，都是他倾注了大量心血，为恢复我们古老的节日鼓与呼的心路记录呀！

此刻，汨罗江上桨声欸乃迸发。

此刻，洞庭湖涛声滚滚，大湖流日夜。

岳纸忆旧

（一）

1983 年 8 月 1 日，骄阳当空。我乘坐 1 路公交车，拖着行李，来到位于城陵矶的岳阳造纸厂报到，被安排在厂招待所住宿，又过上了去食堂吃饭的生活。

我被分配到宣传科工作，去报到见同事时，老乡带我跨过一条铁路，进了厂大门，来到右侧的一栋水泥灰墙的办公楼。当时，厂宣传科在二楼西边的两间办公室内，靠内的那间是科长的，西晒的太阳，把余晖晒在冯科长古铜色的脸上，他的皱纹更深，他手里夹着一根烟，烟雾弥漫，说着一口普通话。他介绍我跟宣传干事李金龙学，老李脸圆圆的，一脸的笑，他很热情，把自己发表的新闻作品剪报本给我看。

在科里屁股还没落坐，正值全国严打违法犯罪，厂保卫科办案过多，需要人手去帮助抄写审讯记录，我与在干部科待分的陈叶军、陆宗英等，同到保卫科抄笔录。保卫科在三楼，大约三四间房子，我们集中在一间堆满烟灰缸的房子，一叠叠按了红指印的材料，字迹十分潦草，我们互相猜认，抄好了交文书。

保卫科天天办案，一层楼灯光通明。有的办公室在审案子，拍桌子训人，声音传过来，让人惊悚。

这时，干部科正在为一些知识分子落实政策，需要人手帮忙写材料填报表，我们这几个新来的学生，正好派上用场，我们从保卫科撤到干部科，抄材料，送报表，搞外调，忙得不亦乐乎。经常晚上加班，灯光下，四十多岁的吴伟庆科长，年轻的欧阳所安干事，与我们把一页页发黄的档案展开，一行行地阅读，为历次运动受影响而没有及时晋升职称的工程技术人员登记造册，向省市呈报。这真是科学的春天，一些获得改正和晋升的工程师心花怒放，扬眉吐气。

随着改革开放的春风劲吹，文艺界也百花齐放，香港版的《霍元甲》在大陆播放，当时，我们单身汉没有电视机，无处看电视，正好办公室有，晚上七点半后，一散完步，就到办公室收看《霍元甲》，挤满了人，没有空调，开着吊扇，光着膀子看。

再过一段时间，教育部开放了自学考试，楼上楼下，一到晚上，没有文凭的干部，都在各自的办公室挑灯夜读，一科科地考，最快两三年拿到专科学历。年近半百的干部科副科长罗长根，天天与年轻人一样，精神饱满地自学，有时，楼上楼下的人，一块儿探讨哲学、政治经济学，猜题，互相背题目。

我有时下班后爱待在办公室，读书报，写新闻与文学作品；有时，看金龙哥冲洗照片，或者参与团委编油印刊物《擂鼓台》，办公室俨然就是一间教室，让我有了重返校园之感。

（二）

码金字塔

岳纸的货物码头在长江边上，沿着岸线的江滩，隔上几百米就有一个，大约有四五个，一直延伸到电厂的边界上。

水运的货物大多是芦苇，也有原木。芦苇被皮带运输机运到岸上后，被民工背着一捆捆码垛。这活儿就像搭脚手架，不，这是修金字塔。一年四季，只要有芦苇进堆场，民工就不停地背芦苇，每人一个帆布做的披肩，戴着一双厚重的手套，有的头上还套着围脖，怕芦苇划伤皮肤。一捆芦苇百多斤重，背着走一两趟不觉沉重，但一天到晚，却是如牛负重，一些年轻的民工汗流浃背、气喘吁吁。

码苇垛有讲究，地底下铺些沙子，便于雨水渗漏，中间要空心，透气，不然时间一长，易自燃起火。码垛的民工一层层地叠加，向天空一尺尺攀升，上升到十多米高，一个苇垛就扎成了，闪耀着金黄色的光泽，散发出一股新苇的清香。它们岿然不动，不怕风吹雨打，也不怕太阳暴晒，拆垛时，芦苇没有腐烂，如同新苇一般。

喂“白鲸”

芦苇进了打浆车间，被机器切成碎片，如家乡的玉米秆被挫刀切成猪草般，只不过巨齿与利刃，瞬间让芦苇粉身碎骨。接下来，这渣屑就运进了蒸煮锅，一个圆柱体的大鲸，具有超大的胃，苇屑进去后，加入水，加入酸，上千度的水温，翻江倒海，炼丹般地折腾……

也许你从电视上见过手工抄纸，眼前便会浮现出一口口水池，打碎了的纤维在沉沉浮浮，它们在经过漂白的洗礼。

织白练

在造纸车间，你会震惊于眼前的一幕。一台长龙似的机器卧在二百米长的车间，喷射出一条飞瀑，旋即被一圆柱所粘缠，一层层地绕缠，片刻，一辊雪白的纸就形成了。

在这飞瀑进入滚筒，并被上面的滚筒碾压时，有人在雪白的纸面上，不断地拍打，似母亲抚摸拍打胖婴雪白的背，多么令人陶醉。

一想当初，芦苇在堆场时，还是锋芒毕露的莽汉，经过打浆、漂白、风干、碾压等工序，成了薄如霜的纸，却是柔情似水的少女，洁白如玉的心，只有天上的白云与地上的棉桃，才有这般圣洁与高贵。

置身于巨大的纸机与飞腾的纸张前，我隐隐地闻到了苇子的清香与松木的油脂香，这不得不让人联想到，纸的前身活在莽莽群山与青葱湖洲上，那可是一个如诗如画如梦如幻的世界。

小镇奇人

泥人周

大约在1995年，市里评选“书香之家”，我们小镇有三个上榜，授牌时，认识了泥人周兄，黝黑的脸庞，如同一个烧炭翁。其时，也不到四十岁，极热情，邀请我到他家去看他的连环画，估计有五千册。

独门独院，花棚豆荚，猫狗鸡鸭，一派桃源之野趣。

周兄是原市瓷厂的技师，企业垮了，他便失业了。凭着一双巧手，做雕塑，几个大庙都留下他的菩萨泥雕。他也做其他的工艺品，如君山黄茶基地，要做系列的文化浮雕，他苦战半年，从陆羽到采茶女，一组人物浮雕栩栩如生。他天天与泥巴和阳光打交道，焉得不黑红上了一层釉。

近几年，他在家里设了一个开发岳州窑的工作室，买了一口电窑，从设计，到团泥、塑形，再到烧制，一个个工序，一个个环节，都是他自己操作，一窑出品，有的是废品，有的窑便出现意想不到的效果，接近岳州窑的产品。

他在蜡梅花绽放时，邀请小镇的文友，到他家喝酒，他烧的柴火灶，用一个个陶缸作烟道，把热气引入家里，我们在他家客厅享受春天的温暖，尽管外面北风呼啸，我们喝着他从地下埋的土酒，吃着他家菜地上扯的萝卜白菜，仿佛真的在桃花源雅集，仿佛时光倒流。

王姐

女工王凯平，上过省市电视台，她用破布旧瓶子、蛋壳儿、一些杂碎，经巧手一组合，就是一件小巧玲珑的工艺品，摆在桌上，挂到墙上，惹人喜爱。经电视台一宣传，她的名气更大了，有些亲朋上门来，向她索要，她也大方，除了家里挂着、摆着的几样外，只要有多余的，都送人了。

她原先在造纸车间上班，车间主任知道她读过中学，就叫她写些新闻稿件，向厂里的报纸投稿，这对她来说，小菜一碟。车间里毕竟不可能天天有大事，她看到报纸上有副刊，她试着也写一些老家的人与事，如少年时有一台旧单车，老坏，父亲不厌其烦地修理，骑了好几年却丢失了，好心疼。这样的稿件好刊发，我还鼓动她向市里、省里的报刊投稿，果然有收获，她描写亲情的散文，在上海一家庭性刊物，连发三篇。

王姐是一个大气的人，有了稿费，就约我们到她家打牙祭，她老公也是厂里的工人，爱喝点酒，脾气直率，也善饮。我们在她家吃饭，很随意。

王姐的兴趣颇多，她不再搞写作，转向了跳广场舞。她对加不加入作协兴趣不高。

邹作家

认识邹作家时，他的右派材料才从档案中取出，组织上当着他的面一把火烧了，并退回了档案中认为有“问题”的小说原稿和刊物。他微驼的背，较往日直了些。

他的才华又重新引起人们的注目。厂里把他从中学调往教育中心，参与筹办电大，后来成了电大的老师及班主任，教一帮子年龄特别悬殊的学员，有的人比他小两三岁，那是个求知如饥似渴的年代，这些胡子拉碴的学生，整天围着这位昔日的作家转，讨论文学，谈论阅读，指导习作，不亦热乎，不亦乐乎。

我也是一个文学发烧友，常到他家拜访，带上自己写的东西。他家座无虚席，厂内厂外文学青年、电大学员，听他娓娓道来在武汉大学读书、创作、下放的事儿。他也把刚写好的作品读给我们听，让我们知道怎么选材，怎么构思，怎么用词。

市文联邀请北京、长沙的一批作家来讲座，他也及时带我们去旁听，我因此听过莫应丰的课，参加过康濯的作品研讨会。因事错过参加丁玲、魏巍的见面会。

邹先生对我的作文从不批改，请他指正，他常说，不错不错。他却要其公子跟我学写新闻，他公子老找我看他写的新闻稿件，并帮忙修改。他似乎也不指导儿子写作。

邹老师对新生事物特别感兴趣，那时兴起了演讲热，他就出版了《演讲学》。时兴跳舞，他五十开外，其劲头不亚于小帅哥。后来流行摄像，他又玩这个，常展示他的作品。

他是一位长相与经历类似王蒙的人，只不过是一位地地道道教书先生，恐怕校长也没干过，八十岁还在码字。

两位老哥们儿

书友刘志龙

无数次在五里牌书店，抑或图书城，抑或淘金书店，还是别的记不起名字的书店，在弥漫着灰尘或霉味的苍蝇小店，在书香袭人、书友寥寥的空旷大厅，在熟人寒暄，彼此交流近读什么的老地方，总能邂逅刘兄志龙，这是缘分。

我与志龙兄是30多年前岳阳县一中高二的同学，临近高考前，他似乎失踪了，原来是当兵去了。直到10多年前，同学聚会活动中，彼此才重逢。虽然人到中年，鬓角已发白，喝酒时还豪爽。我们相邻而坐，他手上常有一抱书，好呵，又是一书友。

有时，我们在书店，各自挑选了一叠书，付费前，互相一瞟，竟有一两本相同。他喜欢文学、历史、人物传记，与我的喜爱相重叠。有一次，他在图书城捷足先登，把《随笔》《美文》买走了。我为此怅然。

诗人状发子

状发子，行伍出身，壮实如塔，浓眉大眼，炯炯有神。一颗童心，尚未污染。与学生打成一片，政治课上成艺术课，笑浪滚滚，有袁腾飞的感力。学生直呼状发子，答应自然。

天天要作诗，这是他的老规矩。半夜躺在被窝里，想起佳句，一个鲤鱼打挺，下床拧亮台灯，快记下来。老婆被他惊醒，以为他梦游，次数多了，任他折腾去。

一次同学聚会晚餐上，许是喝高了，感叹一位女作家不懂他的诗，一副很无奈的神态。

状诗人，是“60后”中岳阳写诗数量最多的人，也是迄今未出过诗集的人。如果要出的话，一次可出四五本。仍然坚持写诗，他写诗，故他快乐！

致杜英

我是多么喜欢你的一抹胭脂红呀。

尽管，初夏的惠风吹着吹着，催红了桃李和枇杷，又要把杨梅的青涩换成红黄紫。

这时的你，绿色的翠叶在晨风、雾纱和夏雨的抚摸下，仍舍不得去冬经霜变红的些许叶片，正如美少年额上的朱砂痣般，在夏日里烁烁闪光。

我是看着你成长起来的。

犹忆十多年前，这条沿湖大堤，长满了蒿草子、荻苇，也有稀疏几株夹竹桃开在春夏间。

七里山水湾有一处静静的港湾。湖水时涨时落，有了一片沙渚。每当夕阳染红湖水时，渔民从远处驾船返程，那时一湖波光耀眼的碎金会灼伤人的眼睛。

这沙渚上有一株柳树，驮着这如血的油光，成了湖湾里一幅特有的风景画，它与渔舟唱晚的意境是那么合拍。惹得市里的摄影家们，常常

“守株待兔”般地去守候，当然，也守候从渔舟下来的打渔女，来装点这静谧的湖湾。

这堤的静寂终究被打破。

洞庭湖大桥从它的头上腾空而起，如长虹卧波地书写了河东、河西两岸的天际线。

这堤的战略重要性，随着1998年百年抗洪大军的严防驻守凸显出来。改造它，加固它，成了城市经营者的大手笔。

在抗洪大军撤退后，机械化的施工队伍来了，加高，拓宽。昔日，如一条瘦瘦的裤腰带的湖堤，如今如一条巨龙般地膨胀起来。

城市的经营者，给它重新命名，叫作沿湖风光带。

这时，你被首先移植到这堤上。大抵10米远就栽上一株，如哨兵般守护着大堤。你的背后，则有樱桃、芭蕉、夹竹桃、桂花、香樟、杜鹃、栀子树、月季、棕榈等花木相依相伴，在春夏秋冬的生存竞争中，你以超长的优势，亭亭玉立，把头高过了那些花木。只有少许的桂花树与香樟，与你枝柯相交，结成闺中密友。有风有雨的时候，窃窃私语。你现在不寂寞了，每当有从城陵矶港口上岸的外地观光客，去看岳阳楼，打这堤上经过，目光总是绕不开你的。

只不过，随着那株独杨的消失，还有那些打渔的船儿，它们成了我心中永远的怀念。

谁叫你成了我们城市的市树？每天清晨，从城陵矶出发进城，我总要透过公交车的玻璃窗，瞧瞧你的容颜，偷窥你的朱砂痣般的叶片，我的朋友，安好如初，朝气如初，心里就止不住怦怦直跳。

我是很爱你的，你的名字叫杜英。

秋日里的范坳村

中秋，我回到了老家，那天天阴着，好凉爽。吃过午饭，步行三里路，去邻近的范坳村表姐家做客。

一路上，我们眼里是稻田里成片的金黄稻谷和田埂上一排排的青葱玉米秆。一些菜地，丝瓜壮硕地倒悬着，辣椒的果子殷红的。远山近山，都是雾气缠绕。

表姐家背后是小山，再背后是大山。她屋前有石榴的残红高挂枝头，细看有小孩拳头般大的石榴熟了。几棵柿子树，绿叶下，有青色的柿子隐约可见。门口水塘边，还种了板栗树，栗子还未黄，球上毛刺嘟嘟地扩张着。照理，这是吃枇杷的季节，那株叶片被虫子咬得七孔八缺的枇杷树，竟然找不出一颗果子。许是遭了虫灾。

塘里种了许多芋头，那一柄柄肥厚圆润的圆叶，高高擎着，像一柄柄团扇张开着。在塘边还有几丛芭蕉，也是肥硕得很，那绿叶疯狂地上蹿，只不过枝头上缺少那火红的花冠。除了芋头、芭蕉树，水塘被水草所霸占，看不到一点绿水。据说这是一口漏塘。没有水，就没有鸭鹅游弋。

表姐家门口原是一条官道。从湖北通城往岳阳县城去，是要走这儿经过的。20 世纪 70 年代，我从镇里购物回老家，无数次要打这儿经过。只不过那时这栋白墙青瓦屋还是别人家的。门口的水塘还是有水，旁边还有一口井，一年四季清澈见底，走累了路，是要蹲下喝几口水的。

从屋子前往镇里走，路边有许多栗子树。这不，我走出 20 步不远，就见到了一丛丛栗子树，果子压得树枝低了头。还有那楠竹，把表姐屋后装扮得青葱青葱的。枞树就不要说了，漫山遍野都是的，那松针掉下来，铺开了一块块红色的地毯。远去小溪上架上了一座桥，不是过去的石板桥了，如今改成了宽阔许多的水泥大桥。只不去，溪水没有过去那般旺了。

路上偶尔有几个中年汉子，赶着黄牛，或挑着柴杆经过。有些人还是我 30 年前的熟人，那时，他们也很年轻，如今成了半老年人。年轻小伙子、村姑们大多都到外地打工去了。村子里寂静得很。有时，一些驾摩托的人，把外来的客人拉到村子里，在马路上腾起一股尘土，偶尔鸣几声汽笛，打破了这秋天沉静的气氛。

人兽之间

（一）

我家近二十年养过三只小动物，用标点符号来代替它们，分别是逗号、句号和感叹号。如今，仅存感叹号与我们朝夕相处，在网上热议云吸猫成为新宠，言下之意，狗狗渐渐失宠，时移世迁，你永远追不上潮。我家曾养过的三只小宠物，在我心中它们都平等地受到喂养，没有厚此薄彼。

先说逗号，是我家的猫咪，叫逗逗，尾巴短。一天深夜，我们回家，身后跟着一个盯梢者，脚步极轻，近似于无，你走它也走，你停它也停，不远不近。待打开门，它嗖的一下不请自进，一看是一只瘦弱猫崽，饿得肚子扁扁的。我试图赶它走，它蹲在地上不走，我找了一些剩饭给它吃，它闻了闻，似乎有些犹豫，只好又朝剩饭里加了一些剩菜，拌了拌，许是有鱼有肉，它吃得一点不剩。找了一个鞋盒，做它的窝窝，把它安置到阳台上，它也乖乖地蹲进去了。

这小家伙显然是被人遗弃的，我们小区常有老鼠从下水道窜出来，姑且养着它防止老鼠进屋。每天剩饭泡汤，或把骨头与鱼刺给它拌饭，它日见强壮，麻麻的毛色开始泛亮。它也咬死过一两只老鼠，并不吃，留着给我们看。冬天冷了，它有时爬到我的膝盖上坐上阵。我们睡觉，它嗖的一下，钻进被窝，似乎是它的窝。

逗逗白天在家，晚上却逃离家，去附近的树林、草坪玩。我常常在树下穿过，习惯地喵喵地叫，有时也得到喵的回应。抬头一看，猫盘踞在树杈上，岿然不动，似哨兵，也似猎手，它高高在上，视野开阔，俨然山大王。

逗逗是一只母猫，它在我家一窝下了三只猫崽，它不依赖人工接生，把小猫身上的血污舔得干干净净。它的三只猫崽被它藏在床铺下面，我们悄悄地看了，它又把猫崽迁到阳台下洗衣机后面，只要你看了它的猫崽，它就不厌其烦地迁移。

后来猫崽长得圆鼓鼓的，它们还在客厅里逗打，不亚于小熊样那般淘气憨厚。两只猫崽被朋友要走了，我们留了一只。逗逗刚开始，老在房子里找它失踪的宝贝，喵喵地叫唤，大概过了一段时间，它也懒得再找，自己索性去外面打野。有时干脆在外面过夜，早上，我们去上班，大喊几声逗逗，它不知从哪里窜出，跑回家，趴在沙发下进梦乡。

剩下的那只小猫喂了半年，不慎从五楼摔下去，夭折了，我女儿为它大哭了一场。

三年后，逗逗误食打了农药的食品而亡。我与女儿把它搬到江边的树林里，把它挂在树枝上，让它重回哨兵的岗位上。

（二）

女儿在怀化读大学，要到北方去写生，把它养了三年的小龟……蜜糖交给我们。这家伙，银圆那般大，乌黑乌黑的，把它放到哪里，这还真费神，如果随便放，它有可能爬到厕所里去，太危险。

我灵机一动，把它放进金鱼缸里，天天在餐桌上见面，了解它的动与静。我把小龟放进去后，把半缸水倒成三分之一的水，两只金鱼照旧在水上游来游去。乌龟沉在水底，似一座小礁石。

第二天，我在吃早餐时抬头一看，一只金鱼已经尸浮水面，难道是水少了，氧气不足？我把死的金鱼捞起一看，它身上有多处受伤，可能是乌龟饿了，把金鱼作为食物，我们昨天疏忽忘了放龟粮，赶紧撒了一层龟粮，乌龟动也不动，任一粒粒的龟粮沉入水里，这家伙也许是做错了事，心虚了，不敢露出头来，也罢。

中午下班回家一看，那只金鱼也翻了肚皮，龟粮都沉在水底，泡成了烂泥。我捞起一看，尸身上也有伤痕，这准是乌龟所为，它挤进了金鱼的地盘，还把主人干掉了，乌龟还真有几分狠劲。

另一天，乌龟主宰的水底世界，波澜不惊，它不吃，只得把烂泥淘洗掉，又换上清水，照样放龟粮。它终于把头伸出来了，先把水面上的一粒粒吞进肚子，然后再把水底的吃掉，一粒也不剩。我敲一下缸沿，它把头迅疾地缩进壳里，这家伙反应蛮灵敏。我们也原谅了它咬死两只金鱼的罪行，默认了它属于缸内这片世界的霸主。

为了让这海底世界更加丰富，我们找来了几块小卵石，放入缸底，形成几座岛屿，乌龟有时爬上大的石头，趴在上面晒背。这家伙浸在水里太久，还要晒太阳，知道了它这一习性，中午便把它捞出水面，放在阳台上晒，它趴着，头仍藏在壳内，仍在睡觉，任冬阳给它沐浴。

晚上回家，准备把它重新放入水缸，这家伙却失踪了，我们把床铺、沙发、柜子都搜了个遍，不见踪影。也许从厕所的下水道爬走了，如果是这样，再找也徒劳。

过了几天，一个晚上，忽然听到木地板上有沙沙的响声，拧开灯一看，乌龟在地上爬。我跳下床，终于逮住了它。

以后，我们外出办事，几天不回，干脆把龟放到地上，关牢厕所，随它怎么活动。

这乌龟虽然长得很慢，但较来的时候也长大了一圈，成了一个圆圆的公章。它不仅吃龟粮，还吃肉丝，小鱼小虾。许是被蚊虫咬了，它生病了，我们不知哪里可治疗，想喂药估计它不吃，只好把消炎药片泡在水里，变成缸混浊的泥水。

乌龟越来越不进食了，熬过了生命中最后一冬眠，开春了，它没有醒，它把自己锁定在一个句号。

龟虽寿。这句诗应不是骗人的话，但那龟应是在自然环境下，而不是在家里宠着，经风雨见世面，大抵人与动物，都需要这般适者生存。

追忆我们的青春年华

太阳下山明天还会升起来，我的青春不再！

是呵。三十年斗转星移，三十年潮涨潮落。岁月把我们雕塑成半百老人。

还是把时光回溯到1981年至1983年那段激情燃烧的岁月，享受我们一同成长的记忆吧！

1981年10月，金风送爽的时节。肖老师作为71班的首任班主任，迎来了52张新面孔，从此我们组成了一个新的家庭。这52个来自6县3区的少年，用彼此的方言进行自我介绍，虽然，彼此还有几分好奇与陌生，但是，记住了各自的方言和面孔，很快就融合在一起了。从早晨到黄昏，教室里灯光闪烁，总是书声琅琅，讨论激烈，总是青春勃发，激情飞扬。运动场上，表演舞台，71班是力争上游，各展其才，夺冠称雄，舍我其谁。

1982年下学期，蔡老师接过作平老师的传递棒，做起71班的新班主任，那时，他才从大学毕业，走上教学岗位的第一天，就与我们这些弟妹摸爬滚打在一起。刚开始还有些忐忑不安，怕大家搞恶作剧，停留在对肖老师的管理和情感氛围里，然而，他却发现71班的班委会很团结，很融洽，很有凝聚力，借助班干部，很快就赢得了全班同学的信任与亲近。我们班爱学习，比上进的传统，继续发扬。

犹记我们那时校园生活很单调，我们71班的同学，提着砖头厚的录音机，到金鹗山公园，跳舞放歌；仲夏夜，我们的同学在校园的林荫树下、操坪一角，或散步收听电台的歌声，或用小提琴、二胡、笛子，练习心爱的歌曲，弦歌不断；春游君山，乘船过洞庭湖，偌大的湖面，蓝色如绸的湖水，让大家惊呼不已。船一靠上岸，那巨大地毯似的青草，在我们面前张开胸膛，我们的同学扑在草地上，吮吸着青草的香气，沐浴着暖暖的春阳，其乐融融。

犹记1983年早春二月，我们驱车前往汨罗实习，大家一路歌声，一路笑声。尽管，那时乍暖还寒，那时语文老师许青正在考研，政治老师因家事请假，但是，同学们很守纪律，居住地很简陋，吃得也马虎，但是，大家服从安排，在各自的实习学校，虚心好学，精心备课，认真讲授，勤走家访，巧排活动，赢得所在学校师生的肯定。

两年的时光太匆匆，我们刚刚相识，又匆匆别离。李叔同的一曲“长亭外，古道边”，让我们潸然泪下。我们还记得毕业分手的那一刻，当汽车启动，大家泪如雨下，不停地挥手……

20世纪80年代真是一个可堪歌唱的年代。它把我们彼此的青春镌刻在记忆的长河！

十几年前，我们集体为已故班友舒昌政的女儿舒娟募捐时，老蔡、老肖激动、感动得泪花打湿了眼眶，我们的善举与情义，让一个弱小的生命得到茁壮成长，小舒娟又延展了两代人的友谊，我们为71班亲如一家的情谊而自豪！

这渐行渐远的80年代，有许多我们共同经历的人和事，值得梳理，值得追忆，值得缅怀。好在，同学们都撰写了自己的感言，留下了新老照片，集体的记忆，是我们共同的记忆，这美好的记忆，足以温暖我们未来的岁月。看到一句句发自肺腑的感言和一张张精美的照片，真为大家的幸福生活和美好人生，由衷地感到欣慰，也要感谢大家的回忆丰富了我们的人生！

三年前，母校由原址已搬迁到山清水秀的近郊郭镇，欢迎各位同学重返阔别已久的校园，去参观新校区的景观，去重温那琅琅书声和嘹亮的歌声，去感受年轻一代学子的精神风貌，去架设友谊的桥梁。

此时此刻，我们耳边似乎又回荡着《年轻的朋友来相会》的优美旋律。

“但愿到那时，我们再相会！”

是的，但愿我们在各自的岗位上，奋发有为，身体健康，阖家欢乐！

相逢是短暂的，分别是为了聚会。

桂花飘香最忆君

那年，淡黄色的桂花开得香满巴陵古城，我穿着一身蓝色工装，从岳阳纸业公司，扑入了它的怀抱，从此，开始了职业的媒体工作生涯。转眼 10 个年头了。

常常翻阅影集，有一张照片虽然发了黄，却老吸引我的目光：我挟着一个公文包，从写有“岳阳晚报”牌子的大门走出，一脸的笑靥……

这张照片，摄于 2000 年 9 月 28 日。

这是在南湖宾馆举行《长江信息报》创刊庆典后，被当时的副总编辑王肖龙先生摄下的。当时，我才 36 岁，正值敢打敢拼的年龄。长信报给了我与刚招进来的王金河、江雪、危季鸿诸君一个施展自我的平台，我们在这个集体中，互相取暖，学会了一些怎么做媒体人的“功夫”。

我粗略地回顾了一下，长信报至少教会我“三种”本领。

第一，“追星”。我过去在企业工作，尽管也是做企业报的编辑工作，但是，我所接触的采访对象就是企业管理人员、工人，还有一些省市政府负责人。然而，来到社会办报，采访对象骤然扩展了，其中，对演艺界、文化界、学术界的大腕的采访，是都市报媒体的关注点之一。我追的第一个“星”，就是在粮都歌厅作主持的罗萝。采访前，我制订了一个问话提纲与同事江雪做了分工，我问，江雪做记录。采访很顺利。罗萝很配合，我动笔写出了4000字的通讯《罗萝搞笑闪了岳阳人的腰》，占了一个整版的篇幅，再加上王肖龙先生精彩的照片，这篇通讯令读者、粮都老总、主持人罗萝都满意。粮都老总谈总二话没说，付了8000元的形象宣传费给我们。这是我在长信报拿到的第一笔广告费，别提多高兴。后来，我采访了湖南理工学院音乐系汪奇副教授的独唱晚会和奇志、大兵的小品表演，对清华大学哲学教授万俊人、市委讲师团教授邹震江、湖南理工学院文艺评论家余三定教授等各种文化明星展开了专访与对谈，写出了一篇篇文艺类通讯。

第二，“炒作”。如今“炒作”这个词不再火爆，但如果时光倒流10年，那时，还是媒体人制胜市场的秘诀。在当时的总编辑周钟声的支持下，我抓住作家翁新华先生的长篇小说《淫羊藿》刚出版这一契机，组织了正反两方的评论队伍，围绕《淫羊藿》的主题，创作形式展开了讨论，正方代表人物是余三定先生，反方代表是我。吸引了我市作家、评论家朱先泽、徐辉、赖英来等人的参战，一时报纸“洛阳纸贵”，成为市民茶余饭后的谈资。

第三，“喝酒”。我过去在企业工作是不喝酒的，刚来长信报时，也不擅喝。2001年元宵节刚过，我们从湖北宜昌市学习取经返岳途中，车子在监利出事了，我与郭金喜、周明花等人，同坐的那台桑塔纳不知不觉跌入水塘，瞬间四脚朝天，过了片刻后面的车子来了，同事们纷纷跳入水中，把车子又翻过身，将我们救上岸来，当时农民烧起稻草杆火，我仍冷得直打战。中午，副社长李敬垂带我们去监利某宾馆吃饭，当时，监利县委宣传部的领导敬我们酒，为我们压惊，我竟然一口干掉了一杯一两半的酒，人也没有醉。以后报社搞什么活动，常把我拉到会喝酒的一桌，我经不住他人劝，也喝上一杯。于是，在以后交朋处友中，人们误认为我是会吃酒的，我也不便解释。其实，我的“会”喝酒，还是那次惊险偶然“练出”的。

在《长江信息报》工作的三年，还有许多酸甜苦辣值得回味，限于篇幅，就此打住。借此机会，我要道一声：祝福长信，永远年轻！

一堆火

是夜，鹰山社区西区 7 栋前的空地上，架起了一个蓝色的蒙古包。一大一小，两只小狗，两团雪球般滚来滚去，汪汪地对着我们直嚎。

一股柴火与饭菜的混合气味老远就能闻到。夕阳还有一丝余晖抹在树梢和墙上。我们没有费多少时间，就找到了这个“人民公社食堂”。

这名词是我临时捏造的。这块空地上，一年不知要举行多少次“雅集”。正在一个废旧铁桶前（临时的灶台）手握大锅铲的白老师傅，听了我的问话，说，五一、国庆、圣诞节，这几个大节是要聚餐的。平时，邻居过生日也要聚聚的。是呵，要具体算出一年举行了几场聚餐，还一时不容易。因为，自愿参与的邻居达二十多名，活动坚持了八年啦。

眼下，炉火正旺。白师傅不停地炒菜。我同学的夫君率领七八个大姐大嫂，正在包饺子。读小学三年级的梁晓如小朋友，也来参战，学着妈妈的样子，认真地包起饺子。她爸爸是德国人，此时远在冰天雪地的德国。她们是租住在此地的外地人，自然也成了这个“雅集”的会员。

我问晓如在这里放肆吗？她笑了笑，点点头。这里的爷爷、伯伯、婶婶，对她们母子都很好，真的亲如一家。如果男主人从德国来，赶上了雅集，自带黑啤也加入这个聚餐。

我同学小赵自带了一碗皮蛋擂辣椒，还有一碗干焙鲫鱼。每户邻居都自带了两个菜，还有自己的碗筷。

一桌热气腾腾的菜呀，男人们大碗盛满白酒，女士们则倒上自家酿的米酒。在社区蓝书记的一声吆喝下，“干杯！”一双双粗糙的手，伸向对方，酒杯对酒杯“砰砰”作响，女人们也不示弱，勇敢地碰杯，喝下一大口酒呀，现场的气氛活跃起来了。

两个作客的作家，被他们的气氛感染，主动地与邻居们碰杯“打通关”。好客的邻居怕我们少吃菜，不停地催我们多吃菜。这些菜肴也是“天南地北”的风味，正如他们的口舌是“南腔北调”。他们是来自五湖四海呀。“大家能聚在一起，就是一家人。”蓝书记对我们如是说。

热腾腾的水饺端上来了。大姐大嫂生怕老人小孩够不着，每人分了一小碗。冒着水汽的饺子，此刻在我们眼前似乎幻化成一个个“银元宝”。这是丰收的象征呀！

不知不觉间，夜幕真的降临了，有人点起了一堆篝火，刹那间，一股熊熊的火焰升起来，热气扩散开来。喝了米酒、葡萄酒的邻居和我们，禁不住起身，伴着音乐，大家手拉手，围着篝火，一圈圈地跳起舞来。来看热闹的人，也越来越多。

80多岁的白老太太，吃了几个水饺，端坐在椅子上，望着这一堆篝火，笑得脸上像蹙开了金丝菊。

那两只名叫咪咪、拉拉的小狗，此时，也加入欢庆的队伍中，不停地耍欢，汪汪地叫着。

我们要告别了。告别了今年的圣诞，也告别了这一堆火，但那炽热的温度与社区人的热情，仍在心里旺着，永远不会熄灭。

心香泪酒祭凌云

一年一度的清明节又如期而至了。

屈指一算，老同事马凌云兄离开我们近400多个日子了。年年正月，我与“岳纸”几个老友餐聚时，总要与凌云兄碰面，他能喝二三两酒的，但是，要劝，而且气氛热了，仍是慢饮，比较会“耍赖”。但是，凌云兄很少参与我们平时的消夜活动，有几次，夜里10时或11时打电话约他出来吃消夜，他说自己已上了床，人比较累，明天一早要去开调度会或者是木场巡查……任你软磨硬泡，他反正不来凑合，有时，我们还不很理解他，以为他怕吃多了消夜，下回轮到他做东，故不愿参加。

我认识凌云兄还是在20世纪80年代末。那时，我任职于“岳纸”党委宣传部，办了一份内部刊物《擂鼓台》，我负责编辑工作，需要生产一线的稿件，他在三抄任造纸班班长，清瘦如竹杆，一脸憨憨的笑。在轰鸣的纸机旁，他侧着耳，听清了我的来意，说过几天就交稿件。过了几天，他趁下零点班的机会来到我的办公室，掏出几张用新闻纸填写好的散文，字迹还工整，带着一些油渍。我看了几眼，开头简洁而有生活气息，便说可以备用。待他走后，我认真地读了一遍他的作品，他写他居住的竹荫街的老巷子的文章，描写得很细腻，显得苍老，充满怀旧的气息。我把此文一字不改地刊发了。

过了两年,《岳纸报》要诞生了，当时宣传部领导在选拔编辑记者时，考虑从生产一线选择一名文笔好，又熟悉一线生产的同志任编辑，我便说："马凌云同志文笔很好，又是班长，还是中共党员，各方面条件都不错。"我还把那篇作品翻出来，给领导作参考。马凌云同志由基层的一名造纸工人终于进入了机关，担任了编辑。

他新来乍到，尽管年纪长了我们近 10 岁，但是，他很勤奋好学，除了深入车间采访一线人物外，还学着写评论、特稿，当时，宣传部要报社承担对外报道的任务，老马积极性很高，常常抓到一个好题材，不厌其烦地修改。他还自学了摄影，文字与图片双管齐下。来了稿费，我们便吆喝到他家去吃饭，喝点小酒，打点小麻将，其乐融融。他作为老大哥为我们营造了一个无比温馨的聚会交心场所。每每想到，我感到无比的温暖。

凌云兄，在 1996 年秋天接待省企业报协会的一次活动中，给我留下了深刻印象。那天，我们从城陵矶乘船溯江而上，经过一天一夜的航行，到达荆沙市，上岸去参观古迹。而后又继续乘船，此时，马兄岸上岸下不停地照相，傍晚船靠白帝城，爬了三千多级台阶，到了白帝古城，是夜，我们做东招待企业报的兄弟，大家都敞开喝酒，我那时不胜酒力，喝了一两多就去休息。马兄陪他们跳舞 K 歌，不亦乐乎。一个淳厚的汉子，很快就适应了社交需要，这不能不让人刮目相看。

亲爱的马兄，突然倒在了 2010 年正月初二上班的途中。马兄因公殉职，像一名战士战斗到生命的最后一刻，令人为此而叹息不已。

我与岳麓书社的书缘

几个月前，我遇到岳麓书社年轻编辑郑龙，与他交谈，觉得他知识渊博，儒雅清秀。后经他牵线，我汇款到该社买了一套《郭嵩焘全集》（15册），装了一纸箱，书价打了一个很大的折。一到家，择出郭氏日记即读，已读毕二册，正在读日记第三卷，讲他在英国做大使，对自然科学知识，如饥似渴，有见闻必录，原来格物致知就是这样。

说起来，我买岳麓版的图书最早追溯到1986年。那时，我在岳阳造纸厂工作，家在荣家湾，每周要在城陵矶与荣家湾中往返。一天，路过市区解放路新华书店，书架上摆着一套钟叔河编辑的《知堂书话》上下集，雪白的封面，雅致，定价却不菲，上册3.2元，下册2.8元，合计6元。当时，我工资才30多元，口袋里一般也只有两三元。这书让我爱不释手，可差了一半的钱。我无奈地放下书，朝公交站台走去，1路公交跑城陵矶，正巧碰上了岳纸的同事老陈，向他借了5元，把书捧回了家。后来，我陆续买了钟叔河编辑的周作人散文随笔小册子，如《苦竹杂记》《苦茶随笔》七八种，读后有的被朋友借走。

后来，唐浩明创作的历史小说《曾国藩》三卷本，一上市，我就买到先睹为快。以后，凡与曾国藩有关的书、日记、书信、诗文集，也买了好几种，还把他儿子曾纪泽的日记买回，四大册，读了一遍。

读曾著上了瘾，再延伸阅读，关于曾国藩的年谱，他弟子赵烈云的日记《能静斋日记》四卷，都读毕。

从 80 年代到如今，我大约收藏了岳麓书社的书籍百多册，其中湖湖文库中，买了吴敏树、李元度、唐鉴等大学者作家的诗文集十多种。我充分利用岳麓书社的书籍，撰写了关于左宗棠、吴敏树、郭嵩焘、王闿运、曾纪泽读书与人生的随笔，刊发在《湘声报》《洞庭之声》上，并被应邀到老年大学与央企为文学爱好者作曾国藩与湖湘文化的讲座，受到欢迎。我还想把《左宗棠全集》也买一套，多读些岳阳乡贤的著作，为今后写晚清湖湘文化的随笔积累素材。

衷心地祝福岳麓书社，像岳麓山上的青松一样，四季常青，书香袭人，纸寿千年。

第三辑　书香诱人

魔幻其文　悲悯其心

——莫言长篇小说《蛙》读后感

莫言获得2012年诺贝尔文学奖。他的著作一时成为市上稀见之物。我将他去年获茅盾文学奖的长篇小说《蛙》（上海文艺出版社2009年12月第1版）快读一遍，似乎可印证“诺奖”评语称他将魔幻与现实相结合的说法。但我更认为，魔幻只是他表面的烟雾弹，其深深的寄寓还在于一种大悲悯，人道主义的情怀充盈其间。

莫言小说创作三十多年，一以贯之的笔法是将魔幻现实主义的笔法，运用得炉火纯青。从20世纪80年代初的短篇小说《透明的红萝卜》而发轫，一路写来，外人的兵器，如私家的利器，愈舞愈熟稔，可以说，信手拈来，散豆成兵。《蛙》中不乏其魔幻神来之笔，且容我举两例为证。其一个，写“姑姑”喝高了假的“五粮液”酒，从饭馆里往回走，想回医院宿舍，可不知不觉走到了一片洼地里。这时候，在月光下，她耳鼓里闻到了如鼓的蛙声，“蛙声如哭，仿佛是成千上万的新生婴儿在哭。姑姑说她原来最爱听新生儿哭声的，对于一个妇产科医生来说，新生婴儿的哭声是世上最动听的音乐啊！可那天晚上蛙叫声里，有一种怨恨、一种委屈，仿佛是无数受了伤害的婴儿的精灵在发出控诉”。为了更加逼真地摹写出姑姑被蛙们所缠绕、包围袭击的情景，他的魔幻的功夫使出来了：“无论她跑得多快，那些哇—哇—哇—的凄凉而怨恨的哭叫声，都从四面八方纠缠着她。”“她感觉到了它们坚硬的嘴巴在啄着她的肌肤，它们似乎长着尖利指甲的爪子在抓她的肌肤，它们蹦到了她的背上、脖子上、头上，使她的身体不堪重负，全身趴在了地上。姑姑说她感到最大的恐惧不是来自它们的咬啄和抓挠，而是来自它们冰凉黏腻的肚皮与自己肌肤接触时那种难以忍受的恶心……”这种合理大胆的想象，极度的夸张，使得姑姑的心理陷于前所未有的恐慌。这为姑姑以后对经自己之手流产了数千个婴儿产生深深的忏悔埋下了伏笔。又如，莫言在写姑姑嫁给泥人大师郝大手后，把家里三间厢房所有的窗户都用砖堵住，东、南、北三面墙壁上，全做成大小一样的木格子，每个木格子里，安放着一尊泥娃娃。“姑姑将手中的泥娃娃，放置在最后一个空格里，然后，退后一步，在房间里正中的一个小小的供桌前，点燃了三炷香，跪下，双手合掌，口中念念有词。”也许有人认为，姑姑患了精神病，一个名医怎么会对泥娃娃如此顶礼膜拜呢？这是有些不可思议。但是，我们的作家莫言以一个人道主义者的慈悲心，领悟了姑姑的煞费苦心，“姑姑是将她引流过的那些婴儿，通过姑夫的手，一一再现出来。我猜测，姑姑是因这种方式来弥补她心中的歉疚。”这种写法虽没有描写青蛙围攻姑姑那般离奇古怪，恐惧不已，但是，也都是与正常人的思维，与一个医务工作者的职业伦理是相悖的，从神秘方面看，也可视为魔幻的表现之一种。

还是回到作家苦心孤诣地表现出一种悲天悯人情怀的主题上来。该书表面上看是对姑姑忠于职守，服从组织安排，兢兢业业做接生、人流工作的讴歌，是一部主旋律的作品，是为一个医务工作者的树碑立传。如果仅仅停留在此，这部作品可归之于报告文学，不会拿到“茅奖”。然后，作家在现实得如此真实的地方，却把姑姑外面坚强，敢于与老法接生婆斗，敢于与阻止节育的悍汉泼妇斗，甚至六亲不认，将自家的侄媳妇也不放过强行引产。她这种天不怕地不怕，不怕人报复的精神，是时代的驱使，她似乎是那个时代的缩影。为此，她个人耽误了青春，受到了乡人的辱骂、殴打，她也无怨无悔，认定为了对人类做贡献，对国家做贡献，“计划生育”这个国策不可动摇，她是以全副生命去执行与捍卫，这种精神感天动地泣鬼神。作家塑造姑姑正面形象无疑是感人至深的。但是，将用魔幻的手法，如前面举的姑姑醉酒后遭到青蛙们的围攻，以及嫁给郝大手后，把泥娃娃供奉起来，两厢对照，就不难发现，在姑姑表面坚强的行为下，她的内心其实也有脆弱的一面，只不过难以被常人窥破。她在退休以后，目睹转型期的富人、权贵自恃有钱有权，无视计划生育政策，多生超生，甚至形成一条出租生殖的地下产业链，她这位计生老兵，自感无奈，甚至不惜背叛自己多年的信念，走向自我救赎之路，把姑父做泥人的工艺操作，竟然当成宗教的工具，每雕塑一个泥人，与她经手人流的婴儿对应起来，借泥娃的问世，使那些被人流的娃儿得到供养，待他们得了灵性，再去转世投胎。姑姑的这一反常之举，也许会得不到他人的同情与理解，但是，莫言都把她的阳面（行为）与阴面（心理）之矛盾，早年与晚年之反差如此尖锐置于当下的语境，让人震惊，这现实是如此荒诞而又如此真实地存在着。人性的回归与荒诞却又是如此纠缠在一起，分不清，理还乱，这种二律背反不是非黑即白，就可以下价值判断的。莫言的聪明之处，也在于此，他把这种“现实就是合理”的古老命题，以一个中国农村的朴素故事来讲述、来印证，来让人有所思，这已经超越了对世事诠释的功利写作，如果没有释家的大悲悯是很难达到这种境界的。

由说理儿说开来

——读刘震云长篇小说《一句顶一万句》

直接地说，我不喜欢刘震云这部《一句顶一万句》（长江文艺出版社2009年3月第1版）新近获茅盾文学小说奖的作品之题目，以一句“文革”时期耳熟能详的话，据说是林彪对毛泽东理论的赞美之词“一句顶一万句”，借用拿来作小说标题，作者的用心何在呢？通过阅读其小说，感到作者还是包寓着反讽的意味。他不是强调什么意识形态或政治术语对生活的重要，而是你要像剥洋葱一样一层层去剥，准能找到一个核，这个核是什么呢？刘震云小说的核就是说理，或者就是说理儿。

小说的发生地在河南的延津与山西的沁源。上部名曰“走出延津”。其主人公是杨百顺，后被天主教师傅老詹改名为吴摩西，这是一个农民手艺人。从小在贩豆腐、杀猪、挑水染布、种菜，与妻子蒸馒头贩馒头的人生历练中，对吆喝有种种不同的感悟。从小崇拜喊丧的罗长礼，那股气势如虹的声浪，也尝试在贩豆腐、贩馒头时吆喝，却自卑地放弃。与父亲老杨，与赶大车的老马发生是否让他进学校的冲突后妄想去杀掉贩子老马，后因遇到了一个睡在草堆里的小孩而偶然改变。但是在内心已经谋杀了自己的父亲老杨，进了新学堂的哥哥，以及赶大车的老马后，出门流浪谋生去了，先是拜老曾学杀猪，因与东家讲了师娘对他的刻薄的闲话，传进了老曾的耳朵里，被逐出师门，去染坊挑水对老板的猴子感兴趣却被猴子耍了，猴子跑掉了自己也只好走人，遇上传教士老詹后，经老詹求情在竹器厂做事，老打瞌睡被辞退，后被县长老史看中去帮忙种菜，与寡妇吴香香结了婚，似乎有了一个家，但是过得更不自由，吴与邻居银匠老高私奔了，留下了养女巧玲，吴摩西又被岳母家、老婆前夫家合力赶出门，只好假装去找老婆，却在途中把养女弄丢了，自己也似乎人间蒸发了。

我花了这么多的笔墨来叙述吴摩西的出走延津，这个来自底层的农民一辈子的纠结在于，他不善于表达，对事儿的绕来绕去理不清。而他所崇拜的罗长礼都以喊的气派，让他佩服得五体投地，以至于在他真正远走他乡后，便把自己吴摩西的姓名，改成了罗长礼，企图让自己下辈子的人生活得爽朗气派些。

小说下部叫“回延津记”。写了弃儿巧玲，被人收养后改名曹青娥，出嫁后生下三儿一女，二儿子牛爱国的妻子跟着姐夫私奔了，孙女百慧跟奶奶曹青娥一起生活，牛爱国在外地开车，在母亲去世之后，一有烦恼的事儿，便想到去找当兵时的战友去说，他也特别看重会说理儿的，有时也成为朋友、工友倾诉的对象，他特别羡慕有些人能三言两语，就把理儿像码肉、码骨、码杂碎般，分得清清楚楚。他之所以在母亲死后回延津，表面上去找私奔的妻子，实际上是看了延津的亲戚给母亲的一封信，想打听一下吴摩西生前对回延津找亲人的孙子所说的一句话。

那是一句什么话呢？这并不是读者很关心的。但是，小说中的牛爱国却不远千里去延津和吴摩西后辈子生活的陕西咸阳来寻找爷爷吴摩西留下的一句话。其实他内心有一个心结，那就是他与饭店老板娘章楚红发生婚外情，临别时章楚红曾对牛爱国说过一句话："我有一句话要对你说。"牛爱国悄悄离开章楚红后一直琢磨是一句什么样的话，他在自己的大脑里老盘旋，还是吴摩西的孙媳妇说得好："日子是过以后，不是过以前。"这句话是很有哲理的，也是人生的经验高度概括。牛爱国明白了这句话，他心里的结就豁然而解了。

爷、孙两代都在寻找理儿的途中奔波。这其实也是古今中国人的共同特性。"人活一口气。"有时这"一口气"也就是活着凭着一个理儿，有理打遍天下，人与人之间发生矛盾、纠缠、摩擦，靠论理儿去解决。这不，正应合了刘震云小说标题"一句顶一万句"。理儿，在每个人的心坎上分量是如此之重。

“身体写作”与“意淫”

当贾平凹喊出“向新人类学习”这一口号时，我就明白了贾平凹不愧为大师，他的《怀念狼》原来是在“新人类”的逼迫下，不得不选择一条与此前小说创作迥异的道路，即告别现实主义，以现代派所擅长的隐喻昭示对现代文明的反叛与回归自然的渴望。

而湖南作家翁新华的境遇比贾氏还要艰难，他一面为当下所谓的纯文学惨遭广大读者的冷落和文学期刊的纷纷凋谢、倒戈而黯然神伤，一面又遭遇了棉棉、卫慧等以“身体写作”的挑战，也不得不作现实的考虑，新近抛出一部41万字的长篇小说《淫羊藿》(作家出版社2000年7月第1版)，美其名曰性态小说，企图在现实主义与“新人类”的夹缝里，以“意淫”这一安全套，来左右逢源寻找一线生机。拜读之后，我以为翁新华成了一个十足的伪现实主义作家，同时又是一个伪性态作家。

《淫羊藿》的情节并不复杂，作为男主人公的流浪歌手马跃进对作为大歌星的妻子、曾经的班主任老师陈丽丽同床异梦，无力将刻骨铭心的爱恋转化为肉体的自然交合，而与生活在社会底层的打工妹鬼混时，却有能力将之弄得屡屡去找妇科医生。女主人公陈丽丽，却活在初恋的氛围里，把丈夫视为永远的情人，终因不敌身体的寂寞暂时分手。若不是作家在书斋里演绎时添加些弗洛伊德、柏格森的性心理学与精神分析成分，诸如马跃进之恋白马，马跃进音乐天赋源自生父遗传基因，马跃进屡屡梦遗，马跃进母亲死时骑着白马的精灵飞临天国，马夫继父掉入窑洞烧死后变成马的骨架等，那简直就称得上明日黄花。也许正因为搭帮这些苦心添加的调料，使得这一小说倒也生出“魔幻现实主义”枝蔓和“意识流”的翅膀，摇曳万方，迷惑了不少读者，并由此生出几分哀叹阴盛阳衰呼唤阳刚之气式的伪崇高。

这些故事也许有些生活原型，据说大抵与翁新华20世纪70年代末至80年代初做过乡村教师、知青农场秘书的经历有关。这种经历甚至精神创伤，转化为爱情挫折而体现、表现得好，也有张贤亮《绿化树》《青春期》的效果，即生理的渴望。遗憾的是，这种梦欲主义的阴影在翁新华的脑海里挥之不去、欲罢不舍，以至把那些陈年旧事延伸到80年代末与90年代初的现实之境。尽管作了许多铺垫，诸如马跃进作为流浪歌手写了许多富有时代气息的歌曲，为陈丽丽炒作成为都市红歌星渲染了许多环境氛围，这些外在的描写尽管很到位，可我们的男女主人公之心态仍然活在李玉和、李铁梅时代，骨子里流露出的仍是传统意义上的爱恨情仇，甚至一举一动、打情骂俏，仿如在现实的舞台上唱古人的戏般。

明明是一个带有强烈政治意义的题材，为什么翁新华要以《红楼梦》中的“意淫”手法加以表现，并不厌其烦地反复渲染重复那个野合的噩梦呢？翁新华显然在取媚读者，想把“新人类”对身体的展览作为卖点的策略也借用过来。无奈他弄惯了现实主义的刀棒（此前翁氏的确有一些出色的现实主义作品，如《再生屋》《空屋》《蓝太阳》《明年有橘收》《水平面上下》《沧浪之水》《五十年前的蝴蝶标本》《痴虎三部曲》等），操作起来有些力不从心。一方面，既不敢放胆全盘裸露身体；另一方面，对男女主人公的性心理之分析，又与时代的氛围发生极大的紧张，使得翁新华只能羞羞答答地跳着半裸的伤心舞蹈，以赚取几文糊口养家的稿费。所以，这部大作绝对不会招致政治上的麻烦，但终究因此而揭掉了伪现实主义作家的面纱。

由此，对于《宝贝》之类的被骂，我不感到震惊（我对棉棉、卫慧索性脱光衣裤的勇敢表示佩服），而对于翁新华的“意淫”，我倒是深感可怜。

说穿了，我们这一时代，早就走出了《爱是不能忘记的》《绿化树》里的古典爱情模式，对于披着情爱袈裟的“政治人”也已不感兴趣。这一时代高扬的是灵肉分离。对肉的迷恋，以至于发展到乱伦的地步，真正的爱情倒成了一种稀缺资源。生命的需要毕竟带有许多低下的动物性。翁新华先生如果看不到这一点，还在一边捧读弗洛伊德、柏格森，一边穿一条裤衩做堂吉诃德与风车搏斗的游戏，岂不成了落伍的笑料吗？

翁新华先生既把自己装扮成坐怀不乱的柳下惠，又想在精神上成为一个放纵的浪子，极力追赶消费时代的声色犬马的马车，不甘被“新人类”远远甩在后头，却无奈甩不掉精神创伤留下的生理上的缺陷，如马跃进般只有精神征服的企图。不知作家津津乐道的淫羊藿这味壮阳药，是否能使自己胆壮起来，走出“意淫”精神病房，解放马跃进，解放自己，不也解放了一大批被“意淫”之梦魇所压迫的当代人吗？！

江湖夜雨十年灯

——读张步真散文集《江湖之远》

张步真先生近年出版了一册文化历史散文集《江湖之远》（湖南人民出版社 2015 年 10 月第 1 版），这两天重读了一遍，深为他字里行间透出的忧乐情怀所感动，何谓江湖之远？还不就是忧国忧民的屈子精神的外化吗？

全书 17 篇文章涉及的与岳阳有关的历史人物，从传说中的娥皇、女英算下来 19 人，可以说才子佳人，文人骚客，卓有成就的政治家、思想家、军事家，大都囊括其中，群贤咸集，群星闪烁。你可以把此书视为文学作品，也可以当成地方史志，因张步真先生写作严谨，以史家的求真务实，加上作家的合理想象，把一个个古人激活起来，栩栩如生，无论读哪一篇都是与古人的对话。

此番重读，我选择了倒读的方法，从近代的人物篇什读起来。近几年，我关注了岳阳近代史上的著名文人学者，也写出了一些读书随笔。我认为步老无论写左宗棠、郭嵩焘、李元度，还是写刘璈、吴獬、苏舆这六位岳阳大地生长的近代名人，都是有据可查的，步老好学不倦，充分利用“湖湘文库”的书籍，这几位都是“湖湘文库”的作者，都有专集。要从这些人物的专集中找材料，不花时间和功夫是不行的。他几乎没有摘抄原话，否则有掉书袋之嫌，也影响文气连贯。左宗棠出身书香之家，家境贫寒，只好到湘潭周家做上门女婿，但此人是一个典型的“身无分文，心忧天下”的湖南人，除了阅读诗书外，还有心收集整理地图，结交当地的名绅学者，还与路过长沙的林则徐结缘，到陶澍家做塾师，读遍了陶家的书籍，赚了些银子，后来把家安在湘阴“柳庄”，左宗棠的发家得力于参与曾国潘领导的镇压太平天国的战争，让他这个“小诸葛”崭露头角，而后镇压捻军回族叛乱，以及收复被俄国侵占的南疆等，屡立战功，七十四岁死在援越抗法的福建行辕，这真是烈士暮年，壮心不已、左氏的一生，可以说贯穿了屈原的求索精神，也可以说是范仲淹倡导忧乐精神践行的典范。又如郭嵩焘，是一个悲剧式人物，生前做官很不顺利，出使英法成为我国首位大使，是睁眼看世界的第一人，近几年中外历史学家对他的评价甚高，郭氏晚年有官不做，在长沙城南书院，执教培育三湘的读书人，但是长沙的旧派绅士是排挤他的，步老以《终识人间有此君》为题，也是意味深长的。

对于近代以前的与岳阳有关的历史名人，耳熟能详的，如娥皇、女英、屈原、李白、杜甫、白居易、范仲淹就不说了，我以为张步真先生对于柳宗元是否来过岳阳这一疑案，通过阅读柳宗元文集找到一些佐证，因为柳宗元被贬到永州上任，曾应岳父之嘱，写过《岳州圣安寺无姓和尚碑》及《碑阴记》，以及诗《汨罗遇风》，虽然历史上找不出柳氏到岳阳的记载，但他毕竟写过岳阳的文章，也算得与岳阳结缘者，步老这一发现丰富了岳阳文史的内容，还有他在《诗人与船》一文中通过细读杜甫的诗句，大胆推出杜甫不是因吃了耒阳县令的牛肉，被胀死在耒阳的船上，而是贫病交加的诗人，想到平江县探亲访友，死在靠近平江县城的船上，这就为确定杜甫的墓究竟是否在平江而提供一定的依据，另一方面，也是彰显杜甫这位一辈子为人民的生死鼓与呼的诗人的风骨，杜甫与屈原都与汨罗江结下了不解之缘，他们的精神自然成了浇灌湖湘精神的源头活水。

认识步老有三十年了，他是岳阳文坛不老松。他是一位自学成为著名作家的乡村知识分子，在电子媒介异常发达的今天，他没有退隐山泉，而是孜孜不倦地阅读，如今拿出这册熔历史、民俗、思想为一炉的著作，可以说步老已经成为一名学者型作家，这是他的成功蜕变，我们为此感到高兴，并祝愿他继续写出岳阳古今名人的新篇来。

对学术现象的扫描与解析

——读《中国新时期学术热点研究》

以文艺批评见长的湖南理工学院党委副书记、《云梦学刊》主编余三定教授，近几年，实现“华丽”的转身，把学术兴趣与关注点，由文艺批评转向对中国当代学术史及学术现象的研究和综述上，2012 年 8 月由北京大学出版社出版的《中国新时期学术热点研究》，就是他继出版《当代学术史研究》（人民出版社 2009 年 2 月第 1 版）后给读者交出的最新成果。

在学术遭遇到社会转型、功利主义甚嚣尘上，一些考核把量化指标所谓的数字化管理，视为圭臬的当下，许多学术产品“方生方死”，它一经面世便进入速死的“垃圾”之列。身为学术界中人的余三定，不是墨守书籍充栋的南湖藏书楼一隅，而是利用各种学术研究会的机遇，不惜牺牲一些清誉，常在各种学术活动中现身，有“华威先生”之嫌疑。他可不是两手空空而去，每次赴会，把带有自己对当下学术热点跟踪后，经过认真反思、拷问、辨析，梳理成文，抛砖引玉，引起同行的呼应。

他的问题意识非常强烈，阅读关注面颇广，像其书上编“宏观扫描”就涉及了关于学术规范、反对学术腐败、学术评价、研究生教育、学术大师、中学语文教材等10多个学术现象的宏观综述。这些现象或由他发起召开专题研讨，或由他发起倡议表明立场，或由他率先指出“皇帝的新装”，这既需要学术勇气，又要具备过硬的学术素养和知识储备。他是一个治学低调的人，不是靠虚张声势，说一些无关痛痒的话，以制造议题来消费同行。在一些带有策论式的文章中，他还针对防止学术腐败、重建学术规范、改进学术评价机制提出了一些切实可行的对策。例如，他于2010年7月在《人民日报》上发表《岂能“只认衣裳不认人”——“CSSCI风波”引发的思考》一文，引起了较大的反响。当年《新华文摘》第21期转载，这是国内人文学科学者对奉若神明的CSSCI（中文社会科学引文索引）进行批判清算其给学术评价带来的消极后果的第一篇。

相对他的上编“宏观扫描”，我更喜欢读他的下编“个案论析”。因为，他在参与学术热点追踪之前，就下了一番功夫对当代一些人文学科的学者进行过长时期的研究。例如，他在20世纪90年代北京大学进修做访问学者期间，就对叶朗、陈平原做过访谈，系统地阅读过他们的专著，在这些基础上，他结合自己对学者为人为文的理解，再对这些学者进行个案解析，就有血有肉，不是只见森林，不见树木，也不是只罗列一番学术成果，加上几句评价，就算完成了一篇印象式的侧记或学记。再如，他认为陈平原治小说史“总是以史识见长，但他是以扎实的史料作基础的，在这点上他继承了鲁迅、阿英、郑振铎等老一代学者注重功力的优秀传统”，他还注意到陈平原的另一个特色是“首先是为学术而学术，其次是保持人间情怀”。陈平原也是常常对学术热点现象率性而谈，从不忌避的学者。可以说，余三定与陈平原有其性格相似的一面，故能惺惺相惜、遥相呼应。《云梦学刊》上常常有陈平原就某一学术热点进行研讨的文章，这就是明证。他对胡绳、许诺、郑欣淼的研究，学术难度较大。胡、郑不仅是学者，也是党政高官，他们的治学跨度有的长达半个世纪。你不系统地阅读他们的学术著作及其相关资料，就很难把握其治学的秘籍而登其堂奥，他认为胡绳“自觉摆脱了某些学者书斋中‘学究式’的研究，克服了同现实问题保持距离，仅从书本上讨生活的旧习，而把目光投射到重大的现实问题上”。关于对许诺的研究，因余三定在“文革”期间向他问学，有过亲炙学问的便利，故得出许诺具有“从不流俗，独立思考的理论探索勇气”的结论。对郑欣淼提出的故宫学，余三定是其十足的粉丝，乐于为他鼓与呼。

学术乃天下公器。古人如是抱着“吾爱吾师，吾更爱其真理”的追求，看重“公器”的客观、公正性，而当下利益至上，学术的“公器”有时成为某些人的“私器”。有识之士，焦虑忧郁，不得不拍案而起，余三定就是基于这样一种学术使命感和责任感，该书的前半部是破，后半部则是立，可见，他对还学术为天下公器的拳拳之心。也许，他当下的呼唤，如杜鹃啼血，唤不回世风日下，但是对于少数坚守学术自律的人，觉得吾道不孤，可以抱团取火，能有如是的相互呼应，相互砥砺，此愿足矣。

活在当下，文学评论家何为？
——读《2666》札记

智利作家罗贝托·波拉尼奥70万字的巨著《2666》（上海人民出版社2012年1月第1版），共分五部分。第一部分名曰“文学评论家”。在后现代社会语境下，吃文学这碗饭越来越不香，何况是吃文学评论家这碗“寄生虫”般靠消化别人的营养维生的饭，似乎更没有他存在的环境与空间。然而，罗贝托·波拉尼奥却似乎把时空倒转到中国20世纪80年代，文学空前繁荣的气场中，让四个大学教授、文学评论家，围绕着德国一位名叫阿琴波尔迪的作家，讨论“其文本、次文本和准文本能指和所指、高度专业方面的代码”，这四个人分别是让·克劳德、曼努埃尔、莫里尼以及英国女学者丽滋，前三人分别是法国、西班牙、意大利人。这三个男人都是独身者，具有钢铁般的意志，百折不挠，反复地阅读阿琴波尔迪的所有作品，后来由于丽滋的加入，俨然成了“四人帮”，凡有关阿氏的作品研讨会，四人都争取出席，都各自宣读自己的论文，与其他派别的阿氏“粉丝”展开争论，他们四人互相支援，大有党同伐异的气派。

然而，随着他们互相与丽滋的交往，除了学术上的见解趋同外，让·克劳德、曼努埃尔分别对丽滋产生了迷恋和占有的冲动。已经离异的丽滋也感受到了两个同行发出的情欲信号。于是，他们之间玩起了伦敦、巴黎、马德里三个城市的情爱互动游戏，不是让·克劳德去伦敦私会丽滋，就是曼努埃尔从马德里来伦敦与丽滋同居。开始丽滋与两个男人周旋，后来两个男人都知道对方是自己的情敌了，有了丝丝的醋意与疏远、冷漠。他们把自己的心事向残疾的莫里尼倾诉。这个铁三角的学术关系，由于情欲的膨胀而发生了分化和改变。尽管，让·克劳德、曼努埃尔与丽滋，根据他人提供的阿琴波尔迪可能隐藏在墨西哥的圣特莱莎城的线索，不远千万里，空降到南美大陆这个沙漠边缘城市。他们两个男人在丽滋提前返回伦敦后，才了解到丽滋已厌倦了这种无劳的寻找，她一头扎进了莫里尼的怀抱，似乎对莫氏是一个迟到的爱的补偿。

这部小说的首部分及二部分的“阿玛尔菲塔诺”，讲的都是四个欧洲大学校园里的评论家，在学术圈里举行的关于阿琴波尔迪学术研究会上如“华威先生”般的出席与退席，享受了许多圈里的风光与喝彩，更多的是暴露了他们对情感的淡漠，对性的随意与放纵，即使两个男性教授有了情人丽滋，他们常常联袂外出，把到外地观光与猎艳作为快乐的享受，这种后现代的生活态度，使人们的追求“勇敢地转向了日常生活和商业文化的目标”（斯蒂劳·贝斯特语）。

我们从这部小说不难看出伦敦、巴黎、马德里三地的城市景观和消费符号。本来作为精英文化的代表，四个大学的文学评论家也经不住这种消费文化的诱惑，成了失去灵魂的单向度人，这是一个活生生的标本。这似乎是宿命般，让人难以摆脱的陷阱。因此，文学评论家在后现代社会里，已经没有启蒙者的角色的威权了，他们与普通市民一样，被欲望的能指所驱使，在都市里放任自我，难已找到波德莱尔的“忧郁”，奈瓦尔的“惆怅”了。

用温情烛照灰暗的人生

——读张阳球小说集《稻草人》

小说家张阳球先生近期出版的小说集《稻草人》(百花洲文艺出版社2018年8月第1版),快读一遍,为先生对现实问题的焦虑关切和寻路而感染,他的强烈的问题意识,从骨子里却凸显浓浓的人文关怀,不啻一抹阳光,照亮了普通人灰暗的人生。

这本作品集由六个中篇小说组成,每一篇都围绕一个问题而展开,我按照作品的顺序,总结了一下这六个问题,分别是围绕复员老兵的名誉问题,农民与乡村干部为补偿农田的博弈,抗战文物的卖与不卖问题,老年人在敬老院生存的问题,演出活动市场化运作的问题,作家发不发文凭及情感纠葛的问题。改革开放四十余年来,中国社会一直处在转型阶段,层出不穷的社会问题和社会矛盾产生,怎么应对,怎么化解,这显然大多是由各级政府和社会组织去解决。作为以社会良心著称的作家,是否应该介入,怎么介入,这也是作家自我选择的自由动作,阳球先生从军营转业到地方,回到故乡岳阳市从事文学艺术专职工作,他当仁不让地思考这些社会问题，用手中这支笔来破译这些较敏感却牵动人情感的问题，其社会价值是不可低估的，尤其是他的文笔老辣，他解剖人物的性格比较深入，其文学价值是不可低估的。

我姑且把《稻草人》作为解剖的标本，对阳球先生的小说创作进行解读。小说中的主人公，一个外号叫“牛皮糖”的老农民，另两个次要人物则是村主任与镇长。小说围绕牛皮糖从村主任与因外来槽罐车翻到村旁，就污染费的事与他人扯补偿而受启发，工业园一条排沟穿过他八斗丘的农田，就想到要村里给予他同样的污染补偿，村主任也是一个滑头，他不会轻易答应牛皮糖的要求，牛皮糖天天缠，天天找，恶作剧村主任，也难以达到目的。牛某毕竟是一个会用心的人，他借生日的名义，不请乡亲，却把沾亲带故的亲戚请来，有的在市里某局给领导开车，有的在报社当记者，有的则在某大公司干事，这些人八面玲珑，人脉众广，这些亲友团的阵容，让村主任仿佛有悟，他主动妥协，愿意补偿牛皮糖2000元了事。牛皮糖心里的算盘不止这个数，他不干，率性就找镇长，镇长不是那么容易找得到的，他听说镇上在工业园有一个剪彩仪式，他就早早地去候镇长，然而却与保安发生了碰撞，被保安推倒在地，他以自己被人打了这个理由，镇长只好把他安排到医院去检查伤情。他这一进院一住就是数月，镇长要村主任动员他出院，他提出了补上他八斗丘的条件，镇里、村里拿不出那么多钱，他却把村里荒了的那块茶山，与他的八斗丘置换，村主任不同意，镇长却认为可行。在这讨价还价中，牛皮糖达到了目的，后来工业园要在茶山上办一个养殖场，镇长、村主任后悔不该把这荒山让给了他，而牛皮糖动工做了一些门面。栽了很多树苗，要价更高了。这样的故事在当下可谓屡见不鲜，上访的故事中，就有少数以上访来作为谋生、获利的人。牛皮糖也就是这上访人中的一个代表。

作为村干部，在与牛皮糖博弈时，为什么没有占到上风，如农田里的“稻草人”一样，有时虽然吓唬了一下天上的老鹰，但是地上的鸡鸭却不在乎，照样地食稻谷，这就让人想起一个公平公正的问题，过去做群众工作时，对老实人厚道人的诉求，以强硬的态度，能少打发则少打发，让这些人受损，受些委屈，而心中毫无愧疚。对于牛皮糖这些“刺头”，他们凭着一副死猪不怕开水烫的姿态，得到了他们本不该得的诉求。这种典型的欺软怕硬和欺骗的方式，却极大地伤害了党和政府的公信力，使得群众工作进入了一个恶性循环，也就是人们常说的“会哭的孩子有奶吃”。“稻草人”的做法，讽刺了一些干部的工作作风，真的值得人好好地反思。

农村是这样，城里的问题更复杂，同样需要我们直面现实，如《无蜂的季节》。它就讲述敬老院的故事。当下中国进入了老龄化社会，敬老院的生意较过去已经成了朝阳产业，但是它的生存现状很少会得到作品深入的挖掘。阳球先生几年前就发现了这一问题，作品中主人公六十多岁，因妻子早逝，女儿成家，一个人孤单，就把家迁到敬老院，却因爱上了隔壁理发的余双桃，后来介入调解余双桃和丈夫胡某离婚的纠纷中，自己挨了打，众人议论纷纷，女儿也不理他，最后余双桃被迫把理发室迁走，回到了家暴的老公身边，男主人公下落不明。老年人该不该重新获得爱情，该不该重组家庭，这些现实问题，却因传统的观念和禁锢，阳球老师提出了这一课题，正如当年五四先驱“娜拉出走后”怎么生存下去这一人生问题。

这六个中篇大多与阳球先生人生经历和平时的思考有关，这就透露了一个人信息，作家只要不死守“象牙塔”，多深入现实生活，感受时代的变迁，可谓不尽素材滚滚来，小说的语言，除了多读经典，厚积薄发外，一些鲜活的口语，有撷自百姓之口，对大自然和社会各阶层人的深入了解，才能刻画出这些有血有肉的人物。

阳球先生显然是一个受鲁迅深刻影响的作家，鲁夫子“哀其不幸，怒其不争”的思想，对于他是有启发的。他针对笔下众多的社会问题，一一予以解剖。如外科医生的柳叶刀无比锋利，将腐朽的肉骨和恶性的肿瘤剔除干净，护卫好的肌体。这有些菩萨的金刚怒目的态度，对于原则的守卫是毫不含糊的，同时，他在小说中，注入了深厚的怜悯，同情宽容，即使牛皮糖这样的“刁民”对于胡老板这样的无赖，也不把他们推向坏分子之列，对于稻草人似的村主任、镇长也是批判其不作为、乱作为的做法，同情其现实的处境，这充分体现了他的菩萨慈悲之心。悲天悯人的情怀，奠定了阳球小说的基调，这是他小说接地气，与人亲近的不二法门。

一个“叛逆青年”形象的成功塑造

——读贺学群长篇小说《坏孩子》

岳阳作家贺学群过去是以写散文见长，天津的《散文》月刊十多年来年年有他的大作。近几年，贺学群既写散文，也搞小说创作，除了发表了一批短篇小说外，在鸡年开年出版了长篇小说《坏孩子》(花城出版社 2017 年 1 月第 1 版)，篇幅虽然只有 8 万字，却成功地塑造了一位当代叛逆青年牛立人的形象。

去年年底，我与贺学群先生有过一次短暂的交谈，凭着初步阅读该书的印象，我惊呼，贺兄了不起之处在于继韩少功在 20 世纪 80 年代，塑造了一个叫丙崽的艺术形象后，时隔 30 年的光阴，终于有一位在世人面前是坏孩子、坏家伙、坏东西的青年牛立人，以他叛逆的形象栩栩如生地立起来了。这些年来，湖南也有许多长篇小说问世，却鲜有《坏孩子》这般具有丰富而又鲜明个性色彩的人物形象。一些作品满足于讲故事，尤其是一些官场小说、反腐小说，基本上从新闻和案卷上抄袭的情节，大同小异，而主人公的形象仍是模糊不清。在这方面，贺学群却以扎实的生活根基，把自己成长过程中积淀的素材发酵打磨，而不是凭空捏造。应该有生活原型铺底，故写起来不甚费力，牛立人从孩提时起，到青年时期成为江湖上的一位既传神而又可信，既被社会利用而又崇尚自然生存法则的带有矛盾二重性的形象，成为马克思主义经典作家认为符合现实主义创作方法的“这一个”。然而，作家又借鉴现代文学创作重反讽、幽默的表现手法，牛立人的身上不再是非白即黑，而是具有多重人性，似乎用传统的道德批判来理解他，却是隔靴抓痒，这就需要我们跳出思维定式，更多地从自然大道的宽广视野和胸襟来解读他，庶几可接近作者的旨意。

作品第一部分的《坏孩子》故事发生于20世纪70年代，“文革”刚刚结束，牛立人尚在读小学，刚开始还是一个受老师表扬的好孩子，由于萌动的性意识，无意中窥见了阿珍姐的臀部，后来干脆悄悄潜入她的房间，寻找带有阿珍姐气息的物品，作为满足一种好奇的心理，选来选去，放弃了梳子，选择了一面镜子。有了这一举动后，逃学成了常事，这种举动在老师和家长看来是不守纪律和规矩。作者用了一个很形象的比喻，“格子你不能越过，格子就像校纪校规，遵守它就是好孩子好学生，甚至还是班干部，否则就是坏孩子”。牛立人从一个好孩子，变成经常逃学的坏孩子。其实也只有一步之遥，他后来索性破罐子破摔，以做一个坏孩子为自豪。这些变化没有从心理上来考量，却受当时思维所限，社会也好，学校也好，家庭也好，都不可能更多地从性心理上去理解孩子的一些好奇，并由此产生的变态心理。这个坏孩子的心理需求，在今天看来却是正常的，当时却无人去关怀这种“少年维特之烦恼”。一方面，是时代的“无情”摧毁了一个孩子向上发展的路径；另一方面，牛立人保持人性的追求好奇，对性的渴求，他没有被所谓的规制所阉割掉人性中的自然冲动与力比多的张扬，成了一条漏网之“鱼”，使他的野性在《坏孩子》《坏东西》里释放。

在小说的第二部分《坏东西》里，一开篇就讲牛立人从劳教所回来想顶母亲的职上班，竟然提着一只活鸡，闯入市长办公会，虽然事给办成了，却与劳动局余局长结下了梁子。上厕所时，故意给余局长难堪，广播体操比赛，穿着拖鞋迟到，后来干脆辞职。贺学群又用一个很妥贴的比喻，“我去过的那些房子，差不多都是要把你关在里面，限制你，管着你”。牛立人不想受这约束，跑到郊外的草坪上晒太阳，却看到了阿珍在地上解手，唤起了他的冲动，他强行占有了阿珍。后来，牛立人多次夜里摸黑到阿珍家里，这没有逃过他爷爷的眼睛，老人说了一句“你小子，人家偷牛，你偷人家的老婆”。阿珍之所以没去告发牛立人，也是鉴于老公偷牛被抓去坐牢，牛立人是邻居的孙子，或许有一种怜悯之心。他的这种野性没有得到及时的扼制，在气死余局长，把抓捕他的民警踢伤后，潜入湖洲的芦苇荡里，过着一种无拘无束的生活。杀了牛，取了牛皮做床垫，把牛肉作为食物，在发现湖上有打鱼的女子后，他大胆地搭讪、勾引人家。作家以浪漫不无欣赏的笔调写了一段他与女子偷情的场景。“我一下一下推进去，把她的座船一起掀动。座船一动，旁边的小划子跟着摇个没完。波浪打这里传出去，整个村子跟着在晃荡。”这种大自然中的野合，既有一种江湖人的浪荡与放肆，也是作家人性柔情的自然流露。

其实牛立人逃避追究成了“野人”一个，无户口，无职业，无亲朋往来，在水上的“桃花源”里，优哉游哉，他暂时成了一个逍遥者。毕竟滚滚红尘，会牵引他混入世俗的社会，成为砂石公司竞争的打手，他的野蛮与斗狠，为他带来一些好处，如金钱来得快，有女人陪他 K 歌，他似乎喝香吃辣，出入社交场所有了面子。在《坏孩子》的第二部分，牛立人最终在“潜规则”当道的社会，落荒而逃，只好再次回到他的芦苇荡里，过着几乎与世隔绝的生活。曾采访过他并与他结婚的女记者，也离他而去，他又成了孤家寡人。

这是一个物质丰富而精神贫乏的时代，人们大多愿做金钱的奴隶，如鸟为食亡，人为财死而不自知，人性的许多自由天性，自我桎梏而不觉醒。哀而不幸，怒其不争，牛立人以一个“坏的”形象混迹江湖与社会之间，正如评论家马兵在《被他者化的自我与分裂叙事的隐喻》一文中，对贺学群“坏孩子”的解读，“学群坚持奉坏之名，是在用佯谬一种的方式来表达他对现代人对现代性困境之迷惘和危机的思索”。我完全赞同他的这一判断。

对艺考生生存状态的真实揭示

——读陈瑶《孩子，你独一无二》

眼下又到了艺考生专业考试的时刻，恰巧读了女作家陈瑶的纪实文字《孩子，你独一无二——一个艺考生妈妈的陪读笔记》（北京十月文艺出版社 2013 年 10 月第 1 版），在这千军万马过艺考“独木桥”的当下，陈瑶的作品不亚于“石破天惊逗秋雨”，揭示了这一不为世人所知的角落，存在许多孩子与家长共同的创伤记忆。

陈瑶女士既是一个作家，也是一个艺考生的家长，加上做过多年的高校老师，在面对女儿芃芃进入高中阶段的学习时，根据孩子对绘画的兴趣与特长，选择了走艺考之路，这应该不是盲人摸象，而是理性的决定。在为孩子业余时间训练画画的过程中，她比一般的家长要沉得住气些，也明智些。然而，有的家长在信息不对称的情况下，作出让孩子走艺考之路的选择，却是南辕北辙。陈瑶在书中打了一个比方，一板木头凿多少个孔，不能像竹子一样做笛子吹。可惜许多家长不明此理，只见艺考生文化录取线较文化生要低些，或者因小孩中小学阶段美术竞赛获过奖，便以为艺考是孩子进入大学的终南捷径。陈瑶做了一个统计，2008年山东艺考生达18万人，录取率不足22%，而文化生的录取率达到40%以上。这真是一场“自相残杀”，误人子弟呀！

陈瑶则从教师的经验出发，即使选择让孩子走艺考的路，也不盲从老师的“画地为牢”。她发现孩子在任课老师的画室学不到什么东西，毅然将孩子送到其他人的画室，哪怕经费贵些。在天气恶劣的情况下，怕孩子出行不安全，宁愿留在家里享受炉火，也不让她出门担惊受怕。面对当前教育的种种陋规与霸道，如堂吉诃德挑战风车般，壮烈而孤独。

陈瑶在女儿芃芃进京找画室突击专业培训这一段记录可谓刻骨铭心，栩栩如生地再现了在京艺考生家长所遭遇的经历，作为局外人，我既吃惊，又深表同情。找画室难，租房子难，找名师指导难，还有收费贵，开支多，在京城花钱有种不值钱的感觉。没有家长陪伴的孩子，中午吃一顿快餐，晚上吃几块饼干充饥。长时间待在画室，衣服染上了油漆、颜料，鼻孔里都能哧出带黑颜色的东西，她女儿芃芃在北京最有实力的“黎明画室”培训，遇到了高手的挑战，心里一时难以适应。此时的陈瑶，却善于利用教育心理学的原理，“把表扬当成孩子动力的加油站”，也就是注重发现孩子每一幅画的亮点，肯定她的每一次进步。她还买来一些关于素描、色彩、速写等方面的专业书，自己先阅读了解这方面的知识，再来查找孩子画上的问题，有的放矢，让孩子不得不接受她的建议，对作品进行修改。有哪几个家长保持陈瑶那般与孩子一同学习成长的韧劲。

除了母女共同研讨专业外，陈瑶在孩子面对艺考的过程中，也经历了煎熬与磨砺。刚到北京找理想的画室，处处碰壁，找一个能暂时栖身的地方，也辗转了多处，在别人的眼皮下生活，诸多不便。艺考开始后，正值冬季，雨雪交加，人流滚滚，时而北上，时而南下，天天如同急行军，画板行李背在身上，如逃荒的盲流一般，她与女儿互相鼓励，承受了这种强劳动的奔波。有时孩子耍性子，她只有耐得烦，做通孩子的思想工作，让她轻装上阵，克服畏惧与自卑，母亲以自己的从容、自信和坚韧，给孩子树立了一个榜样。她的关爱孩子已经超越了简单的物质上的照顾，而是从身心两方面入手，因此，她的教育是得法的。

陈瑶的作品语言质朴无华，没有煽情与喧哗，近于零度的写作，虽然影响了吸引力，却具有史料价值。

为江心岛著传　为生民立命

——读刘子华报告文学集《梦回长江》

读毕作家刘子华的报告文学集《梦回长江》（湖南人民出版社 2018 年 6 月第 1 版）后，掩卷思索，这部书真让人荡气回肠，无论防汛抢险，平垸行洪，整体迁移的宏大场景，还是一个个集成人的特写、速写镜头、浮刻般的雕塑、工笔人物临摹，栩栩如生地还原了这片弹丸之地的父老乡亲的风采神貌，让世纪末这场退耕还江的大事件，得以完整地呈现在世人的阅读视野里。你不得不为作家的笔力之神健，采访之深入，情感之真挚钦佩而感动。

刘子华先生在华容土生土长，靠一支笔写新闻报道起家，而后写材料，写小说，写报告文学而调入岳阳市成为市委宣传部的干部，再调入市文联从事管理工作。他的《叩别长江》《危城》《一任乡官》《大湖》等六部长篇小说、报告文学集，写的都是华容的人和事。这次出版的《梦回长江》是继《叩别长江》后，把集成垸迁移前后的始末，做了一次重现。我理解他事过境迁、旧事重提，正是基于保护好长江这一重要契机，把今昔长江中心洲集成垸的风貌如画卷般展开，让我们对当下的生态文明建设更有紧迫感，对大自然心存敬畏之心。基于此，作家才接着十九年前的旧话题而著新篇。

上部是写1998年夏秋之交那场百年难遇的大汛，明清就形成的长江江心洲，住了1万居民，四面环山的华容集成乡溃垸吞没，数代人积累的财物瞬间遭到灭顶之灾，省、市、县、乡的党政领导与解放军、武警，在现场冒着生命危险抢救灾民，修筑子堤保护临江村这最后的堡垒，展开了一场可歌可泣的与洪魔赛跑的防汛救灾战斗，以及灾后，各地运来救援物资，派来卫生防疫专家，在堤上搭起帐篷学校，邮递员克服困难，把高考通知送到灾民手中。这些当时在报纸、电视上反复报道的题材，又一次得到重新剪辑，虽是旧闻却耐读，因为作家的文采丰赡，故事性强，宏观与微观相缀，它的史料价值性得到了强化，也为“平垸行洪”这一正确决策提供了相应的背景材料和依据。

浓墨重彩放在平垸行洪的大迁移中，这里发生的老百姓故土难离的恋土情结，对于补偿的纠结，对于迁移新居的顾虑，件件琐事，无一不考验着从县领导到乡干部的耐心、细心和责任感。天天做思想工作，喉干舌苦、挨骂挨打，还要笑脸相迎，以自己的委屈换取百姓的理解和配合。我们从这些党员干部的言与行上，看到了共产党人的担当和道义，是他们的忍辱负重和菩萨低眉，赢得了人民群众的理解和认可，完成了这一不亚于当年计划生育那般艰难的迁移重任，让长江母亲河恢复了丰裕宽阔的河道和蓄洪能力。这些事与轰轰烈烈的防汛救灾相比，却鲜为人知。刘子华却为这一段历史保存了真实的记忆，也为我们今后怎么做人民群众的思想工作提供了可资借鉴的方法。

该书最为传神、最为震撼人心的却是下部的人物篇章。一个个基层干部、退休老干部、集成垸走出的学子，在外打工成为爱心企业家的成功人士，甚至离家在城市漂泊的诗人，以及留守在长江旧河道做江豚守护者，仍在洪泛区管理区任职的干部，渡口的摆渡人。他们有的是土生土长的集成人，有的是外地来到这里工作的国家干部，他们都有着集成人的共同情结，在平垸行洪后，他们在后来的善后工作、重振长江生态平衡的工作中，所生发出来的光和热，所发挥出来的桥梁作用和爱心大使的作用，温暖了大迁移中集成人的心，也把党的温暖通过他们送到每一个集成人的心坎上，扶贫解困，甘为孺子牛，宁可亏自家，也让他人得利。这些集成人的代表，如在渡口服务 40 年的外乡人朱志敏，是对集成最坚定的守卫者；在水中救灾被蛇咬的邓永富，在洪泛区管理会做迁移工作，尽责尽心，最终赢得群众的认可；退休干部徐联芳发起成立爱心社，从社会上爱心人士处募捐 60 万元，为集成移民雪中送炭；在商场打拼的爱心企业家黎国庆，为寒门学子捐款达 30 万元；我的诗友朱开见，从集成垸漂泊到岳阳成为企业高管，一直用笔讴歌集成故土屡屡获奖，还有徐晨光、朱思文从集成走出的学子，成为大学教授博导，仍然以曾是集成人自豪，在他们身上体现出集成人包容、耐劳，先人后己的品格。这些人如群星闪烁，照亮了集成人对未来美好生活的愿景，也激励着分散在华容县各地乃至全国各地的集成人，继承好集成文化，在心灵永远保存好集成这个精神家园。

集成的故事，不因平垸行洪而止步，移民虽然没有滞留在岛上，河床却成了江豚的栖居之地，一些湿地成了芦苇、意大利杨的天然屏障，尤其是近几年华容县拟把它建成一个国家级的生态公园，观鸟科普教育基地。这让集成垸又如凤凰涅槃，它以新的姿容展现出天阔水蓝、岁月静美的如诗如画的自然美景。如是观之，刘子华在该书中为我们也描述了集成在“大保护”下的明天会更加美好。我相信，再踏上这片土地的人们，还不仅是凭吊和怀旧，更应享受“天人合一”的愉悦和放松，集成的新一页却是崭新的，正如东升的朝阳。

都市话语过度消费的陷阱

——读孟大鸣中篇小说《我们的故事》

当下的中国进入了转型时期，城市生活异常多彩，白领蓝领，官员市民，电台主播，的士司机，各种阶层的人士，来来往往，或擦肩而过，或因缘际会，或不打不相识。总之，如一张偌大的交通运行图，穿梭交叉；又如一场盛宴，男男女女，相熟陌生，置于同一个场景。宏大也好，微观也好，这就是生活，这就是现代交往的方式。作家孟大鸣在新近发表的中篇小说《我们的故事》(《芙蓉》2009 年第 4 期）中，就给我们摹写了这么一幅都市生活的图画，你视而不见也好，你无可奈何也好，生活就是如此地周转。

故事的发生缘于滨湖人民广播电台主播畅畅，正在主持一档谈话节目《我们的故事》，与她交谈的下岗女职工文竹突然宣布晚上要自杀，这一社会消息迅速从电波扩散开来，的哥毛光辉从收音机获悉后，第一时间赶到了文竹居住地银河家园，率先去寻找文竹。小说就这么开头，这个开头制造了一个很紧张的气氛，这种笔调类似于都市报社会新闻的手法，吸人眼球。都市生活离不开媒体的参与与互动，否则，就像没有灵魂的木偶般舞动。用法国社会学家让·鲍德里亚的话说，“每一种媒介都把自己作为信息强加了世界。而我们所‘消费’的就是这种既是技术性又是‘传奇性’的编码切分、过滤、重新诠释了的世界实体。”（《消费社会》南京大学出版社 2008 年 10 月第 1 版）这就不难看出，作家选择电台主播畅畅与下岗女工文竹的交谈，以及听众的哥毛光辉的收听，这就构成了我们在消费社会新闻，消费他人的某些隐私，他人的“故事”就构建成了当下市民生活中所想象出的图景。

随着剧情的发展，作家有意暂时中断这一寻找文竹的叙述。把文竹的身世与经历作了一个插叙。文竹是一个痛失富翁丈夫，带着女儿从广东回到故乡滨湖的中年女子，想过一种安宁的隐居生活。偶尔也与邻居相遇，在街边小巷，人人都会打牌的交往中，她却是边缘人一个。在与老同学相会交谈过后又是牌角上阵，她也因不会打牌，又成了边缘人，她不融于社会，人们还以为她清高、不合群，或是以为她这样的富婆不露财，谨慎处世。其实，她的内心之寂寞，不是靠打牌所能化解的。早年去外地打拼生活，贞操被人以生意“签单”而夺走。后来，遇上了丈夫王海滨，尽管是再婚，却找到了安全的港湾。却不料，丈夫骤然遇难，她便退出营销江湖，想过自己的安静生活。其实，主持人畅畅，也是一个女强人，在节目《我们的故事》得到听众的高收听率后，台长对她有了笑脸，有了“1+1”等于 11 的期许，她却因广告上不来，也焦虑万分，白发早生，一个晚上睡不到三四个小时，这种工作上的压力，是非媒体之外的人不能理解的。许多人认为，记者、主播很风光，各地奔走，无冕之王。殊不知，在市场经济无孔不入的消费社会，媒体也不是铁板一块，它要追求收视率，要追求创收能力，这也是衡量一个主播业绩的硬指标。女主播畅畅的烦恼，尽管她拥有铁杆听众的哥毛光辉、三里桥派出所所长刘卫星，他们是不能读懂畅畅的内心痛苦的，他们此时还沉浸在享受畅畅甜美的语气，以及对文竹生死的担忧之中。刘卫星所长也是一个敢冲敢拼的好警官，多次因男斗歹徒负伤而受奖，一个铁血男儿，却沉迷于畅畅的柔美播音，以至在问话笔录嫖客时，走神写错了名字。后来发现嫖客也是畅畅的粉丝，放弃了处罚，这虽有几分夸张，但是对刘卫星的形象的塑造却有衬托作用。作家把刘警官与的哥毛光辉穿插进行叙述，同时也塑造出了毛光辉作为社会最底层的人物，同样拥有见义勇为、乐善好施的美德，他们此时已到达银河家园，从而展开了一场救文竹行动。这些曲笔为故事的丰满增添了枝叶，同时也有利于表现社会各种阶层人士在共享传媒信息、消费传媒信息时所秉持的态度。在这里，刘警官与毛光辉却达成了一种共识，他们无疑成了《我们的故事》中同一类型，且充当社会的正义化身之角色。

最耐人寻味之处，最具反讽意味之处，也是小说的高潮之处，畅畅主持这档节目，连续进行了10多个小时，动员起了从市府官员到基层居委会主任，各级官员参加的搜寻队伍开展了地毯式搜寻，也没有找到“文竹”，原来这是畅畅与“闻竹”（真正的主人）玩的一个新闻乌龙（假新闻）游戏，一个乌龙新闻，消费了刘警官、毛的哥，消费了市府官员及居委会主任、栋长等。从某一角度来看，这也是今日中国都市社会一景，一个谣言，从网上、手机上短信传开，竟有万人空巷避地震，竟有人游行或散步以示威抗议。这似乎见怪不怪。

新闻媒介，按理应是公正客观地报道事实，而《我们的故事》栏目，在它走向巅峰状态时，却物极必反，走向了癫狂，以乌龙八卦消费听众，我们不能仅仅以失真突破底线来谴责，更要警醒的是，这是现代都市生活，无法规避的一种话语消费现象，让·鲍德里亚还说，“我们处在‘消费’控制着整个生活的境地。所有的活动都以相同的组合式束缚，满足的脉络被提前勾画了出来。‘环境’是总体的，被整个装上了气温调节装置，安排有序，而且有文化氛围”。这段话不正好可解读孟大鸣的《我们的故事》吗？

乡村的沦落与救赎

——读王天明长篇小说《女村官》

在社会主义新农村建设的热潮中，近年来涌现出了一批直面“三农”问题的长篇小说，著名的有贾平凹的《秦腔》、刘子华的《一任村官》等。作家王天明新近出版的长篇小说《女村官》（人民日报出版社 2009 年 1 月第 1 版），更贴近乡村底层生活，更加真实地近距离地呈现“传统社会向现代社会转型”阶段农村沦落与救赎的生活图景，由此产生出深深的思乡情结。

作品的背景置于 20 世纪 90 年代，故事的发生地在三江市玉林县与新源县交界处的麻布大山，一个叫麻石乡石坳村，与山那边叫吴家湾的村子，因为界山不清晰，两边村民为炸石头而经常发生纠纷，甚至产生了一系列的械斗与仇视，老一辈的张福贵（石坳村）与吴光辉（吴家湾）俩老头，因械斗落下一个指头残疾，一个脚打拐了，而俩人在面对女儿张红华与儿子吴大鹏的婚姻大事上，设置了重重障碍。并不是他们不关心自己子女的婚姻大事，而是在两村的“世仇”上放不下面子，不愿认输，他们的思维还停滞在传统社会的靠山吃山、占地为王的观念上。这还只是历史沿袭下来的伤痛而已。其实这种沦落是从物质到精神都不可避免地陷入旋涡里面。从张红华与吴大鹏偷偷离开故乡，想去北京寻找幸福这一行动来看，他们是企图躲避乡村的沦落与贫困的。但是，从张红华无心插柳柳成荫，当选上石坳村村主任这一刻起，她就被这种沦落的氛围包裹着，如参选对手李某选票舞弊与买票，村民们打牌成风，数名学生辍学，两家砖厂遭黑社会敲诈，还有贫困的村民无房住，患病卧床村民得不到救治等一系列大大小小的事情需要她去解决，显然这些问题的堆积“非一日之寒”，也不是张红华与支书言学民就能改变的，也不是靠锐意进取的年轻的麻石乡党委书记刘大海就能改变的。它的存在，除了分别隶属两个县的麻布大山的两村为抢夺资源的“世仇”外，更主要的是农村太穷，农民太苦，李昌平对“三农”感喟是一个普遍现象，按“三农”问题专家温铁军的看法，“九十年代市场经济条件下显然是农村三要素流出，土地净流出——被征去，劳动力流出——城市打工，然后是资金净流去……”（见《天涯》2006 年第 5 期）。在这种种矛盾与冲突中，如阻止农民堵路、上访、冲击派出所，收缴村民的猎枪，帮助农民贷款种药材，把砖厂公开招标承包等一系列纠葛与事件的处理中，她为之付出了努力，有时难以得到村人的理解，甚至还被人造谣和误解，以至恋人大鹏对她也产生了疑虑，使他们之间的感情亮起“红灯”。她甚至产生了一个困惑，莫不是碰上了“罩门”，“武侠小说里说每个练武的人都有不能碰的生死攸关的‘罩门’，是不是现实生活中的人也有不能碰的‘罩门’？”她把自己的“罩门”归结于大鹏，这显然是事物的外表，片面的看法。真实的“罩门”还是在于乡村的沦落。如何走出这一“罩门”是张红华苦苦思索的问题。小说中，也刻画了言学明、刘大海、吴大鹏这几个陪衬人物，他们力挺张红华，为她排忧解难，让她更好地施展手脚，这也是张红华的幸运之处。

然而，真正走出乡村的沦落，让乡村得到救赎，靠什么呢？小说中，写了麻布大山的历史地理沿革，其山树木葱郁，泉水清澈，风景秀美，吕洞宾、麻布大仙留下了许多传说故事，过去是“世外桃源”。这种新桃花源的美景能重视吗？张红华在圆这个梦，刘大海也在圆这个梦，吴大鹏在红华的影响下，也想圆这个梦。因为，他们毕竟遇上了一个好时代，那就是中华大地开始的新一轮社会主义新农村建设的热潮如火如荼地兴起，在这种大环境下，张红华设想为危房校舍重建，修建村村通公路，开发旅游资源，真有如“好雨知时节，当春乃发生”，获得市、县党委政府的大力支持，拨出了大笔资金，得到企业的支持，张红华把北京开发房地产的郭建兵董事长引来了，加盟到修路、修校舍的义举中，还与石坳村合作开发麻布山的酿酒与矿泉水产业，还得到了社会力量的支持，如银行、药材公司、共青团组织等帮助村民脱贫致富，这种路径的选择无疑是正确的。

要把乡村从沦落中救赎出来，不靠神仙皇帝，还是靠人民群众自己。因此，我们在建设新农村这一宏大的工程中，不能仅仅满足于盖房修路的慈善之举，还要从精神、文化、教育等深层次问题再“启蒙”农民，这样才能建设一个全新的农村，特提出这一看法，愿与作家王天明商榷。

述江湖野史　铸古镇风流

——读李望生小说集《箩神》

在初秋的闷热中，一口气读毕作家李望生先生的小说集《箩神》（百花洲文艺出版社 2018 年 7 月第 1 版），其悬念迭出的情节，颇具特色的小说语言，以及作家熟稔的地方志史，让小说成了去暑热的清凉剂，欲罢不能，且耐人寻味。

从小说集的标题《箩神》，读者是难以明了这箩神是啥？副标题冠以“城陵矶题材系列小说集”，加以解释，会心的读者心里有了底，这箩神与城陵矶的风土人情脱不了干系，值得一阅。世人都知道，从鸦片战争始，英帝国主义者用枪炮打开中国的国门，城陵矶就率先沦陷，成为英国的通商口岸，这块昔日兵家必争地，却成了殖民者的一块飞地，这里有着鲜为人知的爱恨情仇的故事，不仅岳阳人想窥，甚至外省乃至外国人也想一窥，至今在西方国家地图上，城陵矶的地名与岳阳市的地名并列着。望生兄的小说集中收录中短篇 12 篇，描写的人物有水手、驾长、舰长、枪炮长，有箩脚、账房先生、道士、商会会长、地区专员，有湖匪、妓女、守墓人、千金小姐，形形色色，各种小镇人物荟萃，商人官人军人川流不息，使得这部小说集，众声喧哗，江湖气息盎然，每一篇都是一幅栩栩如生的小镇百年风情画卷，或者洞庭湖的自然景观，或者电影默片似的湖乡民俗图，也是惊心动魄的街巷战斗史。

开篇的《金钩胡子》是篇有分量的中篇小说，故事的发生地就在三江汇合、湘鄂交界的城陵矶。主要人物是湖侠金钩胡子，地下党的特工“父亲”，镇上教书先生苗秀文（金钩胡子是其化身），实际上这些与鬼子周旋斗智斗勇，险象环生，死里逃生的戏，都是“父亲”在唱主角，金钩胡子做配角，有的戏就是在他们两人的默契中展开，如父亲在城陵矶堤上偷袭鬼子走投无路，要么只能跳入长江，要么命丧鬼子枪口，在这千钧一发之际，是金钩胡子拔刀相助，阻击了鬼子。后来，苗秀文带着“父亲”到湖洲杀了湖匪，把地下党寄存的贵重药材夺了回来，同时也把被绑了票的“母亲”救了出来。正因为有这些交情，父亲在1949年政权更迭时，对曾参与袭击我地方政府的叛乱分子苗秀文，要进行处决时，犹豫不决。可谓天人交战，从人性的角度上不忍下手，想为他网开一面，然而组织上的决定是不能违背的。他一枪终结了苗秀文（金钩胡子）的生命。然而，他自己最后也吞枪自尽。这似乎是他的江湖气使然，细细思量，也是做人的道义使然。在道义与政治站位的两难选择上，“父亲”却倒在自己的枪下，这不能不说是一个悲剧。

相对《金钩胡子》，我更看重《箩神》的地域文化特色，以及精雕细琢的人物刻画功夫。这个中篇小说取材于城陵矶码头上，搬运货物的箩脚子的事。箩脚子来自五湖四海，以卖苦力为生，却受制于雨水天气，靠天吃饭，水太低，要跑长长的路，要过淤泥遍布的河床，运货十分吃力。在这背景下，一个从汨罗江边逃生而来的少年陈仁山遇到王道士，后经王道士把他介绍给商会会长陈春陵后，他的人生发生了巨大变化，道士教他读诗识字，怎么煮茶。陈春陵有意让陈仁山跟账房学习管理以便他今后能代替他没有男孩的“香火”。陈仁山十分聪明，在箩脚子冲突中被打断了脚，他不说出谁打了他的真相，却自甘忍受这份痛苦，以化解冤家宜解不宜结。他不以少东家的面目与箩脚子相处，而是从底层人生存的角度思考怎么改进搬运路径，以至经过他的努力让箩脚子的工作环境有了很大的改变，人们把他视为“箩神”，让这个跛脚的青年，从此拥有了江湖上至高的地位。这是王道士与陈会长都不具备的。

江湖义气、江湖侠气、江湖文化说穿了就是讲求做人的真诚、诚心。陈仁山由一个涉世未深的少年，经过一些风风雨雨的历练，而成为呼风唤雨的箩神，这在当时的江湖文化的“造神”运动中是一点也不奇怪的。世间本无神，神就是人造的，这个道理老百姓自然都懂，然而，他们却需要有这样或那样的神。这难道不值得当下的我们思考？任何时代人是不能离开信仰的，信仰的力量是无穷的，正如水可以改变河道的走向。

如果说前面两个中篇是讲民国时的故事，那么《涟漪》这个中篇小说都是讲近几十年前的事。一个水手叫王鲇鱼，他的出生就带有传奇色彩，他母亲是在船上掌舵时怀上他的。他似乎有天生识水性的本领，仿佛是“浪生白条”的转世。可是，他这个叫鲇鱼的水手，命运似乎和他开了一个玩笑，在船上还未待稳，却要他接替父亲，成了趸船上的守护，常常一个人吃住在趸船。无聊时，看夕阳，看水上的涟漪，……他为了打发无聊的时光，用钢丝编菜篮子，编出的菜篮子，不卖钱，只送人，他也想重回船上做水手，上船后却发现站不稳，不能走直线，他只好重回趸船。似乎如一个涟漪，围着一个圆圈打转，这预示着他的命运。这个故事，讲两代水手与船、水怎么相处、怎么相依、怎么共生。从另一个角度来看，人的天性是受制于后天的约束、规矩的。职业的分工也是一种行规，它能把人锤炼成某方面的专家、尖子，却让其他的能力受到约束，甚至退化，这恐怕也是哲学上曾讨论过的人的“异化”吧。

分析了小说的主题、题材和人物关系，还想说说作品集的语言特色。

望生兄20世纪80年代开始小说创作，后来一度主攻文学评论和地方志的写作，对地方的方言、民俗、风情熟稔，下笔如神助，他的一些句子用写诗的着意表达，使得语言灵性活泼，引人入胜，如写父亲在处决金钩胡子时，“一颗红色的子弹从父亲的枪口射出，从金钩胡子刚好张开的嘴中飞向了太阳。太阳很快就吞下了那颗子弹，却溅出了一道血弧，血弧的一头奔进了太阳，一头挂在了父亲的胸口”。这种句子，分明是诗化的语言，如巧用俗语，“得志时是豺鱼，失志了就成了毛虾”，这很生动形象，恰到好处地衬托人物性情。

为一个地方名镇书写百年变迁的历史，本是志书家的事，志书专家出身的望生兄，却用小说家的笔墨为城陵矶的名镇写了一部虚构的历史，有些事件、故事可能是实有其事，有些人物也是实有其人，经过小说家的艺术创作，使得这块弹丸之地，有了新的生命，这不是那块随着政权鼎革而逐渐退出历史舞台的小镇，而是有着福克纳创造了“纳克纳帕塔法世系”这类奇异家族的神话，他也有着韩少功对“马桥”、苏童对“枫杨树村”的迷恋。这12个中短篇，如果贯穿得好，也就是一部长篇小说，只不过望生兄没有有意把它们重新排列组合而已。这个百年名镇，突然有如此多的奇闻逸事，遍地风流，从某种意义上说，这个纸上的名镇，将激活老去的名镇，让它们重叠在一起，互相纠缠，生生不息。

怀念割舍不尽的乡愁

——读葛取兵小说集《一树桃花寂寞地开》

小说家葛取兵离开临湘到岳阳市也有十多年了，然而，随着他年龄的增长，那股割舍不尽的乡愁却折腾着他，让他辗转反侧，只好诉诸文字，就有了这本叫《一树桃花寂寞地开》小说集（团结出版社 2016 年 12 月第 1 版）。由 17 个短篇小说，组成了一幅全景式的乡村风土民情画，成功地塑造了鲜活的乡村女性形象。

过去，我读陕西作家贾平凹的小说，总是惊讶于他善于塑造乡村妇女的文学形象，而那些形象都有一个原型，则是贾平凹前妻韩某某的影子，或多或少，或明或暗。我不知道取兵是否受了平凹先生的影响。葛取兵的作品里塑造了秀姐《一树桃花寂寞地开》，砣妹《砣妹》，翠花《二锅头》，春花《砸碑》，巧妹、涵玉《小镇无故事》，秀、佳花、桂香《女人不是锣》等十来个村姑村妇形象，她们或在村庄茅舍，或小镇小店，或深山老林，或在城里打工谋生，无不善良淳朴，无不温柔似水，无不对爱情亲情渴望，而又节外生枝，遭受身心磨难，生活在穷乡僻壤，却追求着自由的情爱，生活在苦难的困境里，却有着割舍不尽的恋乡情结，这些普通女子，如星星般照亮寂寞的山村小镇。正如作者在这篇《一树桃花寂寞地开》中，把对秀姐的偶遇，到后来的千呼万唤请她出来参加排练节目，到了解她被地痞丈夫虐待的真相，再到小说主人公无力援助而怅然离开村庄，秀姐却如山村的一树桃花般，永远地开在主人公的心里。作者流露出的是一种对美受到欺凌的深深同情和无比惋惜。还有《砸碑》里的春花，因家境贫寒，父死娘出走，她受了同学的欺骗和强奸，最后沦落到城里成为性工作者。在染上艾滋病后，生命进入倒计时，却把原想治病的钱，捐给了村里建设快坍塌的学校。一些村民还不明是非，以为春花是一个堕入红尘的女子，把村里以她名字命名的碑砸了。作者在此提出了一个道德上的二律背反。春花捐治病的钱重建学校，是义举，有人认为她得来的钱不干净。这种矛盾与困惑，确是当代转型社会的一个不可回避的现实。如果站在人文主义的立场上来判断，春花是可同情、可钦佩的，但是站在封建卫道者的立场上看，她似乎是一个堕落的女子，她就不配享有这么崇高的待遇，以她的名字来为学校命名。作者没有作过多的说理判断，把这一难题交给了读者。这是他的高明之处，让读者仁者见仁，智者见智，无疑，春花这个女子的形象却是当下现实生活中挖掘出来的那一个。小说中，还有一些同样个性鲜明，有血有肉的女性形象，读后让人久久难以忘怀。

成功地摹写底层人的真实生存状态。三贴近的创作原则，常常提醒当代作家要接地气。取兵凭借多年在农村生活工作的经验，他笔下的底层人物呼之欲出，无不栩栩如生，熟稔如邻居大叔大哥，如《你在天堂还好吗？》中的国伢，老实本分，家里太穷，娶不到老婆，后来在扑灭山火中献身。《二锅头》里的牛宝，因酷爱喝酒，得了一个“二锅头”的别名，天天酒气醺醺，常发酒疯，殴打妻子，妻子落入水中被淹死后，成了孤家寡人，后来在防汛堵管涌中却一马当先，成为英雄后，命运发生改变，娶到村主任的女儿。《乡里老爹》里的宝爹，在“文革”期间充积极；用欺骗的手腕，得到了村姑娟的身子，又出尔反尔地迫害娟的父亲，为了赎罪，到晚年捐建了一所学校。《女人不是锣》里的男子根，在村里人面前落了一个怕妻的名声，然而夫妻却和和美美，后来因妻子对婆婆言语失敬，他差点要揍秀时，却把巴掌打在自己的脸上，他说过去因父亲老打母亲，他从小就发誓，说过决不打自己的妻子，他不想食言。他的这种态度最终感化妻子秀，她决定向婆婆赔礼。在《村支书老沈》中塑造了基层干部老沈，在《三打哈》里塑造了葛乡长，他们都是本乡本土的干部，身上带着农民的淳朴本色，却也有着一些为人处世的世故和狡黠，这些底层人物，形形色色，有着各自的喜怒哀乐，有着各自的盘算与计较，缺点与亮点并存，正是他们的多面性，使得人物不是单调古板，不是非黑即白，其实，他们都不是坏人，他们的身上有自阿 Q 以来，陈奂生以来就有的特征和胎记，如果没有这些，就失去小说的丰富意蕴。他们也有与时俱进的地方，可惜在这方面作者挖掘不深。

作者还很善于用幽默调侃的笔调来写当下的生活，如写时尚的官场生活，在《鼠辈们的生存方式》中，把老鼠窜进官人家偷窃写得活灵活现，这是作者借用卡夫卡式的寓言创作法，借老鼠的行径隐喻官员的贪婪行为，把人畜两种生存境地巧妙融为一体，这种驾驭文字的本领，值得肯定。

乡愁抒发不尽的，尤其是在城镇化热火朝天的氛围里，农村只剩下荒废的老屋、一些空巢老人和留守孩子，甚至村头一棵两棵孤零零的大树，成了在外游子的凭吊所依。这几年像梁鸿的乡土非虚构文学作品；黄灯的乡土随笔，都是满怀乡愁的。葛取兵显然不是赶这方面的时髦，他以生于斯长于斯的优势，以作家敏锐的视角，捕捉到了乡亲们的脉搏与眼光，抓住了生存最基本的需求，怎么脱贫，怎么追求爱情，这种既重物质又重感情的双重需求，因此，这部小说是值得关注与欣赏的。

把童年创伤凝结成美丽珍珠
——读张灵均散文集《我在洞庭等一片帆》

时序大雪，冷雨敲窗。一册张灵均散文集《我在洞庭等一片帆》（安徽文艺出版社 2018 年 10 月第 1 版）在手，时光仿佛老被作家吸引到 20 世纪 70 年代，那个火红的年代，那个物质贫乏却特别能吃的年代，那个似乎懵懵懂懂又特别害羞的年代，要感谢灵均，让我返老还童，他的童年创伤记忆，作为同路人的我拥有共同的“记忆”，只不过，他率先把它炼成一粒粒闪闪发光的珍珠。这是值得我艳羡不已的事儿。

灵均近年的散文呈井喷态势，我在《散文》《芙蓉》《散文海外版》上似乎都读到过他的一些散文，这册子上的一些就是重温。我数了一下，14 篇散文，有 10 篇就是写故乡屈原农场的，那时的他也才几岁，生活到十几岁离开，却在一个中年人的心里留下了抹不掉的烙印，人们常说，时光无情，把人催老，奇怪的是，这记忆愈老愈清晰地映现孩提时的人与事。因此，一些作家动笔就离不开故乡，早年莫言、苏童的文学创作都是由故乡的一块弹丸之地而起步，莫言的“高密”，苏童的“枫杨树”

都成了指代他俩的符号。一个拥有故乡的人，是那么幸运而值得自豪，尽管灵均对故乡屈原农场的记忆，大都是一些琐碎的人与事，而且是他的父亲因被打成右派从省会下放到这里，属于“地富反坏右”的黑五类，让一个童年成长期蒙上了一层阴影，他有些孤僻，不合群，有些害羞，有些不长记性，等等，这些心理特征，从另一个方面却让他敏感的心灵，无意识地保持了对人性的温度，生存中离奇古怪的事，以至让他四十年后道来，栩栩如生。

在《上屋场下屋场》因过路、抢水纷争屡屡发生，而烟消云散后，曾经两个争来争去的村庄，都逃不脱时代变迁的洗牌，沦陷于一片荒地的吞埋之中。《湘西来的女人》记述隔壁邻居谢老二，娶了一位湘西来的漂亮娘子苏姨，对于一个老光棍来说，真是仙女下凡，让人惊羡，苏姨有苗刀，会巫术，会治病，她的功夫震撼了许多欺侮她丈夫的人。这个异乡人的举止，无疑成了当地的一个传奇，后来苏姨告诉作者，她其实没有功夫。她的“表演”是为自己壮胆，以吓唬欺负她的人。《雨燕低飞》里的夏雨燕老人，也曾是作者的邻居，作者虽然离开了屈原农场几十年，对她似乎仍有成见，盖因小时候他亲见夏雨燕用竹杆戳张家堂屋里的燕子窝，夏阿姨是因为自己喜欢燕子，而燕子独独不到她家做窝，心怀嫉妒，这让小小的张灵均“记恨”了几十年，以至听说夏雨燕死去又活过来了，他才萌生去顺便看看这个邻居的想法，最终与她和解。这个故事看起来很平淡，却把一个少年的心地单纯，对真善美的判断真实地刻画出来了。

张灵均的屈原农场毗邻汨罗江，与屈原沉沙的地方近在咫尺，因此，他的《我在洞庭等一片帆》《会飞的鱼》《河流的纪念碑》《独醒者》都是献给汨罗江，献给诗人屈原的，也是献给生活在这片水域的父老乡亲的。他孩提时的汨罗江，洞庭湖、引水渠，都是水充盈，绿如蓝的，“靠水吃水”。父亲去外地驾船买甘蔗，差点命丧洞庭湖；自己下河抓鱼也差点跌进河里淹死。一些乡亲却为了生计，把命丢在湖里、江里，尽管有这些悲伤的记忆，但是作家并没有对这些江湖之水而产生恐惧和诅咒，相反，他对人类破坏了植被，不疏通淤积的河床，滥捕鱼虾，造成江河没有鱼生存，屈源沉沙的沉沙港几乎干涸，成了一条死河。他忧心如焚，借助诗文，以尽微薄之力，他多么希冀江面上重现鱼群结队飞行的壮景。这些年，江湖都有自己的河湖长，也许经过刮骨疗伤的治理，汨罗江、洞庭湖会恢复它们的丰盈和壮观，作家的愿景也许会实现。

假如张灵均的故乡重现昔日的自然景观，同时，原乡原土的百姓生活会切实改观，他童年创伤记忆凝结的珍珠，或许折射出渔歌互答，岸芷汀兰的湖乡美景，以慰人们的乡愁。

书香传家　家风怡人

——读欧阳德儒《华翰集》有感

盛夏的清晨，捧读带着油墨香的欧阳德儒新著《华翰集》，宛若有习习凉风从心田拂过，宛若有青枝绿叶在身边摇曳。书中一幅幅千姿百态的书法，一篇篇情真意挚的美文，一句句妙语如珠的留言，令人感慨，令人陶醉。这就是文化的魅力，它能够让浮躁的心归于宁静，让美的愉悦遍布我们周身。

我如果没有记错的话，这是欧阳德儒继 2015 年编撰的《予家集》后撰写的第二本有关欧阳家风家训的家文化集子。书中，占了一定篇幅的是 32 个省市自治区的书法家、作家一众名人的书法作品，他们无偿题写的“书香之家”“书香人家”“书香传家”，风格各异，精彩纷呈，以此祝贺欧阳德儒获得全国第二届“书香之家”的美誉，这既是对这位爱读书的岳阳优秀民警的肯定、赞许，也是向全社会倡导——爱读书，多读书，读好书。

这些墨宝，一幅幅笔墨酣畅，力透纸背，飘若游云，矫若惊龙，姑且撇开它的市场价值、审美价值不谈，就精神价值而言，它们为欧阳家族的文化建设，增添了一笔宝贵的财富。从某种意义上来说，这财富不属于欧阳德儒一人，而是属于欧阳家族，大而广之，也是属于我们岳阳市民乃至所有人共同的精神财富。正因为如此，北京大学原校长、著名化学家、两院院士周其凤先生欣然为德儒题写书名《华翰集》，岳阳市文联主席、文艺评论家余三定教授所作的序中，高度称赞本书“很有创意、很有特色、很耐人欣赏把玩、很感染人”。而解放军总政治部原秘书长程宝山将军以“书香传家”寄语德儒，这是别有深意的。这就证明了众多的学者、大家都有一个共同的心愿，我们不仅要创建“书香之家”，还要“书香传家”，让书香一代一代浸染家人、族人、市民。正如宁波天一阁的私人藏书楼，历数百年，经历战乱、自然灾害、家道变迁而依然不散不流失，靠的就是家族文化的传承和遵循。因此，我们要有信心，更要有定力，有眼光，让一代又一代人感受到良好的家风，让这根价值万金的接力棒代代相传，手手相传。

从《华翰集》第二、第三部分《品读》《茶吧》篇中，我们读到了众多的作家、报人、学者竞相对欧阳德儒《予家集》的赞誉，其中一个共同点就是肯定其曾祖父欧阳卓卿先生遗传下来的“耕读为本，礼义为门”的美好家训，历百年而得到遵循。我市三家纸媒的记者，深度报道了欧阳德儒一家三口怎么把良好的家风化为自己为人做事的准则，怎么践行这种做人德为先，仁者爱人，帮助他人的传统美德。

我们平时与德儒在工作、生活上多有交集，他见人就是一脸的和蔼微笑，让人如沐春风，从他读大学到做民警，到做县公安局局长，再到做市公安局党委委员、政治部主任，不因官职升迁而改变，这就不同于某些一阔脸就变的官员、暴发户，他这种春风满面，让人产生一种亲切感。德儒还是一个富有同情心和爱心的人，从他 30 多年前的同窗、现市政协副主席孔福建的《不褪色的油画》一诗中，可以看出“你无法安慰

我 / 你随后哭出了声音”，孔福建当年离开故乡来到城里就学，因过早失去母亲，年幼的弟弟舍不得哥哥，孔福建牵挂家里的老父、年幼的弟弟，到了大学一连几天不开心。德儒作为他的下铺，见此情景，深表同情，才有这第一幕不为外人所知的同哭的场景。时过境迁，老同学孔福建记忆犹新，如今把它化为诗句，是可佐证，德儒一颗赤子之心，一颗仁慈之心。

同为老同学的卢宗仁也写了一篇散文《垫起来的高度》，讲述德儒八十多岁的老母亲，天天把一些剩下的布条收集起来，做成垫底，送给子女、孙子，也送给到他家走动的亲戚朋友，这也是一个勤俭而又讲感情的母亲。正因为有如此了不起的母亲，才熏陶出如此儒雅有亲和力的儿子，这就足证家风是靠老一辈树立标杆、言传身教、润物无声、日积月累，才形成一种规矩、一种范式、一种能量场的。

前不久的一天，我们在王家河散步，碰到刚从北大学习回来的德儒，说起北大的学习，德儒眉开眼笑，兴致勃勃，他说他天明即起，去未名湖畔打一阵太极拳，然后听课听讲座，课余抓紧一切时间泡在图书馆里，如饥似渴地学习。这让我们想起三年前他参加“湖南省公安民警基本功大赛”的情景，当时德儒参加的是领导干部组的比赛，那一阵子，下班后所有的时间，他都在刻苦训练体能、训练射击、提高信息化技能，结果，他硬是取得了三项比赛总分第一名的优异成绩。由此，在参加工作后的三十多年里，德儒多次获得市级、省级乃至“全国优秀民警”的殊荣，也就不足为怪了。

同学、朋友是除了亲人外，比较亲近，比较投缘，比较能经历时间考验而历久弥坚的一种情感财富。书中，众多的同学、朋友（包括 QQ、微信、微博上结识的粉丝），都来为德儒的两本家风集点赞、鼓劲，可见，德儒的人格魅力多么强大。借此机会，我们希望在不久的将来，他的美好家风还有第三本续集。

以小人物的命运来书写一条大湖的变迁

——读查建中中篇小说《蒿子》

新时期文学创作开展以来，岳阳作家都把洞庭湖纳入自己书写的题材，鲜有十分出色的，主要原因是他们不识水性，不像水手出身的查建中先生过去有散文集《水人水事》垫底，经过二十多年的酝酿，展现给读者的中篇小说《蒿子》(《芙蓉》2017 年第 6 期)，让人眼前一亮。书中描写了一伙有血有肉的小人物，这条母亲湖也是有血有肉的，它们相互依存，见证了洞庭湖百年社会民情变迁的大历史。

建中兄的高明之处在于以小见大，他不从宏观上展开，而是选择小人物的遭际入手。例如，外来女蒿子身世扑朔迷离，她自从被后来的丈夫余振汉从洞庭湖所救之后，有了自己的小家，她不懂女人不能在湖上随便张帆使舵的规矩，也不把船帮的香堂放在眼里，敢于在开堂要惩罚丈夫之时，大闹香堂，还甩了主持堂会的九哥熊定波一耳光。她是外来人，有幸被洞庭湖接纳，她喜欢大自然的洞庭湖，蔑视掌管水上事务的船帮的所谓规矩，蒿子自然纯朴，我行我素，真如一只在风浪里出没的海燕，也如一道闪电，它撕破了黑暗，让人看到了光明。作家以外来女子作参照，把洞庭湖的复杂多变也一并映衬出来。一个外地人，她在洞庭湖上摸爬滚打几十年后，对洞庭湖的了解越来越深，使得她由骨子里对九哥熊定波的恨慢慢地弱化了。在自己的丈夫遭遇意外被夺去生命后，在熊定波的妻子陈秋月自杀后，在儿子余大安差点命丧水泥船下，是熊定波舍命救了他后，她对昔日的仇家有了感恩的心。尤其是她得知自己的儿子是熊定波的种这一真相后，她彻底地从内心消弭了对熊定波的恨。我想，从这方面来看，洞庭湖浩瀚博大，让人心襟开阔，也能铸造人的品格。

小说中的男主人余振汉是一个老实的船员，遇到大事都要找九哥这位从小长大的兄弟讨主意。他在水上人就活了，上岸后，一些纠葛就找上门来，他在妻子对九哥的冷漠仇视，而又不能冷落疏远九哥之间，左右为难，他也想教妻子守船帮的规则，但是妻子个性倔，他也无可奈何，可是，他要承受香堂的惩罚，他是代妻子受过，他义无反顾地接受了。他是一个被船帮文化之酱坛所毒化者，却不自醒。解放后，他回到船运公司做了水手，在救人的刹那献出自己的生命，这时的余振汉由一个被役者变成了一个主人公。

熊定波这个人物有着多面性，他在解放前作为陈堂主的女婿，在洞庭湖一带有一定的影响力，暗中帮助抗日游击队，冒着生命危险出船的壮举，此人靠着江湖地位，在江上混了一辈子，可以说是一个混混。他人格卑劣之处，在蒿子出嫁寄住他家的那夜，强奸了蒿子而不忏悔。他与余振汉是从小在一家长大的兄弟，却把朋友妻不可欺的规矩，任意践踏。以至于蒿子一辈子记恨他。这个人同样也是悲剧人物，解放初差点被镇压，他的妻子陈月秋爱的不是他，他们的结合是屈从陈堂主的旨意。他们的婚姻有名无实，以至后来妻子提出离婚，房屋和船都被前妻败光，他成了无家可归者。这个人物在最后舍己救人，让他完成了自我救赎。

还有余大安、刘运生、陈堂主等几个次要人物，着墨不多，个个都鲜活。从老到少，讲出了几代湖上人的故事，此小说不啻构建了一座洞庭湖自然人文博物馆，聪明的读者自己去漫游吧。

《本土》接着《异乡》讲故事

《长江信息报》连载作家周钟声先生的长篇小说《本土》，让人一期接着一期追看，蛮吊人胃口。其实，在三年前，周氏也在该报连载长篇小说《异乡》，一时也是洛阳纸贵，让街头巷尾，酒肆茶坊，都在谈论周氏的讲古。如今，周氏重操旧业，接着近代岳阳的故事，讲到新中国后的当代岳阳故事，时间离我们愈近，一些小说主要人物也有我们熟悉的公众人物的影子，想一窥全豹的读者，自然愈多。他的讲故事的本领，也愈操练愈纯熟。

他曾约我为《异乡》写书评，这次又催我再写一篇，我感到时间愈近，故事的众多人物愈熟悉，我却愈不知如何来分析作品和月旦艺术的得失，真是欲说当年好困惑。我比钟声先生小五六岁，我不属于知青一代，他们的人生故事，自然比我们六十年代生人要丰富、要精彩。就上山下乡，“文革”的经历，也是过去小说中写不尽讲不完的故事。一些知青作家现在到了退休的年纪，他们有的搁笔了，钟声先生重拾旧题，自有他的理由。我猜测，他是接着《异乡》来讲，让岳阳的历史，从近代到现代，到当代更为完整，他不是重复自己，也不是重复梁晓声、张抗抗、韩少功们。

我对于李海生、曾建国、卓美丽、石慧慧这些小说中的男女主角在现实生活中的真实身份，不感兴趣，但是，他们在小说中演绎出的人生兴衰喜怒哀乐，却想一窥究竟，甚至产生同情性的理解，借尸还魂是小说家的策略，正因为我比他们小五六岁，却在同一时空下生活，便对他们的爱情史、阅读史、“文革”史、下乡史、发迹史产生了解读的兴致，其实，这些人身上或多或少都有钟声自己的影子，或者他同学、邻居、朋友的影子。虚构固然是虚构，但是，也有很多非虚构的如岳阳的古街、地名、建筑、风土、人情，都是市志上记载确凿的存在。李海生出生成长背景复杂离奇，与《异乡》传教修女海华得小姐相联系，也许历史上确有其事，也许是便于两部小说相关联，我没有问过作者。李海生这个男人的形象还算丰满，他与曾建国是发小，同时成长，后来都是市级领导，他们是红旗下的蛋，都有知青情结，也许是命运使然，他们在这座依水而居的城市生活工作奋斗，有着水的灵动善变，尽管有曲折，而又春风得意。我想，这两个人身上也有钟声如蒲松龄科场失意后写狐妖的幽暗心理。这些男女在情场官场职场所演的戏，也与官场小说反腐小说惊人地相似，而这却是我一直不感兴趣于《国画》《沧浪之水》等小说的地方。

如果说李海生、曾建国这一代知青人，是岳阳当代历史的风云人物，还有众多的市井人物，也是当代岳阳历史的书写者，这段历史无疑需要从正反两方面多角度书写，个人史也是城市发展史，钟声另辟蹊径做此尝试，是有价值的。是非成败转头空。或许纸上的历史还长久些。

风流儒雅亦吾师

——读孟冲之诗集《杜诗重构》

在寒冬的火炉旁，捧着散着油墨香的孟冲之诗集《杜诗重构》（湘潭大学出版社2012年10月第1版），不时会心一笑，几乎每一首诗都有一两句精彩的警句，饱含着思乡浓情和深深的哲理，这是诗人离别故国近十年交出的一份报平安的“家书”。

诗人孟冲之，本名陈立平，20世纪90年代毕业于湘潭大学中文系，乃七月派诗人彭燕郊先生的弟子。曾与我共事于一家傍水而居的大企业的报社。其时，他就常捧着一本杜甫的诗集反复地阅读，似乎与当时的一股崇尚西方之学风而格格不入。然而，他却悄然地出版了一册以梦为题材的长篇小说《黑狼笔记》（长江文艺出版社1999年10月第1版）。

这时，他是为了追求爱情，随女友离开了岳阳，到了省会长沙，不久，他俩移民加拿大。他这册以杜甫的诗为材料，重新再创造出来的诗集，浸透着一股浓烈的乡愁。由此，我联想到侨居在美国的哲学家李泽厚晚年写的《论语今说》，刘再复在国外漂泊20年，写出了《共悟红楼》《四典批判》，美学家高尔泰隐居美国也写出了随笔集《守护家园》。

他们这些老一辈总在传统的经典上做文章，或回忆青少年时期的苦难历程，怀念故国的山与水、人与物。这些思乡病是会传染的，年轻如才四十不惑的孟冲之如今也加入了这乡愁人物的队列，这种现象真值得好好研究。孟冲之服膺于杜甫，其性情也十分投契。善饮酒，善吟诵，诗酒年华，加之有美丽的内子相伴，更是“红袖添香夜读书”，其风流儒雅自然流荡于纸面。尤其是离开家园，久居异乡他帮，何以解愁，唯有诗酒。他这是借杜甫的躯壳，炼自己的内丹，君不见，其《绝句漫兴九首》：“你的酒壶有多圆 / 心地就会有多宽 / 你的心事有多深 / 酒杯就会有多满。”又如，《落花》：“现在只剩下美酒 / 可以拓宽心灵的界限 / 只剩下诗歌 / 防守命运的底线。”似乎诗人每天都离不开酒，诗酒如影相随，只有诗酒才能成为知音，可以如魏晋人那般迷恋药、酒和长啸。杜甫一生一世，总是在旅途上颠沛流离，生活不安稳，事业屡受挫，用在美国做寓公半个多世纪的大学者洪业教授的话说，“杜甫将自己饮酒的习惯追溯到年轻时期，他说自己需要以酒来消释胸中强烈的怨嫉而堆积的块垒，如‘性豪业嗜酒，难恶怀刚肠’”（《杜甫：中国最伟大的诗人》）。孟冲之也是青年时期远走他乡，为生计所困，丢下文字工作，改做实业，其内心的抑郁痛楚也相似于中年诗人杜甫。其自省自责，笔下不经意就流露出来，如《林中独饮》：“才华是一种病 / 我病得不轻 / 且属晚期 / 幸好能在这荒僻无人的地方 / 保外就医。”又如，《归林》：“尽管人世艰难 / 尽管家室拖累 / 活下去，并且写作 / 仍是我唯一。”这些并不是夸张与矫情，可见，诗人在这俗世人生中，要找到一张安放诗稿的桌也是不容易的。不过，现在诗人靠自食其力过上了小康生活，能出版自己的诗集就是明证，但是创业那段时期的贫困潦倒，倒是人生难得的资产，催生出了如许的好诗句。

流浪漂泊是古今中外诗人共同的永恒的主题，孟冲之在其诗论中，也清醒地认识到了这一点。他说："古典诗歌主题如漂泊感、忧患意识、皈依自然的理想，仍然可以是新诗的核心主题。"他是这么说的，也是这么做的。他的《文章千古事》："就让故乡成为永远的失落吧 / 让回忆的水流流到哪儿都乱石和树桩划破 / 不要指望名篇锦句，会改变你的命运 / 我仅仅因它来黏合人间的离别和伤损。"这种游子的思乡情结，是如此浓得化不开，可谓"望帝春心托杜鹃"，唐代诗人李商隐差可道出诗人孟冲之如许的思乡之痛。

诗人孟冲之的野心是蛮大的，有一种湖南人舍我其谁的气概。他在诗论《从意境到意味》中流露，"我投巨大的精力和热情写作《杜诗重构》，初衷却在于从对杜诗意境说的翻译和写作中，实现对新话语言气质的汉化或回归，并力求使之在新诗体系中获得与作为中国古典诗词最高峰的杜诗大体相当的感染力和审美快感"。早在孟冲之尝试之前，台湾诗人余光中、杨炼都有过一定的尝试，但是没有孟冲之如此成规模成系列的炮制。可见，他不是吹牛，而是实实在在地践行回归古典，我在他的家乡企盼他的另一部诗作《玉溪拼图》早日问世，成全他的诗歌回乡之梦。

水汽氤氲　涉笔成趣

——读周拥军《精神的桃园》

岳阳县鹿角毗邻洞庭湖，物产丰裕，人杰地灵。近代产生了散文大家吴敏树，影响了巴陵大地的文风。近几年，有贺学群、陶沙岸、周拥军脱颖而出，在小说散文写作上硕果累累。近读周拥军君的散文集《精神的桃园》（团结出版社 2016 年 8 月第 1 版），更使我强化了对这弹丸之地文运丰茂的判断，可谓“江山代有才人出”。

周拥军生于 20 世纪 70 年代，虽然没有像五六十年代人挨过饿，上学期间却老在运动的折腾中度过美好光阴。由于生长在洞庭湖边，近水识鱼性，近水好嬉戏，近水楼台先得月地接受了自然与人文的双重熏陶。联想到文学大师沈从文，青少年在沱江边滚来滚去，打水漂，捉鱼虾，打水仗，积累了一肚子的水边故事，也成了识水性的人。因此说，拥军得益出生成长于湖边，一方水土养一方人，这话一点没有错。

拥军作品中写得最佳的散文，也是讲水人水事的篇什，如《湖》《大江》《鱼趣》等，把洞庭湖及其小湖汊的生态如诗如画地描绘出来，文字虽质朴，却有蕴藉美。《湖》里有几句写渔民对湖的观察的，很细致妥帖，“只看一看湖水的颜色，抓一把湖风就能了然于心。渔民对渔汛准确的预见尤为神奇。洞庭湖里的鱼也定期集会，同一种鱼聚焦在一起，越聚越多，四处游逛，有经验的渔民瞅准了机会，一网下去，就能收获满满的一舱鱼”。一般的作家，恐怕凭想象也想不出这样捕鱼的细节的。《鱼趣》更是一篇妙趣横生，对捕鱼现场的纪实之作。“夜深人静，有经验的捕鱼能手闻声悄悄地摸过去，看到鱼影了，用特大号手电的强光照住，将手中的罩以迅雷不及掩耳的速度迎着鱼头兜头罩下，等鱼反应过来，已在罩中了，罩住的，一般都是个头大，反应迟缓的鱼。”这段文字不难看出作者的亲历性，这是时下抒情性散文所缺失的接地气性。《大江》是写一位名叫大江的排古佬，力大无比，胆子也忒大，日本鬼子到了镇上，他不逃走，在鬼子害了少女小红后，在湖滩上杀了几个鬼子，泅水而逃。

对水人水事是如此真实地描写，对故里的民俗风情也是涉笔成趣，抓住传神的特色来状物写人。例如《乡村戏台》《采茶》《长角与哑爹》等，显然作者平时酷爱读鲁迅的散文，字里行间受到“朝花夕拾”的影响。例如《乡村戏台》里的“三花”的身份很特殊，动作夸张一点，语言出格一点，脚步飘浮一点，大家都不以为意。一部戏曲是不能缺丑角的，他的插科打诨，引人发笑，这才叫民间文化，适合农民的口味。再如《长角与哑爹》里的长角是一头犟牛，只有哑爹才能驾驭，哑爹不愧是牛的伯乐，“长角拉一泡屎，哑爹瞅一瞅，就知道长角的身体有没有问题，长角长哞一声，哑爹一听，就知道长角内心有没有特别的想法”。这几行字凸显了哑爹的“特异功能”。

我记得康濯先生在20世纪80年代写过一部中篇小说叫《洞庭湖神话》，他企图把洞庭湖近百年来的变迁通过几万字的小说再现出来，气势恢宏，水上人物栩栩如生。周拥军没有这么大的野心与气魄，却在千把字的篇幅里，螺蛳壳里做道场，也刻画出了像哑爹、大伯、爷爷这样有血有肉的人物，也描绘了水上捕鱼、岸上采茶、开犁、演戏的日常生活情景，都充满人间的烟火气，温馨怡人，把鲁迅白描功夫运用得出神入化，这是这部作品的成功之处。

性情写作里的乡村牧歌

——徐辉散文印象

徐辉在城市落户也有20多年了，却以一种割舍不掉的乡土情结，一面在城市的月光下，吟唱着乡村牧歌，一面在异乡远足，老把他乡的老街民居幻化成家乡的古城，即使在城里散步、交游，面对灯红酒绿，醉生梦死的城市生活，产生出天然的敌意与拒绝。这般的决绝，比以乡下人自居的沈从文、贾平凹等还要倔强。读过他的一系列散文后，我感觉他的文字有如乡间的游走的野风，从遥远而熟稔的乡村吹来，有暗香盈袖，有乡情满怀。

性情写作，是他近年着力经营的散文主攻方向，确实也体现了他散文写作的实力。我喜欢他的作品有《影子奶奶及其他》《小巷·珍妃·城市蝴蝶》《一个冬天的死亡》等，这些作品取材于身边的亲人，尤其孩提时的奶奶，虽已作古多年，但她的灵魂如树之影子般，在明月雪白的夜里隐约可见。写岳父在冬天死亡的场景，栩栩如生，近似如白描，把岳父平时特有的笑声亲昵动作，与死亡前的反常举动、面部表情作了对比描写，表面上不动声色，把感情控制到零度，却油画般凸显出岳父对求生的渴望和对死亡的浑然不觉。

性情写作，不等于亲情写作，如果我的理解不错的话，是否到率性而作，不矫饰自己的情感，纯任情感须爆发则爆发、须抑制则抑制。《小巷·珍妃·城市蝴蝶》《对一个寒冬的记忆》等可把情感的内控与爆发掌握得恰到好处。前者写一个叫珍妃的美容院女老板，有卖春的嫌疑，她的到来给小巷的古板单调带来了一抹亮色。她爽朗的笑声，她对乞丐的同情，她在小巷里跳绳的倩影，让"我"留心不已，也浮想联翩……后者写一个邻家小孩亮亮带给自己清纯的印象，随着车祸的发生终止，这种先轻松后压抑，先放任而后内敛的对比写法，让人们对美好事物的破灭消逝，从而产生一种无奈且无情的感觉。这里流露出作家的真性情，多愁善感，悲天悯人。即使珍妃是一个"茶花女"，他也对她寄予了一份美的情愫和同情。对亮亮的夭折则欲哭无泪般的用文字作告别，冬天的气温、氛围就是作者心情的象征和借喻。

作家存朴在他的散文《后园札记》中说："都市让一个农民的儿子水土不服，他的潜藏于血液中的基因，注定离不开泥土的营养。如今，悄然惊觉，生活以缘木求鱼的方式存在。"在城市生活经年的徐辉，无疑也是这样一个"缘木求鱼"者，在城市里固守乡土，于繁华中回归田园，用他的话说，就是"无时无刻不感觉自己是一棵从家乡移植到城里的树，我的根仍深深地扎在家乡的土地上"。他对城市自觉或不自觉的抵制，对乡村经意或不经意的怀念，让他的散文充溢着浓郁的乡土情结。他的散文中，对乡情乡俗和故人故事的描摹状写，只要是熟稔的，烙下了印痕的，就写得格外细致妥帖。例如《我的父老乡亲》系列散文中，邻居阿莲、野丫头，这样的发小朋友，写出了疯玩纯真的两小无猜，也写出了对她们人生命运的牵挂。对村里的老人南熏爹、跛爹、奶奶这些老一辈，把他们的人生沧桑用一个个小故事、小片段串起来，小人物在大时代的遭际，如一面镜子般映照出了乡土人物人性的永恒如旧。与人物也如此，写景物也如此，他多次以村树为题材，或写父亲烧炭，或记冬日踏雪摇竹，这些乡下寻常的景物，却成了收藏在心中的遗忘不了的美好记忆和诗的意象，使得他反复咀嚼，反复地吟诵，形诸于笔端，如开封的陈年佳酿，香气馥溢，如牛背上的乡村牧歌，婉转悦耳。这些寻常小景物体，经他的一一拈出，鲜脆清嫩，闪出灵秀之光。写物也是写人，人物交融，情景交融，让人身临其境。

徐辉散文的缺点也很明显。在一些游记类的散文中，他爱抒情爱发表议论，有时是很大篇幅地抒情和议论。在我比较看好的《在梦幻的词语里穿行》一文中写“玉龙雪山”一节的结尾处，就有 700 多字的抒情和议论，如果让我做责任编辑，我就会建议作删节处理。徐辉在其他的篇什中也有此类毛病，这让我想到一些高中语文教师，为学生写的示范文章，就是这种动不动以冗长的抒情与议论来霸占篇幅。这种近似于“八股文”的写法对于徐辉来说，一定痛下决心摒弃，这是我的发自肺腑之言。同时，徐辉还要在散文中注意辞藻的运用和句式的写作，不要把一些可有可无的辞藻罗列、堆积在一起，也不要以“作文式”制造整句来表述哲理，这看似“锦绣文章”，实则也是“八股文”的写法，不是创作。

寻找一块安放乡愁的地方

——读江哮散文集《向家的方向奔去》

吾友江哮兄的散文集《向家的方向奔去》即将付梓，让我为之欣喜。江兄乃河西一才子也，在我的河西文友中，有杨凭墙、严泽、周志国、曹瑜、聂磊诸君。他们具有水的灵性，能写出一手美文，江兄与他们为乡党，可谓气味相投、各领风骚。

认识江哮是在 1998 年暑假。当时，我们都在湖南师大的伦理管理研究生班。作为君山区一中校长，他年轻有为，追求学业精进，我因此乐于与他交流。但说句实在话，他的文学才华却没有引起我的特别关注。大约在 2005 年，他到长沙“走穴”于某名校，给我寄来他的散文《跋涉温馨》，让我看看。快读一遍，我很有些吃惊，有“士别三日”之感。这是一曲弹奏给妻子的动人情歌，漂泊的他充满深情地回顾了与妻子浪漫的爱恋故事，也倾诉了如候鸟迁飞的无奈和相思之苦。“从此，我们就有了横亘三百余里的牵挂！从此，我们就有了温馨的跋涉！”古人说：“动人心者必先发乎情”，本文真挚的情感基调，老到的表现手法，让我激赏不已，我当即将此文编入副刊。这一下，激发了他创作的激情，隔三岔五给我寄来他的散文、随笔作品，让我“其喜洋洋者矣”，也乐意为他刊布。

于是，一个在中学传授进化论和遗传变异的教书匠，跻身于岳阳作家群，且以写亲情、乡愁为主题的江哮兄，在“岳家军”中有了他的“一亩三分地”。

此次重温江兄的散文作品，经过梳理，我认为江兄是一个孝子，字里行间流露出的是一个孝义双全的男人，这似乎与他的名字“哮”有些许抵牾。他笔下的亲人有祖母、父亲、母亲、妻子、老表等，其中写父亲的计有《一炷心香》《父亲的遗言》《天年》《耕艺》四篇，可见，父亲在他心中的分量和不可磨灭的记忆。我不妨抄几句：“父亲说犁田没有别的，首先要掌握好深浅，其次便是学会使用牛鞭，驾驭牲口，父亲犁出的田平整匀称，犁纹清晰，叫人看了，便仿佛获得丰收已成现实。”写祖母的《慈颜如佛》，写母亲的《母亲的开心事》，写妻子的《跋涉温馨》《美容》，等等，都是从细节入手，把对亲人的念想妥帖地描述出来，无比温馨。

乡愁成了他的情结，成了他的心病。从行文中得知，他的高祖、曾祖分别是晚清的举人、秀才，祖父是民国时湖南达材法政学堂毕业生，父亲虽自幼经历时代和家庭变故，无法赓续书香，但在当地仍可算得上识文断字之人，典型的耕读之家。家道中落的感怀，淳朴乡风的追忆，人情物理的牵挂，所有孩提在乡村的成长记忆，让他刻骨铭心，挥之不去。无论是《祖坟》《祖屋》，还是《柞树》都在他笔下复活。这些空间与物体，都是他耳熟能详、伴他成长不可或缺的元素。因此，他也念兹在兹，“不断有古董的商家光顾，雕花的木窗、油漆过的老式婚床、铜香炉、银鞍镫，还有太师椅、线装书、戏台上的匾乃至门前屋后的左檀右槐，都陆续被族人变卖，祖屋在名存实亡中”。这是典型的乡愁病。凭吊逝去的似水年华与遭破坏的古村落，让一个游子如孤魂野鬼般，四处飘荡，对这一自然人文景观的不复存在，唱出了一曲挽歌。情之所钟，其沉痛过深，不鸣则已，一鸣惊人。

我更欣赏江兄写出一组河西奇人谱，而且从“伤逝”的角度来进一步抒发自己的乡愁，如《作舟木匠》《孝歌王瑞堂伯》《象堃先生》《四爷》《杀猪佬》等，这一组人物如浮雕般呈现在读者面前。他们的一颦一笑，言谈举止，如速写般极传情地勾勒出这些九流三教，或才子异人，或能工巧匠，都是底层人物。无论是在当时条件下，吃红也好，走麦城也好，都把乡愁放在心里的重要位置，以至于对“孝歌”的缅怀，会引起更多共鸣。予若不信，且让我引出他的原文几句：“起初一段开场白，内容不外是对逝者的缅怀和对孝子的吹捧，而后便是歌手们唱散曲，彼此间相互揶揄，打趣、调笑，逗引台下听众捧腹破涕。”这种浓郁的民俗文化氛围，现在恐怕难以再现。作者以善观察的慧眼，以通俗带泥土的语言，以汪曾祺式的经济笔法来描写，每一个人物，都有传奇的故事，都有看后耐人寻味的嚼头，但都指向浓浓的乡情，指向人性的可爱，指向人情世故的圆融。这不啻一张张弥足珍贵的历史照片，此情可待成追忆！

如今，人们在城镇化的热潮下，对一些古老村落投去关注、惊羡的目光。一些开发商在旅游的诱惑下，投入重金去“复古”，建造新景，借助商业配套设施，以美化乡村。但是，古物似乎犹在，却缺少人的气息，也即村庄的灵魂不知丢到哪里去了。作者的一些篇什中，有这种焦虑的，当然，他老家天井山脚下的村落，已被破坏殆尽。他只好借些纸笔将它一一激活，凭吊这带有童年记忆的人与物，为乡愁找到一处安放的地方。这种努力应该是出版此书的动力和目的。从这方面来说，作者是成功的。

作为老友，我觉得该书中一些篇什的文字还嫌粗糙，打磨不够。当时好像是 2007 年正在兴起博客热，他为了抢时间发博文，随写随发，萝卜快了不洗泥，有些文字显得过于直白，内蕴与修辞略感不足。我希望江兄以后在写作上更讲究文字之美、构思之美、意境之美。

情之所钟　正在我辈

——解读许定贤诗集《梦中吟》

乡贤许君定贤兄自20世纪70年代肇起，创作古体诗词，迄今四十多个春秋，含英咀华，孜孜不倦，诗稿盈尺，从箧中别选出200多首，拟结集出版诗集名曰《梦中吟》。约我点评一番，我于此门外汉一个，姑望妄作野狐禅，以供方家一哂。

诗贵解悟。“诗言志，诗无邪。志者，即表达诗人的思想、情感、意趣也。”这是我国古代文论对诗歌最早的诠释和定义。腹笥之盈、博学强识的定贤兄，在自己一个甲子的人生历程中，把《诗经》、《楚辞》、乐府、唐宋诗词一路走来的诗歌创作经典以及诗论烂熟于胸，化为自己创作的标尺。无论是高中毕业做知青，还是考入大学当教师，改行成了宣传干部，县委写作班子成员，以及后来任职于政府环保局的“一把手”，忙中偷闲，总是与青灯相伴，平平仄仄苦吟。与风花雪月，卿卿我我绝缘，似乎是古代浪漫派诗人和风流才子的专属，而定贤兄却一心沉浸在理学大师朱熹所倡导的“天光云影共徘徊”的致静之境中。他许多诗篇有意或无意中，流露出立志高远，建功立业，砥砺人生的志趣，许多诗句不亚于当代大家留下的警句。请看“熬夜时吟长短句，读书可破是非心。”（《无题》）“平生若畏苦相思，心田莫种那红豆。”（《踏莎行·送友人》）“学问须求求有得，人生如读读天书。”（《送许焘赴美读研赠言》）“竹林因翠风霜举，溪水不疲昼夜来。自古修身多历练，寸金易失莫徘徊。”（《解名言志》）。他任岳阳楼区环保局局长15年，年年写一诗总结自己一年的功过，如练儒家的慎独功夫，“无为境界应求索，勤奋家风自发扬。细看人生天命后，功名利禄复何妨。”（《环保十年行》）他在怀念父亲，为母亲寿辰九旬所作的诗中，不无自豪地流露出传承优良家风的意愿。片言只语不难读出他的家世熏陶来，父亲是读过私塾的老中医，在当地颇有名望，受人敬重，母亲在他的笔下则“四书典籍犹能目，百字楹联亦可吟”，一位知书识礼的慈母形象跃然纸上。可以说，许定贤的诗词很好地继承了屈原、李杜的读书穷理，解悟人生的优良传统。

诗贵自然。这是魏晋诗人所发扬光大的一个好路径与成功范例。我注意到，定贤兄1976年刚开始创作时写的词《浪淘沙·修山塘》：“男女劲冲天，冻土新颜。硪声阵阵唱尤欢。望断远山山脚白，兆我丰年。”又如，“醉眼关公红脸，溪居茅屋蓝天，年年家家花相似，雨过傍花眠”。前词素描般写出农村冬修水利的情景，后词画出春到山村的村居图。诗人通过选用“冻土”“山脚白”来状写冬景，通过选用“茅屋”“蓝天”“雨过”“傍花眠”来写春天的乡居景物。这种月白风情、恬淡自然的小品画，流露出诗人对家乡山山水水的礼赞流连。还有离别家乡30年后写的《故乡月》：“中秋归故里，赏夜与亲朋。路转虫鸣曲，峰回叶漏星。清风山坳过，玉兔草丛惊。更亮荷塘静，童蒙对影生。”没有一丝愁思，纯任山里的虫鸟花木轮番上场唱主角，不亚于鲁迅笔下的“朝花夕拾”故乡风情系列散文，静中有动，动中有静，无声似有声，寂静中有天籁之音回绕。这种淡淡的描摹，寄寓了淡淡的乡愁。还有与同学情的赠诗，如“锄入近郊添景致，汗抛沃土润心田”。（《赠友种菜》）“昔日春光今又见，老来心事少时无。”（《月田区高同学会感悟》）寥寥数语，极形象、极自然地写出了对友情、心境的感悟。还如《偕孙儿俩打枣》：“晨露枝垂枣彻圆，孙儿小嘴滴馋涎。一竿打落流星雨，雀跃惊呼蹦面前。”此诗纯口语，如丰子恺的儿童画般，栩栩如生地画出了爷孙俩打枣的情景。这种诗看似单纯，却有趣耐读，可见，作者的作诗功夫信手拈来，不假雕琢。

由此，我忆起晋人王戎的一句名言：“情之所钟，正在我辈。”不妨把时光倒流到一千多年前的魏晋南北朝。那时候，玄学兴起，诸侯门阀走马灯似的轮流执政，服外丹导致许多门阀贵族生命早夭，与其求长寿成仙相反。人们对生命之短、人生无常无比哀叹。美学家李泽厚先生在《美学四讲》中对王戎们的“情之所钟”，有如此的解读：“一切情思都闪烁着智慧的光辉，郁长的人生感悟总富有无限宇宙的意义。它变成了一种本质不只是在思辨中，而且在宇宙中，为他们所直接感受着、嗟叹着、咏味着，扩而充之，不仅对死亡，而且对人生、对风景、对自然，也都可以兴起这种探寻和感受，使世事情变变得非常美丽。”魏晋是这样，现代的乡土中国又何尝不是这样？虽然现代化、城市化、信息化改变了许多，包括自然风貌，但是何人不起故园情，却依然如故，诗人用自然的笔调摹写、追忆、闪现“朝花夕拾”、山川风貌、人情世态，也是再也不过的任性所为，却极富诗情画意。

诗贵创新。定贤兄的诗集中，大量的笔墨篇什花在书写祖国的大好河山、境外风光、历史事件、节日喜庆、科技体育成果等吟诵与抒发上。这些宏大的叙述，往往成为诗人的共同聚焦，如果不技高一筹，不匠心独运，容易造成诗的同质化，缺乏形象性和原创性。诗史也，这是我国诗歌创作的传统，也是古今诗人创作遵循的“金规则”。今日的新闻，明日的历史，今日以诗歌来记录，明日作历史来解读又未尝不可。由此，定贤兄不怕与他人“撞车”，却有“弯道超车”的智慧与才能。我印象深的恰恰是他发表在《中华诗词》杂志上的两首，一首《沁园春·中国梦》，其中有“探月寻幽，航空走你，天下归心向小康”。这个“走你”就是网络语言，随手拿来，用得很活。还有一首古风《单车行》，其中“远月高天鹰点点，健身低碳汗滴滴”，“低碳”也是时髦语，如此活用，用得恰当，比用陈词滥调要高明。定贤诗中还有许多这种大胆引用新词、新意象的句子，限于篇幅，不再多援举了。相比较，他的词却要放得开、写得活，如《行香子·春风》中“看这新字，这新妇，这新生”。还如《水调歌头·风》：“待到山花艳，争个韵无穷。本无意，来无影，去无踪。”挥洒自裕，风流跌宕。

我在大暑时节，翻阅诗集，身心时拂缕缕清风。诗人的才情、妙句，让人喜不自禁，让人流连忘暑，可以说，诗人送来了解暑的清凉剂。我知道，定贤兄作为月田诗人群的一位重要诗人，“墙内开花墙外香”，他做人过于谦卑。其实，他近十年在《诗刊》《人民文学》《中华诗词》等报刊发表诗词100多首，为文坛岳家军的诗词创作添砖加瓦、成绩斐然。我期望他能在致仕后，笔耕不断，新作迭出，“庾信文章老更成”。

妙联宛天成

——陈天雄先生楹联赏析

吾友月田诗联社社长陈天雄先生，腹笥充盈，才思敏捷，左手吟诗，右手作联，在巴陵久享盛名。新近拜读他五十副楹联，让我大饱眼福。试就其中印象较深的十副楹联作些赏析，以求教于方家。

《巴陵诗社二十周年志庆》

艺帜树巴陵，廿年汗水连通古今风雅颂；
雄文辉岳郡，十卷诗词凝聚城乡你我他。

此联既用典，又通俗，真正是雅俗共赏，用典之处，如巴陵、岳郡地名也，风雅颂乃《诗经》里的诗体也。像把汗水、城乡、你我他等口头语融入对联里与雅的名词配对，俗语也雅了。

《题某学校门联》

温故而知新，旧书不厌百回读；

耕耘当吃苦，好玉还须千日磨。

这副勉志联，有《论语》《菜根谭》所寄寓的读书做人的意蕴，只不过，他形象地用温故、耕耘、读、磨进行了描摹，一个古代士子的形象凸显出来。如果能添些现代意象就更好了。

《题罗汉堂联》

一笑一嗔真美恶，

三思三省长精神。

寺庙的楹联不容易制作，一要懂佛道之理，二要明世故之人情，情理交融方才匹配，此联就是如此，上联乃佛理，下联即儒家的内省修养，而儒家却是讲人情的，哲学家李泽厚先生以“情本体”喻中华文化，即是凭证。

《春联》

福厚尚崇仁，应让家风传后嗣；

财多宜戒侈，好将细水放长流。

此联一反过去春联惯用陈词滥调，好作宏大的夸张，空调的渲染，而是从劝人重视家风的传承立意讲理，只不过情蕴含于理中，这是从传统的春联如“忠厚传家久，诗书继世长”中借鉴过来的表现手法，化用得妥帖。

《婚联》

盈樽喜酒开怀饮，

悦目新闻信口谈。

这联让人耳目一新，上联还是较传统，切合喜庆的氛围，下联却把时代的气息加进去，很鲜活，让人如临其境。

《周府雁平先生八十寿庆志贺》

承周祖而爱莲，不求富贵，淡泊虚荣，德播城乡成宿望；

效姜公以垂钓，寄兴江河，弘扬大雅，诗吟山水满华章。

此联长达42个字，对仗工整不说，其立意用典，都很妥帖，上联用《爱莲说》作者周敦颐这位远祖，写出家世家风之源远流长；下联用姜太公钓鱼之典，喻指主人寄情山水，诗酒年华，散淡人生。

《杂感·自勉》

勤能补拙，滔水成河，应习三余常秉烛，

俭可持家，聚沙形塔，当怀五谷莫忘耕。

作者以此联自勉很实在，很实际，很管用，勤奋、俭朴，治学齐家都是良方，关键在于行，秉烛夜读，亲自耕耘，乃耕读的传统，能继承之，家兴业旺，自己也精神丰裕，有“五柳先生”之风。

《趣巧》

本是园中小蔬，休拿杆秤论斤两；

无非群里大乐，怎究芝麻道短长。

此联乍读以为说家长里短、柴米油盐之类的事儿，其实这不过是作者借喻而已，他把网络上群里，论坛上的热闹、板砖，用农家的事儿来开导、疏通，有几分幽默，这联还真的有趣。

《题茶馆》

陆羽传茶夜月盈亏观静动，
卢仝记歌毛尖上下弄沉浮。

此联用典很妥帖，对仗极工整，把中国茶道、茶文化、品茶的意境，极传神地表达出来，而且此诗很有神韵，这是作者深厚文化积淀的迸发。

《应征联》

百姓是天平，谁廉谁腐，答卷一张书脸上；
良心乃卷尺，孰假孰真，德行几许刻眉间。

此联看来是为应景之作，而且内容受限制，“螺蛳壳里做道场”，他不愧是高手，把反腐的话题形象地表现出来，立意高远、形象逼真。

挥毫写出扬雄赋

——读段福林先生《南湖史话》

我于20世纪80年代初在南湖边求学，目睹了它的秀美与静谧。但是，苦于没有关于南湖的史料可读，对它的了解限于“一龙赶九龟”、方尚书请客等，如今好了，有了文史专家段福林先生新著《南湖史话》（中国文史出版社2015年4月第1版），让我们全面系统了解南湖古往今来的地理变迁、神话传说、风土人情及名人芳踪，补充乡土教材对南湖的阙如，功莫大焉。

《南湖史话》考据翔实，权威可信。如该书对尚书山景区的来龙去脉，尤其是山上下葬的明代岳阳籍严颐寿、方钝、谢登之三位尚书的古墓了如指掌，娓娓道来，形象生动。作者通过从《明史》及地方志、族谱的钩稽，写出三位乡贤身为高官，却为官清廉，奉公守法，勤俭持家，不畏权贵，敢于触怒龙颜，蒙冤下狱而不折腰，为国为民分忧的鲜为人知的故事和气节操守，让我们后人引为楷模，对今天建设培育良好的家风大有裨益。同时，作者还把三眼桥、圣安寺、南津古渡、文昌阁、金鹗书院等遗址和古建筑，作了考证和爬梳，极大地丰富了人们对南湖古迹和旅游资源的了解，为宜游岳阳提供了鲜活的精神产品。

厚积薄发，融会贯通。书中第二章名曰《南湖神话留华章》，把与南湖有关的神话传说，如神龙赶九子龙龟成道、吕洞宾与寺庙老禅师的交往、金蟾山刘海戏金蟾等，一一作了发掘和整理。虽说是民间的一鳞半爪，经他的重新书写，成为有始有终、跌宕起伏、引人入胜的民间神话故事，这种功夫的养成，也与他胸中烂熟儒释道的古籍及丰厚的民俗文化有关。这条路子也与我国老一辈史学家顾颉刚先生20世纪30年代整理国故时，对孟姜女哭长城的传说进行收集整理，一脉相承。

段先生把古代著名诗人吟诵礼赞南湖的诗歌作了集锦和赏析，分析精当，解读到位。更难能可贵的是，段先生是一位诗人，每篇文章结尾均赋古体诗一首，接通古今，有司马迁之遗风，契合陈寅恪“诗史互证”的治史方法，值得推崇。

此情可待成追忆
——读袁硕望文化随笔

认识硕望君，转眼20年了。那时，他在写诗，在乡村一隅，老想结识文友，想认识编辑，更想把诗歌散文弄成铅字。那还真是一个文学青年如朝阳般蓬勃的时代呀，年轻真好呀。

人到中年，有些许沧桑，些许疲惫，然而仍然激情奔放、诗情盎然，难矣。硕望君却是一个例外，他似乎一直停留在80年代、90年代的少年郎阶段。君不见，他笔下关注的话题，是诗人及诗作，著名的，非著名的，外地的，先锋的，质朴的，美女诗人，老年诗人，都囊括于他的纸面，他的胃口真是好极了。还是让我们一道耐心跟踪硕望君的笔触，去破译一下他的月光情结吧（这是我杜撰的一个名词，为了便于下面的叙述）。

在为散文家江冠宇所写的书评，就冠以《抱着一缕月光入睡》的标题。作者有好几处援引了江冠宇文中关于描写月亮的句子，“我闻到了月光的腥味”“斜卧在月光的河流泛起的光芒，网我一生的命运”。月光在城市成了稀缺品，人们口头在唱“城市的月光”，低头在怀念乡村与旷野，我完全同意硕望君的理解与判断，“这是一种对乡村的依恋，对故土的眷恋，也是种对古典爱情的怀恋，对生命精神的迷恋”。他看透了江冠宇的心思，其实，不独江冠宇是这般迷恋月光与乡情，从大西北走出的散文家黄海，也是这样。尽管乡村在沦陷，黄海却要“背着一个村庄行走”，硕望兄这隐喻用得实在贴切呀。我也曾从《美文》月刊上，读过多篇黄海的散文，感觉他在试图超越刘亮程，村庄不仅是农具、器物、避风避雨的空间，不仅是寓言民俗，更是“精神原乡”，是底层流淌的血脉与骨髓，你去触摸刺激，会生疼。黄海的文中，虽然没有多少句子来写月亮，但你从他的《奔跑的村庄》《第一个秋天背后是刀镰》，不一样可以还原出勾勒出月光下的村庄的画面来？在城里生活了几十年的作家贾平凹，在长篇小说《高兴》中，也犯了我们许多农村娃在城里成长的思乡症，借主人高兴口气说：“我已经认做城里人了，但我的梦里，梦着的我为什么还依然走在清风镇的田埂上？”这就不难理解硕望君以及江冠宇、黄海们对村庄与月亮的怀念了。

硕望君在他的系列文化随笔中，我还捕捉到了一个也与村庄有关联的关键词“河流”，我姑且把它叫作河流情结。还是用事实来说话吧，硕望君用了《魏家魁：在一条河的深处游弋》《烙在水上的伤痕——序谢新友诗集〈生锈的水〉》与河流相关的字眼作标题。我们生活在江南水乡的人，对长江大河，溪流小港，熟视无睹，不知道感恩于大自然的惠顾，不知道感恩于水利万物而不争的美德与包容。但是老诗人魏家魁，生长于长江岸边，自小由于受过屈子、李杜、吴獬一条文化长河的沐浴，爱上了吟诗作对，使自己的风格具有了“长江风骨”，洞庭的无边风月，成了他笔下的“忧乐情怀”，为风景名胜作联也好，为百姓红白喜事作联也好，诗情如泉涌，旧瓶装新酒，字字句句总关乡情、民情与世情。另一位诗人谢新友，特爱用“蓑衣”“蚯蚓”“河流”等意象来吟唱，这些意象成了隐喻的直接叙述。硕望把它解读为“谢新友的诗就是关于水的寓言，潜伏在他隐秘的文字里，你会感受到一种黑暗的挤压和水腥的浸淫”，他的这一判断也是很妥帖的。谢新友把自己的诗集命名为《生锈的水》，是否受了波德莱尔《恶之花》之影响，这里姑且不论，但是，却从揭示了水受污染、受毒化后呈现病态的一面，这其实也很真实，不便过多在此展开分析，许多新闻报道对这方面的揭露实在太多了。好在，我们的作家，又以艺术的形式来呼应，把河流的危机以及对河流的焦虑呈现出来，麻木的人，为 GDP（国内生产总值）不惜牺牲河流的人们，该醒醒了！

硕望的文字还涉及一些热点文化话题，如他关心余杰的“文化宣言”，也关心李昌平的“为民请愿”，甚至对陶然的“忧郁”也投出关切的一瞥。对此，我也抱同情之理解，一个深具月光情结与河流情结的诗人，直面当下消费社会滚滚红尘而始终守护理想之旗，如堂吉诃德般孤寂地与风车作战，胜负没有意义，但是这种侠气与勇敢令人钦佩。

因是之故，我不辞班门弄斧，为硕望君新书写下这些读后感，能不能充当序言，由硕望去定吧！

留住古镇文化的记忆
——读《湖南长乐古镇文化》

近来湖南文化名镇浏阳文家市、双峰荷叶塘，正在向国家级文化名镇“进军”。同为湖南文化名镇的汨罗市长乐在此时出版《湖南长乐古镇文化》（中国发展出版社 2013 年 6 月第 1 版）应不是偶然。整理出版此书，向世人昭示留住即将遗失的古镇传统文化的记忆这一点也是很明显的。

该书正如作家韩少功先生在《一本文化的招魂之书和立心之书》的序中所肯定的，“眼前的这本书对长乐的建制沿革、族源、宗教、建筑、语言、艺文、民俗、传说等做了近乎百科全书式的展示，既有历史的纵深，又有文明的广角，既有‘田野调查’式的大规模采风实录（如歌谣部分等），又有颇具知识含量的高精度治学解疑（如方言部分等）”。我是完全同意韩先生这一中肯评价的。细读此书，不难发现，主编周明剑、余耀宗、刘泽龙从文化的自觉和责任感出发，策划是很用心周全的，选材面广，挖掘深，有方言词条写作，有民间故事的整理。许多篇章，是主编轮流主笔，或作为整理者，保证了全书的各篇章文白的夹杂，俗中有雅的统一风格和学术水准。

我们过去对长乐的印象，主要来自媒体对其以踩高跷而闻名的故事会的报道，以及长乐甜酒的推介。诚然，长乐镇却也是凭其悠久历史，规模宏大，形式多样，传承不衰的故事会，赢得了“国家级非物质文化遗产”的称号。我们过去只看到它风光的一面，殊不知，随着农民离土离乡进入城市的热潮，随着老年艺人的凋零，故事会已再难现过去的宏大规模和壮观的阵容了，年轻人对此越来越没有兴趣，表演、制作人才出现断层的危机。这本书，既把故事会的来龙去脉淋漓尽致地展示出来，同时，也在呼吁当地政府要从留住民间手艺、留住民俗文化记忆的高度，从资金、人力上对此加以扶助。如果这种故事会真正衰落乃至消失，再复制还原恐怕就很难了。我们国家许多地方小剧种就是几年、十几年间悄悄地消失的，这方面的教训足够多了。这种发自长乐古镇的声音，应不是杞人忧天。

我对该书收集的夜歌、山歌、童谣很感兴趣，这一部分属于民俗文学。我听说20世纪30年代，北京大学以周作人、顾颉刚、钟敬文等为首的文人学者就专门收集出版地方上的歌谣，如《吴歌集》。这种遗风，终于在我们长乐古镇文化的一书中复活了。这也是保存民俗文化记忆的一种好方式。该书收集了124首山歌，不读不知道，一首首读下来，我发现了山歌中被讴歌、咏叹、凭吊的美女，有一个共同的名字，叫“娇莲”。多么具有水乡地域色彩的名字。予若不信，请允许我摘几首做证。如《摘茶》:“筷子打架脚相交，只想娇莲共枕头”;《对门有个嫩娇莲》:“对门有个嫩娇莲，我心里想了三五年”;《摘茶要摘嫩茶巅》:“摘茶要摘嫩茶巅，交情要交嫩娇莲”……太多了，有几十首都镶嵌着“娇莲”的名字。这很有意思吧，也许过去曾有过如西施一般的美女，确叫娇莲，也许娇莲这个词很朗朗上口，又让人产生美好丰富的联想。人们把她作为潜在爱恋的对象，放在口头不断地吟诵、呼唤，“望断秋水，再不见伊人”，这种相思病，是会传染的。一代代长乐人心中都有自己心头的“娇莲”，这真是很浪漫的情怀。如果不把这些山歌收集汇编出来，这种美好悲怆的爱情情结就会失忆的。

读者诸君如果细心的话，你会从该书中找到许多古为今用的东西来，如婚丧喜庆的酒辞，如长乐俗语也就是我们说的歇后语，多多益善。较为遗憾的是，书后附有一张“上世纪30—50年代临街店铺一览表”，上百家的手工作坊和店铺，今天恐怕都消失殆尽了。因此，它们仅在纸上留有一个店铺名称而已，不知，今天的长乐镇是否把一些新时代仍有生命力的手工产品，如制扇制伞、铁铺、木工店、药店，让它凤凰涅槃，重放异彩。这也许是我的一厢情愿罢。

我真的期待着长乐古镇，不断地发掘、整理、弘扬其独特的古镇文化，让它既成为当地的旅游亮点，也实实在在保存好、保守好这些祖祖辈辈留传下来的民俗文化。

底层写作的自信与坚守

——读姜玖林小小说《那年，情窦初开时》

岳阳临湘姜玖林在铁路上工作，酷爱小小说写作，在全国报刊发表了许多优秀的小小说，有的还获了奖，可谓异军突起。从他的写作取材、姿势和路径来看，称得上底层写作的佼佼者。

据我了解，姜玖林1960年后生人，曾在20世纪80年代入伍，复员后在铁路上工作，保持着对文学的热爱，对文字的追求。无论是诗歌写作还是小小说创作，都具有接地气，悲天悯人，为底层人物鼓与呼的一腔热忱，这是对1980年文学精神的最好继承与维护。

不怕亮出生活中的伤疤，不是为了猎奇与窥视的需要，而是为了疗伤。我非常欣赏他作品集中一些市井人物作品，如《疯嫂》《胖姐的诱惑》《阿狗》《蛔婆》，极有鲁迅的白描功夫，又有俄国作家果戈理那种含泪的幽默。《疯嫂》因练气功走火入魔，见到男人就认为是她的师傅，甚至不顾羞耻，在小孩的戏弄下完全脱下衣服。《胖姐》在一家旅社门口揽客，小说男主人公王志远每次接送孩子时，都能见到胖姐，有时没见着，反倒浑身不自在。他曾好奇到胖姐的家中看了看，见到一贫如洗的场景，很是诧异。胖姐后来经人举报，被公安以卖淫抓走，王志远听到人们议论，胖姐小孩被人贩子拐走，丈夫车祸重伤，她在生活所迫下，出卖肉体。作者通过王志远的耳闻目睹把底层人的真实生活状态冷静、客观地描摹出来，让人产生一种同情与宽恕。几十年前老舍先生在短篇小说《牙伢儿》里就描写过类似的情节，当轮回般复活于当下，这不能不令人反思。这种惊人的相似的命运，是巧合还是有其必然性。作者没说出答案，留给读者思考。

《蝈婆》更是出彩的一出喜剧小品。一个流浪汉蝈婆，靠到死人灵堂跑腿，赚取剩饭、剩菜、剩汤。他还不是一个人独享，而是与同是流浪人的画家分享。在画家死在马路中央，无人收尸，浸泡水中时，是蝈婆把画家尸体拖到城管岗亭附近，遭到城管人员的追打，还是 110 赶来才让死者尸体得以运走。

蝈婆是一个阿 Q 式的人物，也是韩少功夫笔下的丙崽，属于弱智愚痴搞笑的人物。但他不乏对同是弱者的惺惺相惜，这种抱团取暖，透露了冷漠社会下的一丝暖色。这是作者人文关怀的自然流露。

生活是丰富多彩的，姜玖林笔下不完全是灰色、黑色，还有一些亮色的作品，是正能量的传递，也可彰显作者的社会责任感。例如《太阳升起》《父女之约》《征兵》《太阳高高》《还愿》《湿地夜鹰》，这些作品都是从正面来书写公务员、退役老兵、铁道工人、医师、治保主任等普通群众的生活剪影。短篇小说是精致的盆景，它浓缩的就是精华。《太阳升起》里的傅大新作为一个铁路职工，参与到地方的抗洪抢路战斗中，发扬在部队敢拼作风。故事虽不离奇，却以主人公累倒在大堤上酣睡这一侧面，凸显“战地黄花分外香”的抗洪战斗感人至深的场景。

《征兵》中写县公安局副局长何锦程，冒着大雨，驱车到乡下某村调查一个有打架“前科”的征兵对象，虽然没有过多地写明那个对象是怎样一个人。把笔墨就锁定在局长不怕下雪路滑的艰辛，对征兵事业的高度责任感和对年轻人前途的关爱。与当下征兵走关系的暗箱操作形成鲜明的对照。《湿地夜鹰》里刻画的村治保主任陈福来“潜伏”在湿地巡查捕猎候鸟人的故事。他为了履行这份“使命”，亲戚请他喝酒，他不敢留下享受口福，甚至动员亲戚一起去抓获犯罪分子。这些我们身边经常能见的小人物的善言善行，经姜玖林的笔缀留言，成为一个个颇为丰满的人物形象，起到正面鼓劲、标杆引领的教育作用，这也是习近平总书记所说的“成风化人，凝心聚力”的功效。作者在写这些正面人物时，有的类似于新闻特写，希望作者以后加以改进。细节决定成败，正面人物的丰满，也离不开一些细节的支撑。

我还要谈谈冠以书名的《那年，情窦初开时》，作者显然是看重这篇小说的，这篇作品有作者自传的影子，男主人公的经历，与作者有些吻合，这些不是我的无中生有吧？男主人公的初恋对象是一个叫秋玲的女孩，干部子弟，一场失恋的记忆虽没有刻骨铭心的印痕，但是小浣的回闪却很温馨和恋旧。在文集的后记里，我找到了作者的一个“经得旧”的词。这正好是破解这篇小说的钥匙，虽然，秋玲没有与“我”结成夫妻，但是那份情义永远萦绕于心。经得住时间的冲刷，这真像某首歌曲里的“小芳”。一代代人都有自己心目中的“小芳”，有缺陷的美，遗憾的美，不完满的美，这样，才有意味，这真是欲说还休，不说也罢。

作者的文字很漂亮，一些句子用了诗化的语言，一些篇什类似于散文的写法，文无定法，孙犁、汪曾祺都是这方面的典范，作者仿效，借鉴前辈自有道理，只是小说有的地方还是要注意用词的干净，准确与节制，抒情不能重于叙述，这也是我的一个不成熟建议，说出来以供参考。

底层写作在当下方兴未艾，姜玖林不是追风派，他是一以贯之，希望他不要轻易放弃，还是继续“走自己的路”吧。

刘爹家的那些事
——读《爱代代相传》

经过几十年的社会变迁和转型，旧时代的名门望族都消失了，即使有恐怕也不多，留下了一些显赫的土豪族的传闻，常被网民讥为暴发户。但是，在市井生活中，寻常百姓家，有一些“忠厚传家久，诗书继世长”的传统，似乎并没有彻底消失；有一些小康人家，或清贫人家，知书识理，温柔敦厚，良好的家风，一代一代薪火相传，《爱代代相传》一书中的刘修文先生一家就是如此。

刘老爷子快80岁了，退休老干部，自己是贫困子弟出身，自幼失怙，缺乏父母之爱，却在成家之后，尤其是做了父亲、爷爷以后，以自己纯朴、勤政、厚道的品格影响全家人，在社会上得到他人的认可，在家庭受到敬重。当年刘老家有3个小孩，他在县公安局做后勤工作，负责食堂的采买，从不占公家的便利。每天购柴米油盐，发票与钱分分对得上，即使买菜农的物品没有发票，也要找三人写上一个证明才报账。刘老过去没有进过学堂门，为了工作，自学了珠算，熟练到算盘能放到头顶打了。后去消防部门任职时，他已人到中年，却把化学元素表下苦功背诵，至今能倒背如流。酷爱打猎改善生活的他，在晚年听从外孙女的劝告，放下猎枪，换上了钓鱼竿，经常去大自然中寻找乐趣。见老伴退休后去老年大学学习，为了做伴，刘老也进了歌舞班，这一跳起舞来，身体高大魁梧的老人，背也不驼了，似乎天生的艺术人才，在南湖公园露一手，他与老伴的才艺，让旁人看来真是“范儿”。

刘爹家的那些事儿，都是鸡毛蒜皮之类，如果不是女儿刘燕林、周玲有心，记录下来，也如春梦一场无痕了，女儿是故事中的角色，也是事情的见证者，在她们的笔下娓娓道来，却也无比温馨。例如周玲在《我的亲爹亲妈》一文中写道：“她每天上午学习交谊舞，下午学拉丁，妈妈的乐感并不好，但她并不泄气，回家就对着镜子练。”又如，刘燕林写的《感谢父母》一文中一个细节：“每到星期天，若是大晴天，妈妈一定把家里翻个底朝天，幸好不是平房，否则她老人家要揭瓦了。她甩开膀子大干快上，拆洗浆晒，床单和被子一定要用淘米水浆，蚊帐要用生姜水荡，并把被褥下的稻草搬到坪里晒。”尤其可爱的是写二老劳动的一段话，“爸爸在小小的菜园里忙碌，妈妈在阳台上晾晒。到了要吃饭的时候，妈妈拿起不知从哪拾来的小喇叭，对着菜园里放‘好一朵美丽的茉莉花’，爸爸则以一句‘花静静地绽放’作为回应”。

他们的三个子女都读了大学，如今都是行政事业单位的中层骨干，第三代有两个大学毕业了，即将为社会做贡献。爷爷奶奶的晚年，得到儿女们竞赛似的比孝敬，今儿女儿为老爷子买了鞋，明儿儿子送来米和油，连媳妇也与公公婆婆很投缘。他们家还有一个传统，不论谁过生日，都要团聚一次，只不过不送红包和礼物。如今已出嫁的孙女，回忆小时候，放在爷爷奶奶家带，晚上睡觉时总要喝牛奶，有时候不是嫌牛奶烫，就怪牛奶冷了，爷爷始终不急不躁，重新给她泡，孙女说：“爷爷怎么不发脾气？”要知道她父亲小时顽皮，挨过爷爷的耳巴子。这样温馨感人的事太多了。

我记得鲁迅先生有一句诗“怜子如何不丈夫”。他老人家对待儿子周海婴也俯首做过“孺子牛”的。刘爹家无疑是一个幸福的大家庭。三代人其乐融融，其中的奥秘也在于“爱一代代相传”。富不过三代，这是国人的普通认知。但是一个良好的家风，是完全可以传承下去的。长辈起了好头，率先垂范，后辈可以仿效，发扬光大。我们当下正在进行的社会主义核心价值观的教育活动正在如火如荼地开展，其中就要求每一个公民要“爱国，敬业，诚信，友善”，这内容正是我们的良好家风中应包含的元素，同时也是我们民族几千年来传承的做人美德，一个人在家里诚信友善，走入社会也会自自然然地体现出友善、诚信，除少数善于伪装、极端自私自利者外，这是应无疑义的。

母亲对儿女的“单恋”是无尽的
——读《夏至的微信书》

在盛夏时节，党校同学夏建芳女士给我发来了她的电子版的《夏至的微信书》，虽然从手机上看字太小很吃力，但是看了几则她的日记，却让我欲罢不能，仿佛在品橄榄果，或者在喝柠檬茶，这种爱的教育，润物无声，温馨感人。

我还依稀记得2006年秋天，第一次见到小夏的儿子晗希，才六七岁，虎头虎脑，带着一个篮球，挺可爱的小屁孩。如今十多年过去，小伙子长到1.8米，暑假收到上海交通大学的录取通知书。如果不读小夏的微信书，我还不知道“希哥”的进步，同时也增进了父母的成长。当然，父母的付出，为“希哥”的成长提供了情感的力量，这是任何其他力量所无法比拟的。意大利有一位教育家出过一本专著，就叫《爱的教育》。我们做家长的在孩子的成长期间，要懂得怎么开展爱的教育。夏建芳这本微信书的价值所在，就是爱的教育。

希哥高中以前的生活我不了解，从他母亲的日记来看，从他考入长沙市一中，背井离乡，在省会大都市开始新的生活，对于一个十五岁的少年来说，无疑是一个考验。父母为他选择了一间六十平方米的公寓，作为陪读的临时家。每周末，如果没有特别的事脱不开身，小夏夫妇会坐上高铁到长沙他们的“新家”，与儿子度过一个愉快的周末，这些点点滴滴的琐事，经小夏的笔致娓娓道来，不枯燥，不啰唆，不矫情，文章行云流水，有文艺青年的才情与韵致，有的地方还恰到好处地引用台湾作家龙应台的《目送》里的警句，还有外国诗人的诗句，渲染了一种浪漫的氛围。

在新家里发生的故事，无非是烹饪、做卫生、与孩子谈心、外出看电影、逛街、会亲友、购物，等等，帮孩子改善生活，放松身心，多交流沟通，让他更热爱生活和学习，学习自我管理，多与同学交往，遇到学习上的挫折，能正确对待，这些事一些家长都会做到，因为我们不缺乏保姆型家长，也不缺乏“狼妈式”的家长，更不缺乏“放羊式”的家长，怎么有分寸与孩子沟通、交流，让处在青春叛逆期的孩子，不失自尊，而又能听取家长的建议，这是很费心思和功夫的。

因此，对家长的素质也是一个检验。如果我们的家长能像小夏夫妇那样，不包揽一切，如吃完饭，督促孩子洗洗碗，加强劳动意识，这虽是小事，却能不以享受父母的照顾视为当然，戒掉孩子少爷作风。与孩子一道去看看电影，感受少年对时尚电影的酷爱，与孩子一道听听音乐，在放松的环境下提高学习效率。这也需要家长有耐心，有热爱文艺的情趣。因此，陪读并不是做几顿美食就行了，要学会陪，这也是促使家长自我学习提高的过程。

在小夏的书里，我还找到了他们家风好的“蛛丝马迹”。例如三八节、母亲节之类的节日，“希哥”也知道打电话给妈妈、奶奶、外祖母问好，在爷爷过七十生日时，第三代虽然没有到现场祝贺，第二代聚会照全家福，通过爷爷的老友的贺诗，了解到老爷子是一位亲民、纯朴的老干部，他天天记日记，几十年不辍。小夏是否受了老爷子的影响？高考后，小夏把希哥带到外婆家，去菜园里一起摘菜，感受劳动带来的喜悦，这也是很好的教育方式。

2013 年，我读了岳阳作家陈瑶写的纪实文学《孩子，你独一无二》，也是写在北京陪读的经历，同样很感人，我很认同陈瑶的观点，“孩子，是独一无二的”，正如每一片树叶都是不同的，每个孩子都有他的个性，我们要学会因材施教，因势利导，循循善诱。但是，家庭教育，学校教育都有一个共性，那就是爱的教育。我希望家长们从夏建芳的书中受到启发，多尝试自己的爱的教育的形式和方法。有付出总会有收获。

一曲低吟的乡村挽歌

——读许敏荣《土地作证》

日暮乡关何处是？在当下对乡村的怀念与悲歌声中，有多种声调，有人感喟乡村的沦陷，有人弹唱乡村的牧歌，有人则拷问乡村的昨是今非，还有许敏荣者对乡村低吟出一曲挽歌，出版了散文集《土地作证》（大众文艺出版社 2011 年 3 月第 1 版）就是凭证，不能不让人为之动情而沉思。

敏荣是一位农家子弟，由教师而国家公务员，由乡村而城市，但他却有着费孝通先生归纳的“离土不离乡”的情结，也就是人在城市住，但是其乡音、习惯、性格都浸染上重重的乡情乡俗。甚至连做梦也是在孩提时的农家小屋与田野山岗。这不是我的一厢情愿推演与想象，许作家却以自己的系列散文做出了印证。他曾获中国散文学会“中国当代散文奖”的《土地作证》，就是把自己的父亲种植西瓜所经历的自然灾害和种种磨砺，用一个个感人的细节描摹出来，由此可见，农民对脚下的三亩土地是如此执着而不舍。《秧缀田畴》，讲述的也是年轻时参与春耕的事儿，因此朴素却也无比真挚，“田泥酥软别致，一脚踩下去，脚底触及田泥的刹那，酸酸的、软软的，一块犁耙好的稻田，就是一块质地鲜嫩可下锅的豆腐”。非经历者没有如此体验。还有《牛缘》，讲一个放牛佬的故事，放牛佬大丑叔，一管牛筒，如一个喇叭般，呜呜声中把牛指挥得如听从命令的士兵。任何刚烈不驯的牛，在大丑叔的手下被调教得服服帖帖。作者却笔锋一转，对牛粪讴歌起来，“牛粪巴巴冒出的股股黑烟，久久不散，笼罩，呛得人声泪俱下。这烟熏黑了一个时代。其实这是一个时代的阴影，它笼罩着纠缠着千万乡村孩子的命运，使他们一生难以摆脱”。

对于田泥、牛粪等如是，对于乡亲与土地割舍不去情感的抒发与书写，也是本书的一个有分量的主题。在《一条将要消失的河流》里，作家把家乡那条母亲河由丰沛变成干涸，由宽广变成窄小的变迁，用电影的特写镜头呈现出来，这是城市化的转型所带来的后遗症，乡亲们面对这种日益干涸的河流，除了无望就是无奈，而作家却成了他们的代言人，不得不发出呐喊“大自然形成的地貌，在人类的手舞足蹈里，扭着变形的舞步，一步一步消失在我们这个环球的视野，曾养育过祖先的肥沃田畴被吞噬。一条名不见经传的小河流，又怎能抗拒人类赋予她的命运”。又如《拾拾池塘》，乡村都有自家的池塘，这是一道恒久的风景，然而近些年这池塘不是干涸了，就是改为了养殖的鱼池。它那清澈的面孔，它那男女夏夜嬉戏的场景成了记忆中的绝唱，你不能不感喟这改天换地的变化，不能不惊诧“只有当夜深人静，仔细谛听，那漾起的层层涟漪，仿佛是这样一口池塘苦痛的呻吟”。现实就是牺牲自然的代价，换来城市化的速度与建筑，与其说我们的许作家扮作了一个清醒的现实批判主义的角色，不如说是他的乡土情太深，凡侵入乡村的东西对他来说就是一种冒犯与不安。悲天悯人，是中国知识分子传统，一些走出乡村的人，大多见怪不怪当下乡村的沦陷，少数如许作家般敏感的思想者，唱出这般低咽的挽歌，你不动容也就太冷血了。

把泪流向心

——读严歌苓《芳华》

由冯小刚执导的电影《芳华》正在热映中，观众如潮，议论纷纷。有些人在微信中为刘峰在爱情上的失败抱不平，认为他是一个好人，自然就要得到好报，然而命运乖张，使他最终成为一个悲剧人物。乍看，有些道理。但我，并不认同。我读了严歌苓小说《芳华》，在我的印象中，这部小说应该是对 20 世纪 70 年代初爱情的质疑与向往，尽管时光过去三十多年，这些军营里的文艺兵之间萌发的爱情，开出的是一朵苦菜花，或者过早凋谢的花。在今天这个纵欲而寡情的社会，让它重放一次，唤起某些怀念，释放心中的梦靥，这才是严歌苓的本意。

我梳理了一下人物角色，小说中的男主人公是刘峰，女主角有何小嫚、林丁丁，配角是郝淑雯，我既是叙述人也是故事在场者，她们与刘峰相遇在 20 世纪 70 年代的西南边陲的军营，她们有一个共同的名字——文工团团员，她们才十多岁，豆蔻年华，理应读中学，是各自的家庭命运把她们推向军营这所革命的大学校。在这伊甸园内，她们在茁壮成长，情窦正待开放，男女之间日日厮守，会有故事发生。刘峰是一个憨厚的老兵，是一个乐于助人的好人。他的默默奉献，无疑会赢得上级的赞赏和荣誉称号。女兵们也把某些依赖投靠在他身上，这也是很自然的事儿。但刘峰在好人的光环下，也毕竟是一个男人，有血有肉，这点无可厚非。刘峰私下与何小嫚、林丁丁及我一同包饺子，做菜度周末，这种私会，名曰打牙祭，实则是恋爱中试探对方的过场戏，这也是很自然的事儿。然而，随着时光的推移，他担心复员到来，焦虑怎么向林丁丁表白，以至后来发生的摸丁丁这一事件，让丁丁受惊而呼喊，导致刘峰身败名裂。这种结局，在现在看来是天方夜谭或见怪不怪。在当时的环境下，可是一道屏障，你不能逾越这道红线，这种心理上的规制，让人产生一种矛盾的心理。严歌苓用了一段话诠释得很清晰，“他说他爱她，就那句话，把她吓死了。是刘峰说他几年来一直爱她，等她。这一系列表白吓坏了她。她真实不是被触摸强暴了，而是被刘峰爱她的念头强暴了”。

那时的爱情，就处在一种“身体是不排斥他的”，而是“她绕不过去的是那个概念”，也就是一个“爱”字，让林丁丁手足无措，产生惊恐，本能地做出拒绝而排斥。刘峰遭遇了林丁丁的爱情滑铁卢，后来到越战，复员到老家娶妻生子，后来到海南岛经商，再北漂到京打工，患上了绝症，却百般地躲避昔日战友探视。尽管，在跳《红色娘子军》舞蹈时，何小嫚因流汗过多馊气逼人，使她的搭档拒绝与她合作，刘峰主动顶上来，为小嫚挽回了尊严，小嫚却在内心由感激而产生爱恋，刘峰也感觉到了这一点，却不接受小嫚向他发出的爱的信息。他在海南，为了拯救发廊妹小惠，掏出自己的血汗钱，让小惠去学技术，后来小惠却悄悄地离开刘峰。严歌苓说，“刘峰的心是爱她（小嫚），疼她，怜惜她，但身体不爱她，正如他的身体爱小惠，心却不爱，一回事儿”。

20 世纪 70 年代初，那个人性封闭禁锢的时代，爱情也许是遗忘的角落，却也有一些爱情的事件偶然发生。如今，人们的私生活更加自由开放了，情感与爱情却走向了另一极端，有人在纵欲中遗弃了爱情，让爱情成了小说凭吊对象，这种把泪流向心的诗意呼吁，不知能否唤醒人们，倘如是，则不负如来不负卿，这也许是我的多虑。

2010 年我的书事

年年岁岁花相似，岁岁年年人不同。2010 年我在一片“涨”声中，掏币 5373 元，购买新书旧书，期刊画册约 223 册，不亦说乎。尽管视力较 2009 年更不济，阅读的兴趣仍浓，一卷在手，不读完不罢休，一年也竟然读了 60 册书籍，不含期刊。依惯例，新年开笔，回顾一下一年的书事，与同好分享。

一、文学类

1.《耻辱》 拉什迪 江苏人民出版社 2009 年 6 月第 1 版

此人一直受到霍梅尼及其集团的追杀，躲在英国特工的保护下，从事写作。此小说讲的是巴基斯坦治下的政治人物的沉浮，边塞民风民俗的怪异，以及宗教影响下的恐惧，文体中包孕文体，颇具幽默感。

2.《古炉》 贾平凹 《当代》2010 年第 6 期

贾平凹在文坛沉寂几年后，又抛出一枚重磅炸弹，这部仍是以故乡陕南一个叫古炉村的地方，也就是一块邮票大的地方为背景，在十年“文革”中，演绎了一场荒诞、心酸的人生悲喜剧，折射出人性的善恶不因政治的冲突而裂变。语言土得掉渣，极具原生态，这是他继《浮躁》《秦腔》后写出的一部农村现实主义题材的力作。恐怕贾氏以后要超越《古炉》更难了。

二、历史类

3.《烈士精神与批判意识》 张灏 广西师范大学出版社 2004 年 10 月第 1 版

哈佛出身的中国近代思想史家所出的研究谭嗣同的小册子，七万多字，却把谭嗣同一生的思想历程作出了令人拍案的分析，谭氏从一个有宗教情怀的士大夫，最后成为革命家、烈士，他的反抗精神，其资源不完全受西化的影响，也不完全受康有为的影响，而是佛教的大乘精神激活了他的无私无畏的游侠气质。

4.《走向世界》 钟叔河 中华书局 2010 年 2 月

钟氏这本书是他《走向世界》丛书的序言集合而成的。80 年代那套丛书问世时，受到钱锺书先生的激赏。他把郭嵩焘、曾纪泽、薛福成、黎庶昌等晚清最先走向世界的士大夫，在欧风的熏陶下，由水土不服而孜孜不倦地师夷之技，格物致知，把西方的坚船利炮和典章律法都一股脑拿来，如果没有他们最早冷眼看世界，后来的现代化不会如此全面地影响中国。

三、传记类

5.《积微翁回忆录》 杨树达 上海古籍出版社 2006 年 12 月第 1 版

杨树达湘籍语言学家，早年同蔡锷一同毕业于梁启超举办的时务讲堂，受到了维新思想的影响，一生著述不辍。早年因学术见解分歧，与黄侃、黎锦熙交恶不断；晚年多次上书毛泽东，对同校教授杨荣国学力浅薄，善于投机颇为不满。该夫子的性格体现了湘人好学好强不服输的劲头。从他与民国学人交往中，可以欣赏到那代人的风采。

6.《陈布雷的回忆录》 东方出版社 2009 年 9 月

陈布雷先生在蒋介石手下做幕僚 10 多年，早年报人出身，与胡政之、张季鸾先生齐名，其性格温文尔雅，得之于早年在岳父门下读古书，家道中落，挑起一家生活重担，对百姓生活很有体验，一生从政，勤俭廉政，不以权谋私，为人低调，可称得上谦谦君子。

7.《赵俪生高昭一夫妇回忆录》 山西人民出版社 2010 年 9 月第 1 版

赵俪生是一位参加过“一二·九”学生运动、到过延安、抗战时在阎锡山的新军待过，解放后历次运动受整，经历比较坎坷的历史学教授，为人耿介，不曲学阿世，晚年招博士生受到折腾。正因为如此，他老的回忆录，秉笔直书，不避讳老友老领导的作风，如王瑶、郭沫若、杨联升鲜为人知的一些历史细节从笔下兜出，丰富了后人对当事人研究的一手资料。

四、艺术类

8.《一脉文心》 陈乐民 三联书店 2010 年 4 月第 1 版

陈乐民先生晚年致力于西方启蒙主义的研究与介绍，在每周都需要透析两次的情况下，乐此不疲，真令人肃然起敬。这本书画集是在他驾鹤西归后，由夫人、女儿协助编辑出版的，可见，这位曾当好外交官，后来在社科院欧洲所任研究员的学者，喜欢西方的理论，又酷爱中国的书法和美术，保存了一种中国文人的自觉，这种“中西合璧”是实为不易的。

9.《收藏十三家》 郑重　百花文艺出版社 2008 年 9 月第 1 版

时下收藏成为走俏的行当，国人有钱了，把票票投放到古董的拍卖中，似乎是增值的投机。郑重笔下的十三个大收藏家，没有一个是新贵，而且他们都是大户人家的子弟，其古董都是祖传的，如潘达于、翁万戈；其祖宗是晚清大臣潘祖荫、翁同龢；也有的是早年就喜爱收藏文物，如陈梦家、王世襄，他们所生活的年代，一些坛坛罐罐不甚值钱，明清字画市上有卖。此书介绍了这些收藏家的生平，其文物境界之高，也是值得后人景仰的。

2012年我的阅读

《读书十年》(三)扬之水著

扬之水近年所出版的名物考证的书一本接一本，如雨后春笋般，这种“井喷”现象的背后奥秘就在她的《读书十年》日记里，尤其是第三册，把她即将离开《读书》杂志社，频繁地与孙机先生接触交流读书心得，借书还书，或外去考证古墓文物的行为作了记录，为她日后成为文史方面的考据大家奠定了基础。另外，也透露出一个信息，1996年沈昌文退休，《读书》主编易人，同时也标志着过去那种偏重于掌故、轶文、艺事的随笔小品体的《读书》风格戛然而止，汪晖时代的以学术为趣味的文体脱颖而出。扬氏的退隐也成必然。

(中华书局2012年7月第1版)

《我未来次子关于我的回忆》骆以军著

台湾作家骆以军的小说在大陆深受“80后”“90后”的喜爱。我未能脱俗，近读这本关于记忆与遗忘以及家族史的小说，深为作家的才华之充溢、想象之丰富、构思之奇特而折服。以儿童的视角来折射成年人的生活世界，这不独为骆以军所专享，许多作家都如此。但是他以日常生活中次子眼里父亲的种种怪诞行为，总是如此妥帖地融合于生活氛围中，天衣无缝，既有悬念、刺激，又有诗意和缅怀。这种功夫朱天文具有，大陆年轻作家似乎难以匹配。

（广西师范大学出版社2012年4月第1版）

《美的五次沉思》程抱一著

刚读毕程氏的《与友人谈里尔克》，又接着读其谈美学的书，真是如入山阴道上，美不胜收。程氏是一个书法家，对美格外敏感，“一种真正的美不会总处于停滞、固定不变的状态，它的来临，它的显现，总是构成一个独特的瞬间……”他总是结合中国的诗歌、画、书法来谈论美，并且自己以独特书法来展示汉字美的魅力，读其书，如饮醇酒，久久沉醉。

（人民文学出版社2012年6月第1版）

《落地》哈金著

哈金，华裔旅美作家，在美国华人作家中是重量级人物。这本他自己由英文翻译成中文的短篇小说集，全是讲述华人在美国某地类似于唐人街的地方谋生的故事，主人公有工程师、出版商、僧人、出逃的教授、妓女等，形形色色，相濡以沫，反而不像在大陆这般竞争得你死我活，但也有例外。例如《落地》中的年轻和尚，以教授武术而在寺庙生存，得了疾病，被寺里方丈辞退教职，断了生活来源，只得自杀而告终。其他的故事似乎没有这般凄绝。哈金特别会从日常的生活细节中挖掘题材，一些家庭的两代人的观念冲突，能从诸如给小孩起中文名字，儿媳的家务活等入手，映射出中西观念的差异。他的这种写法类似于美国作家卡佛，鸡毛蒜皮，皆可成故事，语言简洁、干练，有的地方用词还有中文所特有的诗意的蕴藉包孕其间。

（江苏文艺出版社 2012 年 7 月第 1 版）

《画家生涯》高居翰著

美国伯克利分校艺术史教授高居翰，饱览中国明清时期的国画，并以文徵明、金农、董其昌、李日华等明代画家为例。通过分析其作品特色、绘画手法、作品风格、师承关系等，提出了许多令人信服的解释。例如认为“自明代中期以来，文化之士通过绘画活动获取收益的情况日渐增加”；又如，“有相当社会地位的画家还是要避免直截了当地商业性交易，那么最常见的替代方式是以物品形式支付”；再如，“画家组成作坊，看来与自 18 世纪起绘画商业化程度渐增，有必要增加出品以满足更大的需求密切相关”。但这些结论都是通过大量的个案分而得出的，应该是能自洽的。尤其令人吃惊的是，“在明中叶，沈周及其学生文徵明都曾在仿冒他们的画作上题款钤印”，以助急需金钱救济者。这就不难理解民国时期张大千也敢于制作仿古赝品，使得同时期的画家和鉴赏家都信以为真，去年一段时间人们为此向范曾开火，也是抱怨他作坊批量出产同一类型的作品，有学生代笔的痕迹。这是一个画坛顽症，只不过古人是为了解生存之困，当代人是为了更多地敛财，其出发点不一。

（三联书店 2012 年 1 月第 1 版）

《味水轩日记校注》李日华著

明代万历年间在家隐居不仕的学者、画家李日华所写的日记，除了日常的生活，如迎来送往、天气变化、红白喜事等记录外，大量的篇幅，是记他与同时代画家如沈伯远、陈眉公、董其昌等，诗酒唱和，或门生、商贾请他鉴定书画之真伪，或寺庙请他去写榜书，或亲戚朋友请他书扇面画小品，但这种优游林下，以法书名画、自娱的生活，过得恬淡从容。这日记上还有大量从名画上摘录的题跋、诗词、楹联，以及作者与好友唱和的诗词，具有艺术史价值。作者在日记中，流露出了其时代的人对元代黄公望、倪瓒、赵孟頫的画风格外崇尚，许多人以模仿他们的作品而沾沾自喜。同时，也看出李日华对公安派袁中郎宏道特别推崇的徐渭似不以为然，以为徐文长“有奇气而不雅驯，若诗则俚而诡激，绝似中郎，是以有臭味之合耳”。对当时流行于书市颇为火热的小说《金瓶梅》，也是持否定态度的。他说：“沈伯远携其伯景倩所藏《金瓶梅》小说来，大抵市诨之极秽者耳，而锋焰远逊《水浒传》。袁中郎极口赞之，亦好奇之过。”他似乎处处与袁中郎相悖，可见其人在晚明的个性解放运动中持保守的立场。

（上海远东出版社 2011 年 8 月第 1 版）

《王阳明》秦家懿著

《王明阳》是美国著名汉学家秦家懿为明代大思想家王阳明所作的传记。这本 10 多万字的小册子，着重点不在讲王阳明的身世、个人遭遇、兴趣爱好、夫妇子女生活，而是把笔墨倾注于传主如何超凡入圣地修炼功夫，如何创立“致良知”“知行合一”的理论体系。王阳明是在宋儒朱熹、陆九渊的巨肩上站立起来的一位大师，有继承地创新，这一点是不可否定的。但是，与他从少年起刻苦修炼道教的内丹、佛家的静坐、禅宗的棒喝等功夫，以达到开悟，体认到自然与人，乃至万物均是一体，不必依赖于读经，不必于沉湎于静坐中享受禅悦，而是要在社会实践中，即在日常生活中时时处处磨砺自我，以达到物我两忘，理在挑水砍柴的俗务中。其实，王阳明的内功更多地得力于道佛，只不过他由道佛返儒，在政务军务生涯中，以大丈夫敢于直面人生，敢于担当，敢于承受一切挑战与压力，不是小乘般只求自我解脱，而是“我不入地狱，谁入地狱”的大雄精神，与君子自强不息的精神是相吻合的。王阳明影响了晚清的谭嗣同，影响了民国时的熊十力，如果我们读谭、熊的文章和传记，是不难发现他们与王阳明的相似之处的。

（三联书店 2011 年 12 月第 1 版）

2017年我的阅读

又到了盘点2017年的时候，德兰书园老板胡红梅要我谈谈印象深刻的书，遵嘱由近及远吧。

小说

贺学群的《坏孩子》，成功地塑造了当代叛逆青年的典型形象。

徐则臣的长篇小说《王城如海》，把城乡之间的鸿沟企图填充，却无法做到，中产阶级的男主人公始终走不出儿时同学的阴影。

还有严歌苓的《芳华》，语言很美，对人性挖掘得很深。石黑一雄的《被掩埋的巨人》值得一读。

诗歌

李冈的《与楼共舞》，本土诗人举旗的人，书上前面那些写湖与楼的既感性，也有一定的思想深度。还有远人，舒丹丹的诗集。外国的读了十几本，只记住了希尼、弗洛斯特、史蒂文森的名字，只记住了《开闭封》。

艺术

读了王学仲、潘伯鹰论书法的书，市书法家主席姚启舸先生，也很看好这两位前辈书家。我是门外汉，笔记抄了一大把。

传记

《李慈铭学术年谱》有砖头厚，晚清的士大夫的诗酒生活活灵活现。还读了原湖南巡抚的《王文韶日记》，湖南向朝廷的贡品十种，岳阳占了一半。

非虚构

读了冯骥才先生回忆八十年的文坛复兴，三十年一世人，恍若隔世。

第四辑　观影有悟

美丽是愁人的

——观电影《为你而来》

看完电影《为你而来》，走出影院的一刹那，天上还在飘着麻麻细雨。我的耳畔似乎又响着《故乡的云》的旋律。

是啊，影片中的女主人怡佳来自祖国宝岛台湾，虽然身患白血病，为了阿公“寻根”故乡福建“龙头村”及寻找恩人李三姐的嘱托，抱病前来，与出租车司机林德有了一段萍水相逢的际遇。在辣妹的介绍下，林德用自己的“老爷车”载着怡佳，一路颠簸，在福建的土楼、江边奔走，可谓走了一村又一寨，问了一个又一个耄耋老乡，甚至搬出了发黄的族谱，把同乡古稀之年的老者召集拢来开会，寻找阿公60年前的故乡——“龙头村”。龙头村在当地有许多个，有的靠近大海，与台湾隔海相望；有的在土楼的怀抱里，呈现出经历风雨的沧桑。怡佳尽管一路饱受长途跋涉之累，但是一旦走入了乡村，与老乡相逢，似乎分别重逢，无比亲切，尤其是一路上，故乡风景如诗如画，让她如饮醇酒般沉醉。

这次“寻根”之旅，怡佳与林德朝夕相处，由当时对林德车上抽烟，沉默寡言的反感，随着林德不停地通过上网寻找“龙头村”的信息，在遇到海边“龙头村”村长及台湾来的船长时，林德经不起台湾船长的殷勤劝酒，为了不伤客人的面子，划拳喝酒，把自己喝醉了，呕吐不已，这一幕深深地打动了怡佳的心。接下来，功夫不负苦心人，他们终于找到了一处因修水库而淹没的“龙头村”。

这时，放心不下，且对林德有好感的辣妹也来了，她们终于可以向阿公汇报此行的收获了。阿公听到找到自己的故乡很感动，林德冒充村长的善意“谎言”，得到辣妹与怡佳的原谅。这时，因体力透支的怡佳出现了发热，但是，面对瀑布如长虹卧波，江水潺潺，山岚起伏，仿如人间仙境，她要求林德拿出相机把美的瞬间定格下来。

怡佳的“寻根”之旅，同时也激活了林德酷爱艺术的心，他把这一路上所拍的照片，集纳起来开了一个个人展览。这时，身体很孱弱的怡佳，悄悄地观看了自己在大瀑布前留下的一个回眸的镜头。林德也获悉怡佳要骨髓移植，结果献髓人因故不能按时到场，他自告奋勇要去配型，也许是命运中的巧合，竟然配上了，林德的血涓涓地注入了怡佳的身体。这个故事本来到此可以告一段落，然而，林德在为怡佳送治病款的路上发生车祸而殒命。

这部影片，以悲剧而告终。怡佳与辣妹来到林德出事的地方，面对公路下的波光粼粼的水库，祭奠心中最可爱的人。

我不吝笔墨来叙述这一故事情节，在于它太合乎当前海峡两岸的人心所向了。大陆同胞去台湾观光旅游，台湾同胞来大陆寻根，这种互动，使得两岸的兄弟姐妹，彼此克服了因历史造成的裂痕和隔膜。尤其是在“路上”所发生的情感故事，书写了新一代两岸青年的人生情愫。

“不要问我从哪里来，我的故乡在远方。”故乡是永远的牵挂，也是心头的痛。尤其是在故乡有心爱的人，那就更像沈从文先生曾说的“美丽是愁人的”。只有这愁人的美丽，更能打动观众的心。

飞越青涩年华

——观电影《我 11》

20 世纪 80 年代，作家苏童凭借一部短篇小说《飞越我的枫杨树故乡》而走红。那是以儿童的视角来讲述民国时期的一个村庄发生的故事，其想象的成分很多。时隔 30 年，导演王小帅也以少年的视角，在其导演的电影《我 11》中讲述“文革”后期，一个少年成长期经历的刻骨铭心的人和事，让我这个“60 后”感到格外亲切，似乎又梦回逝去的少年时代。

电影《我 11》是王小帅继《青红》后，又不怕重复自己那点“红小兵”经历和性朦胧情结。故事的发生地在四川的一个偏远山城。这里，青山环抱，溪水缠绕，民风淳朴。三线企业每天清晨的军号声把人们从沉睡中唤醒，“我”正值贪睡的年龄，被父母催促起床，坐在父亲的单车架上，匆匆赶往子弟学校。校园里，照例响起《红星闪闪》《让我们荡起双桨》的红歌。操坪上就是孤零零的高低杠，少年们总是在课前攀援上去，比试谁能挺更久。课间“我”穿着白衬衣在前面领着同学们做广播体操。这种氛围，是“60 后”耳熟能详的记忆。

单调的校园生活因一位女同学的退学被打破了。家长们都在传言工厂里发生的一桩杀人案，似乎与该女同学被人强暴，而其哥哥去报复有关。“我”与同学在上学途中，见到山沟里躺着一具死尸，尽管公安人员封锁了现场，仍有许多男男女女去围观，似乎在过节赶集。“我”既感震惊而又好奇，这毕竟是成人世界的事。然而，意想不到的事却被“我”撞上了。那一天，“我”与伙伴去溪流捉鱼玩，脱下了家人节衣缩食做的白衬衣，忘情地嬉戏于水中，忽然发现自己的白衬衣不翼而飞了。“我”急得团团转，后来发现衬衣被水冲到溪流下游了。捞上后，只得晒在河滩树枝上。这时，“叭叭”的枪声响起，一个手上鲜血直冒的男子从丛林中冲下溪边，顺手抓过白衬衣又逃进丛林中。“我”急了，只好钻进树丛，去寻找那个男子要回自己的衣服。男子无意加害于“我”，只要“我”帮他扯草药敷伤，并承诺会买一件新衬衣还“我”。

“我”于是心里有了秘密，知道杀人犯就是退学女同学的哥哥。后来，公安人员要他带路去寻找，未果。男子在自己纵火烧工厂时被擒获。可他在监狱还是托家人做了一件白衬衣寄给了“我”。这个杀人的故事，虽然没有暴力的场景，王小帅以两伙青年持着刀斧，厮杀成一团的血腥来弥补了。这说明在那“革命”的年代，暴力是一种高压政治态势下，让人战栗而格外刺激的兴奋剂，不亚于春药般催生着那代人野蛮地生长。

“我”在经历暴力刺激的同时，又经历了性的启蒙。王小帅也是很讲究细节的纯净，并没有赤裸裸地渲染性爱。在影片中，有三处涉及“性”，一是“我”晚上睡觉时被隔壁父母房间床上的响声惊醒；二是“我”淋了雨，在退学女同学的房间里换衣服，偷窥到女同学发育丰满的身体；三是在工厂的澡池里泡澡，见到许多青工强健的胴体，以及他们在谈论的性话题。“我”于是感觉到了生理上的反应。完成了一个 11 岁少年的性早熟，这种羞涩的性朦胧，在有文艺细胞的人身上，便会以情书或诗歌的形式来表现。或许王导还有第三部，把“我”成长成青年的经历更完整地表现出来，我期待着。

谁是“病人”？
——观电影《搜索》

一连看了两场陈凯歌新近拍摄的电影《搜索》，还动员我的党校同学也去看了。我饶有兴趣地与学美术的女儿讨论这部影片所要揭示的主题。从话语暴力、话语消费切入也行，但我过去写过类似的文章。不如用谁是“病人”来发问。因为，我们这个转型中的社会的确有明显的病症。许多人都在拼命搜索他人的隐私，以消费他人的隐私为乐。一个类似明星的白领女子叶蓝秋没有给老人让座，竟然成为电视、网络媒体过度消费的题材，以至于叶蓝秋承受了巨大的压力，她虽然患了淋巴癌，曾想住院治疗，但在各种舆论的压迫下，她不得不跳楼自证清白。

我以为造成叶蓝秋之死这一悲剧的是我们社会上形形色色的病人合谋所为，试分析如下：

1. 道德洁癖病。在公交车上叶小姐闷闷不乐，忧心忡忡地坐在一旁，她没有顾及到身边的一个老头站不稳，没有主动让座，却被年近不惑的女售票员指责，甚至叶小姐不让座，可以让司机把她轰下去。当叶小姐用手指暗示老头可以坐在她的腿上时，更遭到老头和他人的反击，怎么可以“调戏”一个老人呢？这些围观的人，表面上看似乎站在道德的立场上，捍卫着尊老的传统，以至在电视台讨论栏目上，一个教授还振振有词地说，对于这种有悖于传统道德引起人们公愤的事情就是要无情地揭露，穷追猛打。反观我们身边，确实有许多人自以为站在道德高地，对他人可以任意指责，甚至戴上一顶污化的高帽子。人非圣贤，在某一个时刻、某一个情境下，他或她没有作出合乎社会公道的选择，而不是从实事求是的角度，以同情性的理解去看待，用不着上纲上线的公愤与批判。对于这种“文革”遗风值得警惕。

2. 媒体眼球关注病。我身为一个媒体人，边看电影边感到心头惭愧不已。害死叶小姐的“凶手”之一也就是电视台与网络的炒作与穷追猛打。只顾吸引受众的眼球，甚至不惜用人肉搜索，把叶蓝秋供职的思拓公司、她的前男友、她的生活照片等都挖了出来。尽管叶小姐面对记者的再次采访向公众表达了自己当时失态的歉意，并表示没有调侃老人的本意。作为媒体人的陈若兮没有立即播放，而是通过采访叶小姐母校的班主任、市民及邀请专家来访谈，进一步向她施加舆论压力。在思拓董事长沈流舒的夫人莫小渝不负责任地爆料，叶蓝秋是他人的小三时，电视台没有做调查核实就把这种谗言播放出去，造成了对叶蓝秋和沈流舒的中伤。反思我们主流媒体有过类似的失误和失责，网民通过论坛和微博的起哄和跟风，在事情真相未清的情况下，一阵全民总动员，口水战足以吞没“泰坦尼克号”。悲夫，以民主的名义行了语言的暴力，许多无辜者就这样中枪倒下。

3. 企业家的危机公关病。思拓董事长沈流舒因叶小姐靠在他肩上倾诉的那一幕，恰好被妻子莫小渝撞上。尽管叶蓝秋反复解释，莫小渝始终不信，在叶蓝秋遭遇坐车风波的风口浪尖，她落井下石，以图自己心理平衡，害了叶蓝秋，也损害了自己老公的清誉。记者陈若兮和杨佳琪只想通过这一社会新闻扩大自己的社会影响和知名度，挖起洞来找蛇打，却没有把握好一个“度”，也就是你得客观地表达包括当事人内心怎么样的思想，尽量不要伤及无辜，不要把火任意蔓延到个人隐私和她的公司，这样做就有悖于媒体人的职业道德和良知了。当然，思拓的沈总在处理这起危机公关时，捍卫自己的隐私权，制止老婆与陈若兮私下接触，这是对的。但是，他以“钓鱼”的形式，让涉世未深的见习记者杨佳琪上钩，把陈若兮引入了做广告拿提成的陷阱，以至陈若兮遭到解聘。从这方面看，老沈作为企业家对记者陈若兮的报复真是太直接也太阴险了。后来，莫小渝选择与老沈分手，认为老沈这是一种利用自己为公司做公关宣传的欺骗性行为。

如果还要解读下去，这部影片对国民的病症的暗示还有多种。我想陈凯歌这回真的豁出去了，敢于面对这众声喧哗的人生，面对这种社会公平正义稀缺而许多人企图重返“文革”的乌托邦社会，但愿他的呐喊能让人们醒悟过来，要共度信念缺失的当下，人们至少要多一份宽容、理解和耐心，否则彼此都会中枪倒下，这不是危言耸听！

观电影《半夜不要照镜子》

暑天逼近，新上演了一批惊悚、悬疑影片，如《半夜不要照镜子》《笔仙惊魂》等，让人感觉如孩提时夏夜睡在竹床上，听老辈讲《聊斋志异》的故事，充满了惊恐的刺激，只不过，如今所谓的“鬼片”，运用现代高科技制作，其营造的恐怖氛围，让人有时空倒错到那蛮荒、阴森的“鬼”世界遨游了一番。

牛朝阳导演出品的《半夜不要照镜子》，毫无疑问是一部十足的“鬼片”，里面有一幅美轮美奂的仕女图，谁只要把它买回家，在半夜12时，在画镜前一照，就会出现女鬼，人们把它叫“镜鬼”。鬼怪作祟的传说，往往是在农业社会人们对自然敬畏和不可知事物猜疑而引起的一种集体无意识。导演把事故发生地置于民国时期的北方某地巫镇，5个俊男靓女，“空降”到这一秋风萧瑟、黄沙漫天的地方，巫镇如空城、死城一般沉寂，他们在白家茶店的门口，只遇上了一个呆坐在木椅上，一摸似乎已死的老太婆。故事就这样揭开了序幕。

入住巫镇白家茶楼的第一夜，就不宁静了。半夜里，陈少锦悄悄地起来，打着电筒，在一间间阴森恐怖的房间里搜寻，转到地下一层，一堆火旁，一个女子坐在床榻上，似乎在等候自己的心上人。少锦禁不住美色诱惑，与女子发生了肌肤之亲。似乎有某种预感似的，少锦的爱人飞烟，也睡不着，爬起来到大厅里镜子前伫立良久，想把那层蒙着的白布揭开，企图看里面有什么秘密。当她扯开布后面的拉门时，一只老猫蹿出来，下面蹲着一个疯老头。这一惊吓，把其他几个人都惊起来，人们把疯老头围住，那老头嘴里念念有词："大美人，大美人！"人们才记起，疯老头是在寻找那个死去的老婆子，于是，你们让他抱着老婆子从白家茶楼走了。

他们此行来巫镇，是源于江桠所说的五年前收到的一封信，如果不按时来画镜前，按照要求在子夜用小刀削苹果，然后再用手去触摸镜子……他的爱人飞烟就会像自家妹妹一样猝死。可是，先死于玻璃片下的却是含玉，随后是陈少锦。随着剧情的推演，含玉似乎发现向疯老头饭中下毒药的是江桠，在她正要说出自己的猜疑时，因她率先照了画镜，自己似乎看见了"女鬼"在向她逼近，在惊叫声中，同伴来营救她时，她已经被玻璃片刺中胸部而亡。陈少锦的死似乎与他自己心中有"鬼"有关。他悄悄地把情人藏在不该约会的地方，让她在巫镇也成了第一个牺牲品，因惊吓而丧生。他其实害怕的不是画镜中的"鬼"，而是对含玉无端的"死"产生了怀疑，似乎认为是江桠装神弄鬼而害死了自己虽然不爱，但是却无辜丧命的女子，自己也沾有含玉的血迹，引起了精神崩溃而自杀。

飞烟在与"鬼"较量的过程中，也就是按照信上所要求的于子夜在画镜前削苹果，然后用手去触摸画镜，自己的手与镜中之手相吻合的那一刻，她差点要吓昏了。这时，江桠却来这杀她了。江桠已经原形毕露了。所谓"镜鬼"索命，却是上海滩上一帮劫匪专门设陷导演的美女嫁富家子，然后用"镜鬼"惊吓女子致死，劫杀他人财物的勾当。疯老头、老婆子复活，前者是卧底巡捕房的侦探，老婆子却是劫匪中的老大，一阵斯杀后，疯老头救了飞烟，自己死于江椏手下，老婆子死于警察枪下，飞烟急中生智用伞刺死了江椏。这场“鬼”戏告终。

我想，鬼戏的魅力在于它貌似有鬼神，实际上是披着画皮的人在上演一场闹剧，这种自“聊斋”以来，逗人爱看、百看不厌的吸引力也就在于此，只不过要把握一个度，不要过度煽“鬼”情，要能让人看得懂这种鬼戏所蕴含的意味。

人性张扬与禁锢的二重变奏

——观电影《白鹿原》

王全安执导的电影《白鹿原》终于公映了。我第一时间观看了，觉得两小时的叙述，把陈忠实同名长篇小说的几十万字、跨度半个世纪的史诗般的篇章，作了“瘦身”，在 1938 年日本入侵白鹿原村戛然而止，1949 年迎来土改，白鹿原第二代人的命运变迁全不见了。这种省略，其实是不得已而为之，却更能特写般凸显族长白嘉轩这个儒家文化守卫者的命运之跌宕，同时也昭示着田小娥作为乡党人眼里的“尤物”之放浪堕落，岂不成了挑战现有秩序、礼法的异类，其惹来杀身之祸似乎是必然的结果。

如果仅仅把该片的主题锁定在坚守与反叛旧秩序之上，或许显得单调，此片在围绕这一主题演绎的同时，还是附带通过表演碗碗腔、麦客的大碗吃喝、黑娃与小娥野地偷情等，展现了陕西男人的血性与生生不息的民俗风情，衬托营造了该片的氛围。影片的开篇，是一望无际的黄澄澄的麦田，这麦田却是遍布在黄土高原上，如湖边的芦苇荡一般，随风起伏，麦浪翻滚，呢喃着丰收的喜悦。这是借鉴了张艺谋当年拍摄《红高粱》的手法、借景抒情。所抒何情，大自然对于关中人的恩赐，这片积淀着深沉儒家文化因子厚土，有着如此的天时地利人和，理应井然有序，生活如桃花源般宁静。孝文、黑娃这一对发小在麦地里吃甜饼，憧憬着娶妻生子的嬉戏狂欢，似乎预示着这宁静将被打破。果然，在孝文戏弄赶车老夫后，孝文之父白嘉轩，祭起乡约族规的法宝，把孩子在祠堂里一顿猛抽屁股，让他好长记性。这种家长制的暴力，为以后孝文的羸弱，甚至性无能埋下了伏笔。

打破这种封闭、宁静秩序的，还是白鹿原送交的皇粮被抢，辛亥革命爆发，皇帝下台了，革命的风暴一波波地袭来，剪辫子，办新学堂，闹农会，斗土豪。白嘉轩在如此从未经历过的乱局前，不再镇静如常，不得不剪掉自己与儿子的辫子，不得不接受新政权大吃大喝的现实，甚至在军阀混战时期，前来索要军粮的老总的刺刀之下，不得不亲自敲锣打鼓向乡党喊话催交麦子。这种大势他阻挡不住，他也颇识时务。

然而，当黑娃把田小娥从外里带回白鹿原，祈求他同意进祠堂结为夫妻时，他却断然拒绝了。当黑娃的父亲从外地打听着黑娃与田小娥的私奔之事时，这两个父执更是联手，把这一对有情男女逐出家门，只能躲在一口破窑里安身。当闹农会的风暴袭进白鹿原时，黑娃带着一帮子年轻人砸碎了祠堂的祖宗牌，把平时作威作福的财主押上台来公审。压迫者出了一口恶气。这时国共合作破裂，国民党开始了清共，黑娃被捉到后，经过三天示众，押到县里去蹲大牢。小娥的厄运便开始了。

鹿子霖身为该村的乡约、大财主，尽管其子是共产党员，捉拿时逃走，他没有受到官方的追究，在田小娥要求他帮忙救黑娃时，他假心假意地答应了，却趁机强行占有了小娥的肉体。后来，又嫁祸于村子的一个光棍，导演捉奸之戏，让小娥“身败名裂”。后来，又唆使小娥勾引孝文，企图从道德上击垮白嘉轩。小娥在一个个陷阱下，只得就范。但她与孝文的几次偶然接触中，对孝文产生了一种由同情而依恋的情。两人私奔到西安后，小娥竟怀上了孝文之子。后在贫病交加中挣扎，孝文卖身去充当壮丁，想用这15个银洋去救济小娥，小娥后来惨遭黑娃之父杀害。剧中的小娥性感，追求自由，与麦客黑娃私奔，不甘做财主家的小三。尽管她后来还遭到白鹿原乡党的误解、嘲讽、冷遇，但这不是她的过错，错在白嘉轩为族长的父执之不人性，死守那套仁义道德。可以说真正的凶手是礼教。这也是鲁迅先生早就下了结论的。

我还饶有兴趣地要提出的是，剧中的碗碗腔，像秦腔一般高亢凄切，唱出了陕西人那种对生活苦难与世道沧桑的悲怆。同时，也洋溢着一种不屈服的男人气概。剧中有多处小娥与黑娃偷情的镜头，这不是渲染情色，而是通过这种野合，与传统的婚姻观对抗，表达新一代渴望自由的血性。我觉得导演在性的度上把握得还是很准确的。如果说，你不通过这种野性、血性的张扬，你对白鹿原那潭死水，就产生不出生的“微澜”来，“星星之火”就是在充满血性的反叛里燎原起来的。我以为要了解乡土中国的过去与现在，你必须从人性的深处去观察、挖掘，那些大地般厚实的沉默者的日常生活和七情六欲。

一部有丰富内蕴的反腐警示片

——观看《绝不姑息》有感

许久未进影院，带着完成一项政治学习任务的心态，终于看完潇湘电影制片厂出品的《绝不姑息》，真是包罗丰富人性内蕴，而且把反腐斗争所交织的情与法、情与理的复杂关系演绎得波澜不惊而又暗潮涌动，这真是一部不可多得的警示教育片，而且还富有文艺片的元素与底色，我真的为“60后”的黄河导演的精心制作而喝彩。

汪海洋与姚柏青这一对“60后”的县处级领导干部的形象塑造得很成功。汪海洋是有原型的，真人叫王海洋，永州市纪委常委、市监察局副局长，在反腐战线积劳成疾而英年早逝，大概生命终止在诗人张枣48岁的“芳华”上，可惜可叹。他在电影中的形象是具有丰富的情感和办案经验，原则性、坚韧性都很强，其“任性”不怕逆淘汰，不守“潜规则”，这是一位从80年代走出的理想主义的顽固坚守者，更是为我们共产党人的理想信念而奋斗的实践者；前者的理想是满怀对未来为国家建功立业的美好愿景；后者的理想则是把手中的权力利剑用好，绝不向黑恶、腐败势力妥协低头，这两种理想结合在一起，形成一股巨大的力量。在中国的当下尤其是十多年前，一张张看不见的巨网，把一些利益相关者紧密地联系在一起，他们不怕鱼死，即使某些人东窗事发，受到了查处，但是，他们的腐败保护网仍然完好，很难彻底撕破捣毁，他们自恃有靠山，有"保护伞"，这就是我们平时所说的"道高一尺、魔高一丈"。因此，汪海洋在办理案子时也遭遇了重重阻力，也遭遇了上级的干预和压力，甚至遭遇了友人、同学、家人的规劝和利诱，这里就不得不陷于人性与法理的内心斗争，陷于现实与理想的纠结，陷于自身安危和亲人因生存有望改善的人情困惑。在这种复杂的环境，复杂的内心世界的冲突中，汪海洋固守自己的良知，他深信人民群众是坚强的后盾，人民群众的眼睛是雪亮的，腐败分子尽管狡猾多变，手腕高超，诡计多端，但是他们逃脱不了猎手的慧眼，也逃脱不了法律的制裁。他是一个视党纪国法为神圣不可侵犯的"信徒"，他对发小姚柏青的步步追踪，不理会对方屡屡求饶，也不顾顶头上司的婉转相劝，硬是不刹车。"宜将剩勇追穷寇"这种纪检干部的职业操守和品格，是我们当下的标杆，也是知识分子良知的折射，他对人民的爱，对党的事业的热爱，才会如此铁石心肠地投身反腐斗争，宁愿让一家人哭，也不让全县人民痛骂，这就是一种赤子之爱，这也是一种久违了的形象。在 20 世纪 80 年代甚至以前，我们的党员领导干部、纪委干部就是这样的作为，这样的形象，只不过，他们在汪海洋身上又复活了。

影片中的反面人物姚柏青、庞清、杨续等人，他们无疑是汪海洋的对立面，他们也是影片中塑造不带标签的人物形象，这就有别于过去的一些影视剧，生怕观众看不出谁是反面人物，总是先入为主，贴标签，"丑化"、脸谱化等，这里撇开庞清、杨续不说，专分析一下姚柏青，清江县副县长，汪海洋大学时代的同学，在美好的 80 年代，唱着《在希望的田野上》，吟着"面朝大海，春暖花开"的诗句而成长，可是在官场生涯的历练中，始终在内充满理想与现实，权钱交易与个人清白的矛盾，逆淘汰、潜规则的魔力让人失去了免疫力，难以守住底线，最终与当年的建功立业，为报效祖国而奋斗的理想分道扬镳，这在一些同类官员看来，是一个识时务的选择，他们臭味相投，结成了一个利益的共同体，也是一张腐败的大网，一层层密不透风。在清江县水库腐败案调查到最后，姚柏青终于浮出水面，他也知道已走上了一条不归路，几次暗示或明确表示，要老同学汪海洋放他一马，他甚至也有退隐江湖，终老于老家的归隐之意，有一种哀兵求和之意。这也是内心世界的冲突和斗争很强烈，它甚至也说明了某些尚未泯灭的良知，坏人也不是全部事上都是坏的，有些地方也有人性的善的行为，把人性的丰富性表现得恰如其分。这就是艺术源于生活，也忠于生活之处。

这部电影原名叫《后背》，一个很有悬念让人关注的片名，如今叫《绝不姑息》政治意味很明显、很明确，但是把文艺片那种丰富的寓意却弱化了，这当然是题外话了。

第五辑　名士风流

王闿运的狷与狂

要知道晚清一个举人有多牛，你只要看看当年的左宗棠。他一介举人，避居湘阴茅舍。某日，一品大员两江总督陶澍，船泊湘江边，派人持帖去邀左宗棠面叙。布衣左宗棠，在前呼后拥之下，擎着一张“湖南举人左宗棠”的名片，托人递进陶大人的行辕。陶大人亲自迎出船外，大有相见恨晚之意。与左宗棠同一年中举人的王闿运也是一个牛得很的学者。

当年，咸丰朝首席相国肃顺，把王闿运延于西席，做家庭教师，常与王氏及幕友把酒谈天，言笑晏晏。如果不是“麒祥事变”，以肃顺为首的八名顾命大臣，在咸丰崩后，被慈禧与恭亲王联手干掉，王老师恐怕也就弄一个学政史或者三品京堂当当，都是有可能的。肃顺败时，王氏正在天津，虽然躲过这一劫，但京城自然待不下去，凄然而别……

光绪元年（1875），王氏应曾国藩之子曾纪泽之约，写出了皇皇巨著《湘军志》。油墨尚未干，此书引起湘军领袖曾国荃的勃然大怒，他认为其书污蔑他在南京攻下石头城时，大肆抢劫金银财宝，放了一把大火企图掩盖真相。从广东巡抚上下岗的乡绅郭嵩焘氏，也对此书不满，认为把左宗棠的事功吹得过高，把自己的功绩贬得过低。于是，在曾、郭的压力下，《湘军志》的雕版被焚毁，印出的书也付之一炬。这对于心高气傲的王闿运是一个莫大的打击。但毕竟一个贫举人，不是财大气粗的曾、郭乡绅的对手，王氏只能是打落牙齿和血吞。

好在天无绝人之路。山东巡抚丁宝桢入调四川总督，在丁总督的再三恳请下，王闿运打理行装，租船下洞庭，溯长江而上，一路上心情舒畅，留下了许多诗篇。王闿运一到成都，丁宝桢率由臬司及幕友数十人组成的队伍迎接王大师的到来。王氏便在丁总督的力挺之下，当上了四川尊经书院的山长。其门下有廖平这样的高徒无数。一时间，从张南皮掌四川学政后，寂静的书院又焕发了生机。天高皇帝远。王氏门生又聚资重版了《湘军志》。当时尚在英、法任大使的曾纪泽经常翻阅这本记载了他父亲、叔父（国华、国荃、国保）与洪扬浴血奋战十多年的历史书，他倒没有像曾国荃那般生气。后来，曾国荃又请人重新写了一本《新湘军志》，那是另话了。

此时，在北方李鸿章眼皮底下，执掌天津、河北书院的李慈铭，也是爆得大名，著有《越缦堂日记》。其时，尚是举人的李慈铭，眼里容不得王闿运在文坛上的盛名，常常写诗讥讽他。王氏也自然没把慈铭放在眼里。岂止是李缦翁，就是同为乡绅的湘潭举人叶德辉，王闿运用正眼都瞧不起，称叶氏为“叶麻子”。在国子监任过祭酒的大学者王谦益，王闿运也认为他没有德行，喜欢左右乡间曲直，也不愿与其为伍。王闿运与叶德辉、王谦益很少往来唱和。王闿运诗酒人生，几次去探望尚在祁门军营的曾国藩，但不想做其幕友，也不想像李次青、左宗棠一般，放下举人的架子，带一支军队，靠军功成为封疆大吏，只是偶尔客串一下这些军政界领导的西席或顾问。大敌当前，还是翩跹高飞，做一个寓公。他在四川一干就是十多年，再重回故里时，已是双鬓白发的一老翁了。

在自己私塾或学堂的三亩地里耕作不辍。

王氏比他同时代的曾国藩、左宗棠、郭嵩焘、刘蓉、吴敏树、曾国荃都要长寿，他活了 83 岁。晚年，还收了 4 个有名的工匠门生，其中木匠齐白石，在成了王氏门生后，吟诗作对的本领大增，白石翁以成为王闿运弟子为荣。王氏还收了铁匠、石匠、铜匠门生，那 3 人虽没有白石翁那般蹿红，成为一代大师，却在三湘大地行走江湖，被人称为“诗人”矣。当然，没有樊樊山那般科班人氏走俏，但是，毕竟出自名师门下，令人刮目相看。

狷狂一世的王闿运，名誉天下，徒满天下，革命还有后来人，那个杨皙子（杨度）就不谈了。

黄侃：我本楚狂人

湖北人黄侃，名季刚，章太炎先生的弟子，鲁迅先生的师兄。乃人在清末民初，也是投身于反清排满运动的急先锋，遭通缉，如康、梁一般，四处逃窜。在日本与章太炎先生相识后，对小学产生了浓厚兴趣，一辈子钻研《说文解字》，蔚为大家。

然而，此人对传统文化之伦理观，却是坚守如玉。他对待养育自己成长的继母，可谓至孝。无论是在北京、东北还是陕西执教，都要把继母带在身边。后来继母年事已高，体弱多病，有一股叶落归根的愿望。他只好放弃在西安执教的丰厚回报，回到家乡武昌，在武昌高等师范学校重操旧业。此时，他的夫人已故世，除了赡养母亲，还要抚养一子一女，又喜欢买书喝酒，生活比较困厄。当时，有北京、广东、四川多所高校频频来函来电，甚至寄来旅费，劝他出山，他看到母亲日渐瘦弱，几乎已至油灯耗尽，不久于人世的样子，只得一日复一日地坚守在身边。直到母亲过世，他才离开武昌，去南京中央大学就教。

尽管他脾气很躁，但是对孩子却从小就很看重启蒙教育，这一点很像晚清曾国藩先生，每天再忙，晚上总要抽出时间进行家庭开讲。课本就是《尔雅》或《说文解字》，一天也不多教，就是一两个字，让小小年纪的他们从小打牢基本功，还要督促孩子练习书法。平时，自己与师友聚餐、郊游，也喜欢把孩子带上，一同去亲近大自然。在如诗如画的山水间徜徉，汲取灵感，自己诗兴大发，当即要吟出一两首诗或词来，还要与朋友和之。孩子稍大，也要他们参与作诗、喝酒。他平时在讲学时，对待学生要求极为严格，但是，带他们去郊游、宴集，却亲切得多。自己做东，邀学生一同喝酒，出题同作诗词。高兴时，也从寺庙或酒楼要来纸墨，当场书写拟好腹稿的诗，学生索要，便写上题款送给他们。这时的黄侃先生，不是严师，宛如一位慈父。他的弟子潘重规，后来就成为他的乘龙快婿，得到乃师真传。但是在求学过程中，也被老师严加斥责过多回。

黄侃先生的“狂”字，往往表现在他对自己的同事、同学或治学的“政敌”上。对于这一点，他毫不含糊，可谓横眉冷对，且听我讲三个小故事。

其一，与语言学家钱玄同（亦名疑古）的争吵。黄、钱同为太炎先生的门生，太炎师每到北京讲学，他俩都常常侍在左右，同进同去。但是，一避开乃师，有时，就话不投机，发生龃龉。1932 年（民国二十一年）3 月 16 日，黄侃在自己的日记中记下发生冲突的这一幕。当时，钱玄同至，黄便问：“近年有什么收获？”钱便说：“新文学！”黄氏说：“二风……”钱立即脸上挂不住了，马上反驳：“你，你怎么这么喊我，你宜称姓字……”黄氏：“二风之谑，诚属非宜。以子平生专为人取诨名，聊示惩儆尔！常人宜称姓字，子之姓为钱耶？为疑古耶？又不便指斥也。”钱氏更气愤，便暴跳如雷。黄氏在自己多处日记中，遇到需要提到钱氏处，干脆以“妄人”称之，可见，新文学与旧文学门户之见多深矣。

其二，与佛学大师欧阳竟无的“道不同”之不愉快。当时，同在中央大学执教的汤用彤先生，治佛学，有意介绍黄侃认识金陵内学院掌门人欧阳竟无大师。欧阳竟无，正是名满天下之时，天下谁人不识荆。黄侃中年时也信佛，为了母亲的病，竟然常常背诵佛经以忏悔自己平生之过失，为母亲祈福。母亲逝世后，他还请来和尚诵经做忏。再加上同乡熊十力，曾在金陵内学院跟欧阳竟无研讨佛学，写出皇皇巨著《新唯识论》，曾将此书寄给黄侃，让他看后提提意见。而此书却是针对欧阳氏的。黄侃也就想放下身段，会一会金陵大名人欧阳竟无居士。是日，汤用彤做东，招饮于觉林寺，欧阳竟无、蒙文通等陆续到了。黄侃便与欧阳氏交谈，两人还是未聊上片刻，因论学不合，趣味不投，引起欧阳氏不快，便拂袖而去。黄氏在当天的日记中，后悔不该去见欧阳氏，“轻赴人招，致为伧父所侮，可戒也”。

其三，与同事吴梅的反目。吴梅其时是位执教于中央大学的词学教授，与黄氏往来甚密，三天两头就要宴聚一次，诗酒唱和，甚至到无话不谈的地步。不料，1933 年（民国二十二年）6 月 3 日，他俩在喝酒时发生了冲突。据黄侃的日记记载，当时，酒喝到高潮的时候，吴梅来了，其实，吴在其他地方已经喝了酒，确不过朋友的面子，又继续喝将起来。席散时，黄侃安慰他说：“你家公子的狂疾还未治愈，你不要以酒浇愁……”吴梅却认为黄氏讥讽他的文章不好，便说：“我的散文第一，骈文亦第一……”两人当下便不欢而散。自此后，黄氏就断了与吴梅私下喝酒的交往。但是，吴梅后来意识到自己误会了黄氏的好意，通过好友汪中向黄氏解释，但黄氏也固执得很，就是不解气，直至黄氏于 1935 年猝死，吴梅还是写了挽联纪念这位性格耿介的昔日诗友。

黄氏对文人是这样，对待政治人物也有轻狂不客气的一面。一次，他经过南京考试院院长、老友张继官邸门口，想进去喝喝茶，叙叙旧，就是没有带名片，被警卫挡住了，他拼命朝里面挤，边挤边大骂：“张某人如今当了大官，就不认朋友了。”他的声音太大，吵得张继出来一看，喝退了警卫，让他进去了。黄氏仍当着张继的面骂骂咧咧。

对前朝大学者的李慈铭、王闿运，黄氏也爱挑剔他们治学为人之破绽。他在日记中骂李慈铭“可谓山人，而擅主爵之权，铜臭而侵谏填之职者也”。黄氏在袁世凯主政时，为了救被袁大总统囚禁的其师章太炎出狱，也曾入过北洋政府国务总理的幕僚。不足两年，便复归自己的教书生涯。故，他对同为他人幕僚的李慈铭恋钱而揽事是看不惯的。

对父亲的旧友王闿运，也是不放过的。他认为“寻王氏说经，只事穿凿，浇风一扇，流毒无穷。所作文辞，皆摹虚调，非无古色，真宰不存焉……身为举人，而挟总督以陵司道，亦鄙之甚矣”。在这点上，不徇其私情，学问上敢于质疑，不能以狂字而抹杀其求真的精神。

曾广钧的离经叛道

时下人们对“官二代”颇多非议。时值辛亥革命100周年，人们仿佛记起告别帝制也才100年，晚清也就成了人们一个津津乐道的话题。那时，有许多的“官二代”，蛮有建树的，如曾国藩之长公子曾纪泽，首屈一指的外交家，陈宝箴之公子陈三立，谭继洵之公子谭嗣同，三立、嗣同均为戊戌变法时的先进人物。曾家“官三代”曾广钧，与三立、嗣同同时代人物，在为社会贡献方面不如三立、嗣同，然而，却也有羁放不拘，以狂士示人的一面。

曾广钧者，字重伯。光绪十五年（1889）中进士，作为伯父的曾纪泽闻风后，喜不自禁，认为自曾国藩后，50多年才出了一个进士。广钧也是幸运，当时伯父曾纪泽在朝廷任户部、兵部、吏部侍郎，兼任译署行走，与当时的主考官属同僚，有互相照顾的嫌疑。第二年，纪泽英年早逝，才52岁，曾家从此在官场上走下坡路。

广钧自幼失怙，父亲曾纪鸿不谋仕途，以钻研数学为乐，贫病交加，困守北京，死时才30多岁。其时，大哥纪泽在英国任大使，下葬还是得力于左宗棠。不知这一记忆是否给年少的广钧留下了阴影。在《曾纪泽日记》中见到，广钧也许是生活所困，或是出于社交所需，将大伯从海外寄回的与俄国伊犁领土归属的日记，擅自印成了一册书籍，成为坊间热卖争读的读物，纪泽闻风后不悦，似乎在通信中责备了几句。

作为曾家的第三代，广钧遗传了曾家的能诗擅对。年幼时，跟在长辈的后面，去见当时的文豪王闿运，不怯场，能对答如流，被王称为“神童”。据民国良友图书印刷公司出品的《人间特写》称，“广钧生平于书无所不读，于世俗戏事亦无所不能，且无所不嗜，每有宴集，毫兴飞扬，口若悬河，听者忘倦，然亦以此不克专精有所成就。其尤自喜者，为翼奉之诗，为公羊春秋，唐代史事，为李义山诗，为元朝碑板，为河洛算数，且进而及于方言制造之学，其所自作之诗，亦如其人，古艳浓芬之中，包举无遗，不如别择也”。

一个天资聪颖，少年得志者，自然踌躇满志。他也把自己得意的诗作寄给时在巴黎的大伯，纪泽治学严谨，懂诗，也擅作诗，对于侄儿的心事自然能懂。回信时认为，“学吾诗乃是取法乎下，宜取汉唐宋名作研诵而步趋之，方可有成”。然后，劝诫他“慎择交游，爱惜物力，勿使少年盛气……”进而把“狂”与“妄”二字作了分解，教育广钧莫成为一个妄人。这也是知子莫若为伯父。虽远在万里之外，广钧的言行逃不过其慧眼。

成名成家后的广钧，虽不是一个妄人，但是，也不是一个循规蹈矩的儒者，本来翰林出身，不习小楷写白楷，剑走偏锋，改作元朝字体，以郁龙颜为主，而参以张猛龙及龙兴寺之式，时人见之，无不惊怪，故考差经不得取。他的表弟，小他 20 多岁，继承纪泽衣钵，成了赫赫有名的外交官，而广钧是一介书生，与被朝廷革职的旧臣文廷式、陈散原常常诗酒唱和，宛如桃花源中人，文廷式称其“放纵不顾世议诽”，陈散原在《哭重伯》中缅怀“昏旦即酒卮”。

入民国后，寓公隐士的生活做不成了，自垦湖田数力亩，做起地主来了，生计渐渐有所改善。然而，1926 年农民运动风起云涌，同为乡绅的叶德辉，因撰对联嘲讽农民协会而被捕杀。曾广钧闻讯后，于次日穿着一件短衣，匆匆潜逃至上海，躲过这一劫，过了数年因吃酒而猝亡，时年 62 岁。

吴敏树的布衣人生

同治光绪时代，湖南人在天下大放异彩，可谓群星璀璨。与曾国藩、左宗棠、郭嵩焘、刘蓉、李元度等齐名的群星中，岳阳县籍的学者吴敏树，号南屏，却在轰轰烈烈的灭洪杨大战中，不以幕僚身份参与曾、胡、左的军营事务，战后这些书生领袖，封侯授爵，督抚一方成了封疆大吏，而他依然是布衣一个。其中，有几度被曾国藩、左宗棠力荐担任地方司道之员，被他坚拒。为何，吴老夫子却要如此发“犟脾气”，终生不仕呢?

那个时代，读书人靠军功而跃上龙门，这是一条终南捷径。像曾国荃以一个贡员的身份，成为灭洪杨之功勋，被授予太子少保，官一品，同为举人的左宗棠、李元度，都是剿灭太平天国的湘楚军主力干将，扶摇直上。左宗棠后又参与剿捻，打阿古柏收复新疆等战争，成为大清相国。李元度如果不是打了几次败仗，被曾国藩所参，早就成了巡抚大人，后来官至观察司、布政司位上，也是一个二品大员。历史给了湖湘子弟这般机遇，吴敏树先生躬逢其时，应该说只要放下夫子的架子，去从军入幕，出头之日不会很远。

可他就是这么一个死守家园，以教书授徒为乐的书生。

有一年，他租了一只船，带着儿子与好友，携酒肴，荡舟洞庭，上君山，在这“白玉盘里一青螺”的岛上，穿过茂密的松林，拨开竹篁，凭吊二妃，过柳毅井，饮酒赋诗，其乐何极。

吴夫子《君山月夜泛舟记》：“既泊，乃命酒肴，以子鸡苦瓜伴之，月离中央，风起浪作，剧饥当之，各逾本量。超上人守荤戒，酒少饮，啖梨数片，复入庙，具茶来，夜分登岸，别超及黎，余四人寻山以归。”

这就是公安三袁的诗酒人生的复制与仿摹。难怪当曾国藩将吴敏树列入桐城派时，他颇不以为然。他对桐城派的文以载道不是那么服膺。他独树旗帜，以家乡的柈湖为名，自创柈湖文派。几亩山田，几方水塘，数间瓦房，课童授徒，其乐融融，走的还是明代“三袁”独抒情灵的路子，故对为官不甚动心。但是，在安徽前线与太平军殊死一搏的曾国藩，见请不动吴夫子出山相助，倒在致书吴敏树时，想百年之后，请吴氏为其撰写墓志铭。其时，“曾门四子”正是锋芒逼人，同辈中举人王闿运、亲家郭嵩焘、刘蓉都是一时古文大家，而曾氏对吴氏情有独钟，可见吴氏在文坛之影响与地位。

同治三年（1864），已成为大清相国、两江总督的曾国藩，特邀吴敏树去访问南京。是年，吴氏从洞庭泛舟，盘桓半月，终于到达石头城，曾国藩从行辕出门远迎，视为上宾。令藩司、幕僚惊诧。一时间，江南文人闻讯而来，在曾相亲自陪同下，炮船出江，游览杭州，和诗者不下百人。

曾氏好友、时任江南书局的学者张文虎在其日记中回忆了当时的一幕。

“南屏出诗文稿，诗学苏黄，文近南丰，所著有《国风原旨》，颇喜新奇，以‘野有死麕’为伯夷之诗，谓‘无感我悦’即不食周粟之意，可解颐。”

又云：“南屏学问博赡，诗古文亦有名，为节相（曾国藩）所称，年六十四，颇健。”

吴氏此次江南之行，可谓出尽了风头。曾文正还是不能忘记这位老友的生活困厄，对其才华的赏识，特推荐吴氏为两广盐运使，为官一年，其雪花银在数万，不出数年，可以富甲一方，吴氏对曾氏此举不领情。

他说：“我们吴家不贩盐！”谢绝曾氏的举荐，仍然回到岳阳县友爱乡的柈湖，继续自己的塾师事业，课子之余，与人结成诗社，于是，在岳阳楼、南岳、大云山等风景名胜处，到处留下了吴敏树的足迹，也留下了他大量的诗文。

郭嵩焘的书生气

光绪四年（1878），郭嵩焘从英国卸任大使后，便以年老病多为由，辞去公职，成为长沙城里的一位寓公。他也是闲不住的人，仍在城南书院做起了教师爷，把王夫之祠也建起来了，除了与士子天天朝拜王夫之外，便操持自己的老本行，吟诗填词，整理日记……

同为湘军领袖的曾国藩、左宗棠、胡林翼、曾国荃，他们也是读书人出身，论事功，都要胜过郭嵩焘。但是，郭嵩焘却有自己的人生追求，即使一度在京城皇帝身边做南书房行走，还是跟僧王僧格林沁诈袭洋人，或者成为曾国藩湘军的同僚，喜欢抬杠，对现实政治不满，却读了许多“异书”（钟叔河《走向世界》，中华书局 2000 年 8 月第 2 版），如从李善兰处觅得西人所撰《数学启蒙》，从王韬处得到西人刊行之《遐迩贯珍》数部，“即所谓新闻报道”，与何秋涛讨论俄罗斯史地，索观其《朔方备乘》，记《海国图志》近增一百卷及俞正燮《癸巳类稿》、郑复光《镜镜冷痴》，皆“多译西洋制器之法”。

他显然不是一个长袖善舞的人，在粤抚任上不到三年被参丢了官，在英任大使与副使刘锡鸿形如冰炭，两年就打了辞呈。这正中了曾国藩对他的一句评语“芬芳悱恻”，这是客气话，实际上说他不走正道。

然而，郭嵩焘对西方的科学知识的追求却是孜孜不倦如饥似渴，尽管，他任英大使时已是花甲老人，把每日参观访问所得，一一记录在日记中，毛笔蝇头细笔，有时一天多达八千言。有次，他在与一些英国科学家接触后写道：“所愧年老失学，诸事无所通晓，不能于此取益，有负多矣！”有时他又因为自己不懂英语，译员亦不能胜任而深感痛苦。对于懂得外文的马建忠、罗丰禄等人，以及通汉语的外国学者，他总是虚心地向他们请教，表现出一种学人虚怀的风格。

郭嵩焘所荐人才，都是专家，而不是政客。据孟泽《洋务先知》（凤凰出版社 2009 年 4 月第 1 版）透露，同文馆需要人才，他就推荐了四位湖南老友，他们是研究心理学的湘乡同知朱宗程，“质行精粹，深明易理”的长沙贡生丁叙忠，“文修行洁，学识崇深”的巴陵吴敏树，笃于古学、广博易良的湘潭罗汝怀。这真是惺惺相惜，可惜不被朝廷采纳。

郭氏于光绪十七年（1891）病逝于长沙。李鸿章出面向朝廷建议立传赐谥，然而以西太后为首的保守集团，却不同意，认为“郭嵩焘出使外洋，所著书籍，颇滋物议，所请着不准行”。这就是官方的“盖棺论定”。一个书生就是这般苍凉地远去。

左宗棠与读书

光绪七年（1881）年底，清朝中兴名臣、大学士左宗棠返故乡湘阴探亲。当他在老家旧屋见到自己25岁所书的对联“身无半亩，心忧天下；读破万卷，神交古人”时，百感交集，似乎又回到青少年时代的耕读岁月。

左宗棠48岁之前尚是一个举人，曾在湖南巡抚张亮基、骆秉章幕府中任师爷，有“小诸葛”之称。他的“发小”郭嵩焘，早年结识的好友曾国藩、胡林翼早就成为湘军主帅，而他不为所动，只想在故乡的山洞里埋头读书。他是农家子弟出身，父亲只是一个穷秀才，靠开私塾维持一家生计。好在他遇上了时在长沙守丁忧的江苏布政使贺长龄。据钱基博《近百年湖南学风》（岳麓书社2010年1月第1版）讲述，贺氏藏书颇丰富。左宗棠常上门去借阅书籍，贺氏不顾年老常架起楼梯，为宗棠爬上爬下取书，宗棠读完一种来还书时，他总是与宗棠讨论一遍，询问他有什么收获。贺氏写的《皇朝经世文编》对宗棠启发很大，他对“经世致用之学”越来越感兴趣，越来越觉得八股文无用。

左宗棠由于家庭清贫入赘湘潭周氏，其夫人家境殷实，周夫人吟诗填词，在周氏西楼，左宗棠开始对地理书籍产生兴趣，他读了魏源的《海国图志》与林则徐的《西域水道记》，便想画出一部中国地图。每画出一张草图，就交周夫人重画订正。这种夫唱妇随的诗酒生活，因生育了两个女儿后养家的负担加重，便成了一段不可重复的美好记忆。

应原两江总督陶澍夫人之邀请，他辞别夫人与女儿，远走安化，做起了陶公子陶桄的私塾老师。这一干就是整整八年，他在教学之余，便以陶澍的藏书楼的便利，杂览起《图书集成》、清朝宪章和陶澍生前的奏折、书信，对世事的了解、政治的得失，又有了许多收获。据他的后人左景伊在《我的曾祖左宗棠》（湖北人民出版社 2010 年 3 月第 1 版）中透露，左氏从《图书集成》中找到了《康熙舆图》和《乾隆内府舆图》，便认真地研究起来，把自己过去在家自制的地图作了修改订正。这为他以后在新疆平定阿古柏的分裂割据做好了知识准备。

左氏生前对子女的读书很重视，但不赞成他们“学而优则仕”。其长子孝威 16 岁成了秀才，当年又中了举人，他虽然高兴，但是屡次告诫孝威少年得志不是好事，不要过早去追求功名。当孝威几次进京去考进士未中，左宗棠没有责怪。有一次，滞留在京的孝威，告诉他一些家境贫寒的学子连回家的路费都很难借到，他便从自己的养廉银中拿出 1000 元，托人送进京，解了这些士子的困顿。左氏后代中举人都较少，做官的就更少，他们坚守着左氏的家训“耕读”二字，自食其力，倒是出了许多懂科学与经济的人才，这方面与曾国藩对子女的期望勤读书，不做官也是不谋而合的。

曾纪泽的读书生活

光绪二年（1876）正月，春风料峭，人到中年的曾纪泽从长沙乘船到湘潭，又坐上一顶轿子，在崎岖的山路上往老家湘乡的富厚堂赶路。他在舆中，不是温习《史记》，就是背诵英语单词。

其实，从光绪元年（1875）下半年，他从长沙移居到家乡，在富厚堂又修筑了新居，每月要在长沙与湘乡之间来回好几趟，都是手不释卷于旅途。他的新居既重修了父亲曾国藩的书斋"求阙斋"，给自己修了一个"无慢室楼"，给弟弟纪鸿也筑有书斋，看书累了就到屋前的荷花池站上一站，或凝望远山。这期间，他写诗作对，与在长沙的乡贤吴敏树、李元度、郭嵩焘等唱吟，或与身边的塾师曾省斋、曹逸斋闲聊读书心得，或一起修改诗文。

曾纪泽的日记中，并没有透露他的书斋究竟藏了多少书籍。倒是曾国藩于咸丰八年（1858）正月在家守丁忧，致信九弟曾国荃的一封家书中，对于国荃所购回的《二十二史》七十二套"在吾乡已极为难得"。随后，又收到了其弟寄来的书，林氏读选《古文雅正》认为是善本，并建议再购《大学衍义》《衍义补》。此间，曾国藩给其子曾纪泽信中要他熟读“十三经”。曾家“求阙斋”的收藏应该是比较丰富的。

笔者在杂览中，读到台湾历史学家吴相湘《誉满中外的曾纪泽》一文，讲到他曾于1939年抗日战争期间造访过湘乡富厚堂曾国藩故居，在曾爱山的引导下，登上了藏书楼，曾发现马格里氏签名致送纪泽的英文物理学书籍，红蓝线条和旁注很多，可见纪泽当时用功之勤，而几件力学热学仪器仍旧保持在书架下层。

曾纪泽在青少年时代，曾跟随父亲曾国藩在行辕，随侍左右，帮助处理公文之余，就是读书，与幕僚交游问学，有时与弟弟纪鸿摘阮，或下围棋，或射箭，或书写毛笔字，则是每天的功课。他与懂英语的马清臣相识后，跟马学英语，一本《英语正韵》随身携带。自学英语与背诵古文交替进行。他还饶有兴趣地玩起了照相机、显微镜、望远镜及枪支等西方的“奇巧淫技”。这种训练，既是传统的士大夫的“君子之道”，又是率先接触西方文明的敢吃“螃蟹者”。这样的读书人生，不是死读书，而是读得有趣味，而且还培养了他的动手能力，为他在光绪四年（1878），出使英、法、俄做大使准备了条件。

曾纪泽特别喜欢与中外著名学者、政界人士交游，他在英、法做大使，通过阅读国内寄去的《申报》《京报》了解国内的动态。当看到英国驻华外交官瞿理斯翻译的《聊斋志异》时，1880年3月，致信瞿氏大加赞赏，认为“既忠实又传神”。他自己曾经用英文撰写了一篇文章叫作《中国先睡后醒论》，发表在伦敦的《亚洲季刊》上，在西方产生了很大的反响，使得曾纪泽在国外的外交才干广为人识。

梁漱溟的儒佛人生

——读《梁漱溟日记》

20 世纪 90 年代，梁漱溟先生逝世后，媒体纷纷称他为“最后一个儒家”。当时，似乎觉得恰如其分。近读《梁漱溟日记》（上海人民出版社 2014 年 9 月第 1 版），感到梁先生可以说一辈子过着亦儒亦佛的生活。

他早年确实曾想出家，也想独身，坚持茹素，后来因热心投身于社会活动，中年娶妻生子，倾向于儒家的士大夫不能不弘毅的人生态度。抗战前，在山东说动韩复榘支持，开展乡村建设运动，培养了许多人才和弟子。抗日战争期间，不畏炮火，到山东、河南、湖北、安徽战区，深入八路军、国民党抗战部队，历千辛万苦，差点被日本鬼子活捉和打死，了解到前线的战况和军民的生存状况。抗战胜利后，组建民盟，参加国共和谈。这期间，他到延安访问，与毛泽东秉烛长谈。这些作为均是他作为一个儒家无怨无悔的选择。正因为如此，在 1948 年北平异主，应毛泽东和中共的邀请，他从香港悄悄北上，参加新政协的筹备和建国的大业。此时的他意气风发，当选全国政协常委。毛泽东、周恩来多次宴请他，甚至提议要他进入中央政府任职，他却想留在政府外，便于监督执政党的施政。

然而，1953 年 9 月 17 日，在一次政协委员参加的会上，梁漱溟发言时，称“工人在九天之上，农民在九天之下”。毛泽东反驳他挑拨工农联盟。周恩来历数他一辈子的反动言行。后来，几次在政协召开的会上，他想解释自己的鲁莽行为和进行自我反省，想得到当局和政协的谅解。此时的梁漱溟已面临巨大的政治压力。他常常失眠，不得不向人学习太极拳，练气功，找名中医开方子，以减缓精神紧张和焦虑。甚至到北戴河、八大处、青岛等地静修静养。这时的他，开始与门生把放下许久的佛典又抱起来，互相交流学习体会。频频与亦儒亦佛的熊十力、佛学家吕逸秋、理学家马一浮、巨赞大师、气功修炼者康同壁、居士赵朴初等名家，讨论佛教教理和静坐的功夫。并且，身体力行，闭关数月，读佛典，打坐冥想。把入世的东西丢在一边。然而他毕竟是一个真正的知识分子，他反思自己“我一生得力在过处‘有自己’，然而今日最大的病痛亦正在脱不掉个人主义，‘不能没有自己’。张云川说我一生脱不掉一个‘矜’字”。他对自己的认识是很中肯的，他的血液里、骨子里，儒家入世的影响太深，要脱胎换骨不是那么容易的。

虽然如此，但中共并没有把他一棍子打死，还是让他继续做政协委员，工资待遇不变，政协小组的学习会照样让他参加。即使“文革”期间，受到了冲击，不久，就解冻了他的工资，还返还了被抄的书籍、文物和字画。在“批林批孔”运动中，他的“儒家病”又发作了，大胆地放言“批林可以、不能批孔”，并且以“三军可以夺帅”，誓死不低头，与“四人帮”的淫威和爪牙做抗争，铮铮铁骨，受到后人的敬重。

80 多岁以后，他与妻子陈氏每天都要念佛经，诵佛号，做功课才能休息。照顾他生活的弟子陈唯博，则帮他联络黄念祖、张申府等文化名人，帮他借佛学书籍，传递书信，交流学习佛教的体会，此时的他已是“云淡风轻”，日日是好日子，俨然一居士。

民国范儿杨步伟

——读《杂忆赵家》

前些时，坊间似乎为了纪念辛亥革命100周年，刮起了一股寻找民国范儿的风潮，许多著名的女杰如秋瑾、宋庆龄、冰心、林徽因、张家四姊妹等，可就是缺席了一位叫杨步伟的女士，只不过她自1939年从昆明离开祖国，一直到1973年才踏上返乡寻根之路，与祖国相隔太久。这可是一位传奇人物，进入民国范儿是名正言顺的事儿。

杨步伟出生于南京佛学居士杨仁山先生之家庭，仁山先生乃其祖父，生父与过继父亲都曾随仁山公到英、法大使馆任职，对西洋风浸染饱吸了一番。步伟在这样的家庭成长，自然会免除了穿三寸金莲的身心折磨，她穿着男孩装，以“三少爷”的身份与一帮男孩女孩玩耍。当胞兄和老表结伴来到秦淮河上，她也跟上去毫不怯场，兄弟们喝花酒，她年龄小，找人陪她吃瓜子。年纪小小的她，还能搞出一般同龄女孩不敢做的“恶作剧”，民国大名鼎鼎的黎元洪，与其父缔结金兰，常常住在京陵刻金处杨府。有一次，她将雪捏成团，悄悄塞进黎氏的被子里。晚上黎氏睡觉被子里湿漉漉的，一夜未睡好。他猜出了这可能是“三少爷”所为，可是她不认账。因为没有证据，黎元洪也只好哈哈了之。

这个女扮男装的“三少爷”进了外国人开的女子学校，更大胆地交往各种男女同学，情窦初开的她，竟然做出了一个当时石破天惊的举动。她居然写了一封退婚书给表弟，把祖母在世，指腹为婚的事儿推翻，惹得她的生父，即将成为婆婆的姑母大为光火。好在她这举动得到了祖父杨仁山的支持，杨公开家庭大会，公开表示同意孙女的意见把这门指腹婚姻废了。以后，她远出国门到日本留学学医，返回后在北京开了一家医院，后与语言学大师赵元任相识结婚。

杨步伟在出国前被闺友林贯虹悄悄地拉进了同盟会。被安徽督军柏文蔚聘为崇实学校校长，才 18 岁多的她要管理好 500 多军人的学习生活，她却敢作敢为。当哗变的军人要来攻打柏公馆时，一墙之隔的她获悉后，便指挥起守家的卫队和学生，怎么埋伏，怎么射击。她同时打电话给附近的驻军请求来解围。她的果断决策，使得叛军未能杀入公馆和崇实学校。以至柏文蔚从前线回来，直夸她可以做女军长。

她自从成了赵元任的妻子后，这位“赵太太”的名声，不亚于北京 1937 年大学教授大撤退前的梁家客厅主人“梁太太”（林徽因）。赵元任是一个只知做学问，不问家务事，且身体常闹病的人，这难不倒医科大学出身的她，她在北京开门诊时，就与胡适、任鸿隽等一帮留美留欧学者，倡导使用安全套避孕法。如果不是北洋军政府取缔，她真是中国节育第一人。抗战爆发后，南京大撤退时，当时的中央研究院弄船很紧张，正在患病的丈夫赵元任被优先送走后，她与孩子没有乘公家的船撤离。她却能通过找熟人的关系，一站一站地联络，逃到了武汉、长沙，后又经桂林、昆明，一路上，她成了逃难队的后勤部长。每次逃到一个新地方，总是她打前站安排饭菜。走南闯北见识多了，以至她随丈夫迁到美国后，她家成了一个留美学生的家。留学生来饱食一顿，学者胡适、蒋梦麟、李方桂也经常来解馋，她索性写了一本中华食谱，在美国出版，引起美国人的轰动。在支援国内抗日时，她与一些太太一道成立赈济联合会，靠出售午餐来换钱，把这些收入捐给了国内。

赵太太的勇于任事，巾帼不让须眉，是得到她同时代人的赞誉的。一些人要请赵元任出山讲演、执教或任行政职务，必须搞定“赵太太”，但她却以丈夫的志愿、兴趣为选择，甚至把自己当年追求毕生从医的志愿也放弃了，成就了我国现代语言学之父，而自己甘做绿叶，这是何等的伟大。杨步伟，这是一个不该遗忘的名字，大家有兴趣的话，请阅读她的自传《一个女人的自传》及《杂忆赵家》两本书。

杨树达的胆气

近现代湘人治学卓越者中，不能遗漏杨树达先生，此公字遇夫，专治小学，爱作诗词，有《积微翁回忆录》（上海古籍出版社 2006 年 12 月第 1 版），在近年的学人回忆录热潮中影响颇大。

遇夫先生生于晚清，却也遇上了几位好师父，如在时务学堂任教的陈散原、梁启超、谭嗣同等，他私淑于王先谦、叶德辉，把维新人士的道义与小学、经学家的细密功夫都一股脑地填入大脑，野心够大的了。有人编了一本书叫《湖南人是天下的胆》。这话没错，可惜呀，该书提了一大串的政治家、文学家、艺术家、学问家，偏偏没有杨遇夫先生的大名与事功。要是时光倒退回几十年，杨先生会拍案而起，这种公案恐怕要上达天听，伟大领袖会出来说话的。

此公勤奋治学，著作不倦，至 1956 年逝世前，出版过《高等国文法》《中国修辞学》《词诠》等文字学、语法学著作 17 种，真正的著作等身。先生早年也东渡扶桑，像鲁迅、钱玄同辈样，在日本求学，亲近革命党人，然后回国在高等学府“蜗居”，养家糊口，启蒙青年学子。由于是湘人的血性，又不像湖北人熊十力、黄侃、废名那般不革命了就治学近佛。他不参与民国的革命活动了，但是火暴的脾气，却没有收敛，眼里容不得半点“脏物”。同在北京大学做教授，而且也是研究古文学的大学者黄侃，俩人似乎面和心不和，在章太炎老先生到京时，都要陪同章先生吃饭论学，免不了一番客套，私底下则在各自的讲坛上，照样攻击对方的学问，以至于黄侃先生于1935年中年殒命，遇夫先生在当年10月的一则日记中写道：“阅报知黄季刚病逝。季刚于说文烂熟，就其所推论之孳乳先后多出于悬揣，不足据信。大抵此君读书多而识解不足，强于记忆而弱于通悟。”在对待学问的求真较真上，遇夫先生哪怕对方已做了古人，仍然不愿退让，坚持自己的见解。

对待旧派学者是这样，对待新派学者如大名鼎鼎的胡适之，他也是很看不惯的。他在1936年7月的一则日记中称，“撰《温故知新说》，温故不能知新者谓黄侃，不温故而求知新者，谓胡适也”。他还在日记中多处把治文字学的同乡学者黎锦熙斥为“妄人”。这有点像黄侃把同门学弟钱玄同斥为“妄人”一样。

然而，正如杨老先生在思想改造运动中坦白交代自己过去的“罪行”，只爱戴高帽子，爱听好话，有些学阀的味道。这种行为是不能见容于新社会的。当年轻的湖南大学教授杨荣国，20世纪50年代初竟然被评为一级教授，与杨公、李达先生并列时，遇夫先生岂能忍得下这口气？他不得不向毛主席写信，列举杨荣国在某一论文中所出现的知识错误，要求撤销杨荣国的一级教授资格。

杨荣国能被当时的主政者评为一级教授，自有其追求思想进步，服膺于马列的态度，较之于旧时代的老学者这是一个鲜明的标志。

程千帆与沈祖棻

梁思成与林徽因等才子佳人伴侣所为人称道，其实比他们晚一辈的湘人程千帆与越人沈祖棻，也是一对郎才女貌、比翼齐飞的现代词（诗）人，同样享誉文坛。随着时间的流逝，程千帆门下的兴旺发达，程、沈的治学路径与患难经历，又屡屡成为时下热门的话题。

由程氏弟子及朋友汇集，由陶芸主编的《闲堂书简》（上海古籍出版社 2013 年 9 月第 1 版），由程、沈门下章子仲撰写的《沈祖棻的文学生涯》（当代中国出版社 2014 年 1 月第 1 版），甫经面世，程、沈的文采风流又栩栩如生呈现在读者面前，不由得令人感叹，今日已不可再复制这样夫妻双双惊艳文坛的高人。

（一）黄侃、汪东门生

程千帆、沈祖棻都在黄侃、汪东、吴梅、胡小石等大师执教的中央大学、金陵大学亲炙过诸位大师的教诲。黄氏一代音韵、考据大师，又善于吟诗，治学勤奋，有空暇，常带弟子应酬雅集，酒酣耳热之际，便出题目，与门生当场作诗书联。女弟子沈祖棻，也不例外，黄氏为她取了“子苾”的名字。

汪东、吴梅一代词人与戏曲大家，课堂上开词曲课，布置门生填词作诗，批改作业不遗余力。沈氏一首《浣溪沙》“芳草年年记胜游，江山依旧豁吟眸，鼓鼙声里思悠悠。三月莺花谁作赋？一天风絮独登楼。有斜阳处有春愁”。大为汪东激赏。沈的一些词作，常被老师写上眉批与画上圆圈，在同学间传诵。她有了女词人之称。她还手写新诗，正值与程千帆相恋于金陵故都之时，两人以诗作笺，互相倾诉相思之情，故有了她第一本新诗集《微波辞》。程千帆早年也写新诗，尽管他的兴趣更在于古典文学的研究上，也许是爱情的作用吧。20 世纪 90 年代，他与沈祖棻的早年新诗，由在武汉大学执教的弟子陆耀东编成《沈祖棻程千帆新诗集》出版。

（二）伤心珞珈山

沈、程二人结缡于 1937 年抗战爆发的烽火岁月，蜜月在安徽屯溪尚未度完，程千帆便为谋生计逃亡到了武汉，后又至长沙。沈祖棻后来也辗转到了长沙，短暂的会合，复又分离。而后再去重庆、成都、乐山。在乐山的武汉大学，他俩与刘弘度先生为邻居，千帆上课，祖棻为家庭主妇，青衣江从山下淌过，青冽的空气，山林如画，生活虽然清苦，但有一处世外桃源可以避世，让祖棻词性大发，她创作了声闻遐迩的《涉江词》。正是有一段武大的缘分，抗战胜利后，他们便随武大返回了武昌。

这时，程千帆任武汉大学教授。祖棻到上海短暂治疗疾病，因生小孩纱布被医生不慎误落腹腔，以至五次开刀，使她的身体受了较大的损害。

1947 年 6 月 1 日，珞珈山发生了震惊全国的“六一惨案”，她发誓再不写词，以抗议当局者的暴行。

中华人民共和国成立后，千帆任武汉大学中文系主任，过了几年祖棻再从江苏调入武大任副教授，夫妻俩在一个系里开课，自然吸引了身边的众多弟子，问学交流，不亦乐乎。他俩在四川大学任教的弟子也常常写信向他们请教学问上的疑难，或寄来诗词请求斧正，他们也是有信必复。

好景不长。1957 年的反右运动，程千帆从天上落入了地狱，右派分子的帽子，一戴就是 20 年，人被发配到沙洋农场劳改，成了一个放牛倌。

回忆那段生活，程氏在 1990 年与门生蒋寅通信时提到当时的情景：“我曾于放牛之余，通读晋隋八史，今已大半忘却，然如精语如‘耳后生风，鼻头出火’‘在车中闲置如新妇’，至今犹记之也。”

直至 1976 年 4 月，才允许程千帆将户口迁回珞珈山，并要求立即办理退休手续。于是，千帆上午动员，下午填表，晚上批准，终止了他在武汉大学 30 多年的教学生涯。随后，祖棻也被动员退休。

1977 年，夫妻二人从上海、南京探亲访友返武汉，快到家门口了，沈祖棻被迎面而来的一辆大卡车撞击意外身亡。

（三）迟到的收获

千帆从到南京大学重执教鞭后，“种瓜得瓜”，经他一手培养出蒋寅、莫砺锋、张宏生、曹虹、张伯伟、程章灿等八大博士生，张三夕、李立朴等 10 多名硕士生。这些门生光大了乃师的门庭，成为当今中国古典文学的中流砥柱。

他们在帮助老师出版早年著作的同时，还协助老师将讲义、未写完的文集编辑出版。尤其值得一提的是，在陆耀东为程、沈两位老师出版新诗集，完成程氏与武大“和解”这一心愿所付出的努力，用程氏自己的话说：“我希望在武大出版社，并非无他社可送，因作为一种象征，这可以表示过去的恩怨一切都完结了。”诚哉斯言。君子大度。在贵州人民出版社任编辑的门生李立朴，受老师的委托，则出版了《程千帆沈祖棻学记》，把他们的朋友、弟子所回忆的文章结集出版，这一对古典文学诗人的人生遭际、治学途径再度受到世人关注。这也是程氏对自己早逝的伴侣最好的纪念。

弟子是如此。程家的外孙女，也是沈祖棻诗歌中所写的早早即张春晓，不负乃祖的嘱托，大学毕业后做了南京大学中文系张伯伟的研究生，毕业论文是以研究沈祖棻的词学成就为题。这可是长江后浪推前浪。在程氏辞世前出版《程千帆全集》的时候，张春晓受命编辑出版了《沈祖棻全集》，终于实现了程千帆对故人遗著全面出版的心愿。

程、沈虽然都已成为一辈古人，但他们的学术地位已经奠定，弟子都有出息。这比前面提到的一对对辉耀于文坛的神仙眷侣要光大门庭些，这也是佛教所谓的胜缘，由不得人的。

我所知道的任继愈先生

哲学家、宗教学家任继愈先生，于2009年7月11日逝世，享年93岁。同时，还有一位重量级的大家季羡林先生仙逝，享年98岁。似乎社会上对季先生的了解要多一些，也许与国家领导人近几年频频看望季老有关。其实，任老也是一位饱学之士。我曾读过陈明写的访谈录《老人的话：任继愈卷》(辽宁教育出版社1999年8月第1版，以下简称《任继愈卷》)，在我2000年刚参与创办的《长江信息报》上作了微型书评。

我这次翻开《任继愈卷》，找几段文字，愿与读者重温一下哲人的睿智与风度。

其一，陈明问，美学家李泽厚原是您的学生吧？他说是很尊敬您的。他说他每次回国，别的地方可以不去，但一定要去看您的。他说他上大学时是个穷学生，身体也不大好，您每个月都资助他一点钱。有这事啊？

任老先生说，有这事。在后来的访谈中，了解到任先生在西南联大做研究生时，也是穷学生，他的导师汤用彤先生，为他物色了对象，代表他的家长去娶亲，他也是终生铭感的。

其二，陈明问，我知道毛主席曾会见过您，对您评价非常高，您对毛主席和您的这种交往，能不能谈一谈？

任继愈先生说：我不想谈这个问题。

据该书的副主编李文慧在《访谈随想》一文中介绍，她当时亲访另一位先生时，闲话旧事时曾提到毛泽东当年很欣赏任继愈，说他“凤毛麟角”，并说“有了主席这句话，他就好过多了”。在那个一言九鼎的年代，有这样一句话，任先生的命运自然不会太坏。但是，任先生还是小心翼翼，“不敢从心所欲”。

1949年后，报人徐铸成的“过山车”人生

1949年2月，中国共产党特邀宋云彬、叶圣陶、徐铸成、王芸生、柳亚子等20多位民主人士，从香港乘船北上，这就是被叶圣陶在诗歌中吟咏的“知北游”。船上的徐铸成意气风发，唱京剧，讲笑话，与叶圣陶、宋云彬、郑振铎每餐必饮酒，被柳亚子称为“四大酒仙”。

他们到达北京后，受到叶剑英、李维汉等中国共产党高层领导的接见和谈话。1949年5月，徐铸成离京前，周恩来亲自设宴饯行，他穿着军服随解放军南下到上海，担任复刊的《文汇报》的总主笔。此时的上海尚有《新闻日报》《大公报》《文汇报》《新民报》四大民营报纸在发行上暗自角逐，使出办报的各自采编招数，以吸引读者的眼球。徐铸成不断招揽1947年5月24日被国民党勒令停刊的《文汇报》旧部，并从《大公报》挖来骨干记者、编辑。其实他本人就是从《大公报》走出的一匹黑马，他在日记中深情地回顾了在《大公报》18年之历史，“自出学校以来，即以《大公报》为家庭，以其光荣为光荣，而今后，与之完全脱离矣……发扬《文汇》，使成为新闻界之奇葩，应亦不负季鸾先生在天之

灵，及政之先生之爱护焉”。

1949年9月，徐铸成北上，参加新政协的成立，随后登上天安门出席开国大典。此间，参加了全国新闻工作者协会筹备会，14名代表在胡乔木的召集下，好不容易来齐了，照了一个“全家福”，这是新中国新闻专业队伍与民营报人的一次会师。

时间飞逝，1951年3月20日至5月中旬，徐铸成随以廖承志为团长的中国人民第一次进朝慰问团，到朝鲜慰问参战的志愿军和朝鲜人民军。他的队友，有解放军原总政治部文化部部长陈沂，作家、教授、记者、艺术家田间、黄药眠、丁聪、刘佛年、吴组缃、浦熙修及民主党派人士雷洁琼、刘清扬等，历时50多天，吃了不少苦，把中国人民的深情厚谊带给了朝鲜军民，受到了金日成的接见。他在日记里记下了当时送给金日成的部分礼物：“西藏的红花，云南的火腿，江西人民烧了金首相的瓷像，河北人民献了鹿茸以及其他土特产，还有熊胆、白药、青海的紫兰、四川银耳等。”

1957年3至5月，他被中央任命为团长，率领中国新闻代表团访问苏联，受到了赫鲁晓夫的接见。他在日记中写道：“两个多月来，我先后和毛主席和赫鲁晓夫进行了亲切的谈话，真是毕生的幸福之事。”

这种风光的日子在1957年下半年的“反右”斗争中断裂了。

1957年，徐铸成从苏联访问回国后，参加到了鸣放活动中，《人民日报》在“阳谋”收网时点了《光明日报》《文汇报》的名，认为“这两个报纸的基本方向……变成了资产阶级报纸的方向”。徐铸成被划成“右派”。1958年1月，他被免去上海《文汇报》社长兼总编辑的职务。3月，进上海社会主义学院学习。学习期间，他先后在原上海县颛桥人民公社和原嘉定县外冈人民公社劳动改造。

这段日子，让他刻骨铭心。他过去手无缚鸡之力，在下乡劳动时，可以挑尿桶、稻谷上百斤，学会了摘棉花、拔草、浇尿水等农活，不嫌屎尿脏了，吃住与许多人挤在一起，没有特殊化了，也能安之若素。只不过，要经常开生活会，开学习过关会，把自己的历史问题和现行错误亮出来，如果有所隐瞒和躲避，检讨是一遍遍作，一遍遍被否决。有时翻来覆去，睡不着觉，要吃安眠药，好在上级党组织一直暗地在保护他过关。

徐老在“文革”前夕，在上海出版文化资料编辑所和上海市政协文史资料委员会办公室工作。有一段时间在做《申报》的影印索引工作，他利用空隙写了一些民国人物的《旧闻杂记》，寄给香港《大公报》换稿酬，以改善家里的生活。他常常在两个儿子没有按时汇钱的情况下，努力写稿，盼望稿酬快些来，似乎等米下锅式的急切。

1949 年后：顾颉刚的苦闷

抗战胜利后，历史学家顾颉刚未北上到大学执教，而是选择在上海办书店，经营出版业，俨然一个穿长衫的 CEO（首席执行官），文章不似当初频频见诸报刊了，居家过日子还算小康。

1949 年中华人民共和国成立后，他也曾北上办理过一些历史上未了的事，如解散有几十年历史的禹贡学会，将房屋、图书无偿地捐给国家。处理完这些事务后，他仍返回上海做他的书商业务，但这种“好景”没有太长久。1953 年 12 月 3 日，应北京有关部门多次邀请、催促，他放下手里的活儿，离沪去北京商讨新的工作。中国科学院刘大年、尹达来看望他，邀他担任该院历史研究所研究员。

1954 年 7 月的某一日，顾颉刚将书籍整理打包，整整有 225 箱，平均以 400 册计，约 9 万条册图书。中国科学院特此为他准备了一套大房间，为他陈放书籍之用。此时的顾颉刚应该说，还是心情舒畅的，毕竟告别个体户，成了体制内的专家。而且，该年 11 月，毛泽东提出要重新标点《资治通鉴》，他被任命为总校对，参加标点的还有聂崇岐、刘思和、张政烺、周一良、邓广铭、贺昌群、容肇祖、何兹全等当时最有名的历史学者，人才济济，有许多还是他的门生弟子。

随着工作的展开和政治运动的频发，他与科学院历史研究一所领导尹达的矛盾越来越尖锐，甚至发展到“白热化”程度。

据《顾颉刚年谱》记载，“1956年春，在民进讨论党与知识分子关系问题之会议上，谈及与尹达之矛盾。后受该会徐伯昕嘱，向尹达述一生经历，期望得到理解，搞好团结”。

尹达时任科学院历史研究一所副所长、马克思主义史学家。他对顾先生埋首书堆，一肚子的资料颇不以为然，便讽刺他：“你就害在这几百箱书上了。”认为他不理会政治，只白不红，不是毛泽东时代的好干部。顾先生把自己研究后写出的稿子送给尹达看，两个月后又原封不动地取回来，问他为何不看。尹达说：“大而无当。”顾先生失望已极。迫于当时的形势，顾先生只好低下身段，向尹达一述衷肠。“但他没有说话，此后依旧对我冷冰冰的，使我失去了到所工作的勇气。”顾氏在晚年写的自传中如是说。

1962年3月23日至4月18日，全国政协第三届全国委员会第三次全体会议在北京举行。

政协委员顾颉刚在这知识分子“小阳春”的时节，敢于放言了：“到京八年，历史所如此不能相容，而现在制度下又无法转职，苦闷已极……”

会议闭幕时，陈毅遇上了顾颉刚，他说：“想不到你有这种境遇。”当即把这事交给分管文教工作的康生去协调解决。

7月18日，顾颉刚接到通知到中宣部开会，康生召集历史所负责人商研顾先生工作等。次日，又到康生家，与他们继续商量，并邀来中华书局总编辑金灿然，决定秋后顾先生到中华书局办公，工资由历史研究所发。

至此，顾先生便在中华书局办公，全身心投入《尚书》的整理工作中。

历史很吊诡，正像沈从文晚年出版皇皇巨著《中国服装研究》一书时，郭沫若主动提出为他写序，许是对1948年写出批判文把沈定性为粉红色的作家而运交华盖几十年作为心理愧疚的补偿吧。在顾颉刚1980年12月逝世后，中国社会科学院历史研究所出版了《庆祝顾颉刚先生八十八诞辰论文集》，尹达任主编。这时的顾尹之心结大概已化解了吧？

哲学大师李泽厚封笔了？

我在一篇博文《我所知道的任继愈先生》中，提到李泽厚先生是任老最关心的学生。任老仙逝，李先生应有纪念文章问世。因为20世纪80年代，朱光潜先生过世，李泽厚有文章怀念一代美学宗师。

然而，我的期待终究要落空。

前两天，我读到《万象》2009年第7期，刘再复先生与李泽厚先生对谈《共鉴五四新文化》。据再复先生透露，他最近有一本关于“五四”的书要出版，原想请李泽厚作序，“可惜他已封笔，只好作罢”。

在这篇对谈中，李泽厚对“五四”九十周年发表了感想，认为“‘五四’的了不起，正在于它的主题鲜明，击中要害，中国缺的正是个性和个体独立的精神与品格。”这恐怕也是他晚年的真正思想的表露。

无独有偶，我翻阅2009年7月15日《南方周末》。

有一篇署名平客的《任继愈：儒教的幽灵在游荡》的文章，我怀疑是陈明的化名。提到《南方周末》的记者，打电话到家在美国科罗拉多的李泽厚，告诉他任继愈先生已过世，他说“由于身体欠佳，可能不再撰写纪念文章”。

还有一段话，也很有意思。

2003年，李泽厚回国，在陈明的陪同下，去探望老师任继愈。出门后，陈明问：“任老会同意你的观点吗？”李泽厚笑答：“他怎么可能同意？”

李泽厚本来已经计划好今年回国时，再去探望任继愈。如今，这个愿望已经成为永远的遗憾。“还有一个遗憾，我一直没有把自己出版的著作送过任先生。”

这也许是道不同不相为谋。任继愈先生是以考据见长的学者，而他的弟子李泽厚先生是以思想见长的学者，两人的路径不同嘛。

生于1930年的李泽厚如今已经封笔，比他的老师辈要早，似乎有些遗憾，他的不作纪念文章，就不会奇怪了！

家族记忆与心灵史

——读齐邦媛《巨流河》

许久未写书评了。然而，当我读毕台湾作家齐邦媛的自传《巨流河》后，却有股要写点什么的意思。其实，我也读了大陆学者江平的《沉浮与枯荣》，同为新浪、深圳媒体《商报》等选出的 2010 年十大畅销书。相比较，齐著对我心灵的撞击要大些。

近几年，一批从家族记忆出发的回忆录、自传作品出版面世，丰富了我们的近现代史。大陆这块的要多些，著名的如《赵俪生高昭——回忆录》《我这九十年》，以及《沉浮与枯荣》。中国台湾地区及海外的有《三生有幸》《读史阅世六十年》等，这些作者都是 80 岁、90 岁之间的人。历经晚清、民国，在大陆的延伸到中华人民共和国成立后。他们见证了一个世纪的风云变幻，用一句形象的话说，“城头变幻大王旗”，经过战与火的洗涤，经过流亡迁徙的离乡背井，富贵人家、大家子弟沦落为草民。才真正走进了中国社会的底层，了解了民瘼与世情。这一点是大陆、海峡两岸传主们的共识。

然而，在齐邦媛的笔下，除了从东北到北平，至南京，至湖南，至重庆，至乐山，至上海，至台北这一条逃亡路线清晰地展示在读者面前，颇有意思的是作家不是纯粹为展示这条流亡路线而花那么大的力气来回顾梳理记忆的。她与父亲齐世英两代知识分子，在中国救亡与启蒙的语境下，如何应对与选择。齐世英选择了作为一个战士、一个职业政治家，从他与郭松龄联手举义反叛张作霖时起，潜入日寇占领的东三省去联系义军；在敌机疯炸下的重庆坚持出版时政军志；晚年参政议政与蒋介石发生冲撞时，一个书生报国的典型形象跃然纸上。齐邦媛作为在流亡中成长的一代知识分子，她无疑耳濡目染了父辈对抗争、公正、操守、道义等追求与奋斗的精神魅力。因此，她的家族记忆便是在宏大叙事下的更加细节更加琐碎的片段与故事。例如，母亲在牧草中的哭泣，故乡中的石芍药，母亲收留东北流亡少年张大飞等。这些人性化的铺陈与点缀，更加丰富了 20 世纪三四十年代的“欢乐苦短，忧愁实多”的流亡人生。这种家族记忆既是共同的，也是较为独立的。许多同类的传记，一般只涉及自己个人的经历，把父辈只作背景交代一下而已。

为何要说这是一部心灵史呢？在我们过去许多同类传记中，20 世纪三四十年代的共同记忆，如救亡图存的国家记忆，如家破人亡、颠沛流离的家族记忆，这些都是大同小异的。然而齐邦媛以一个女性的敏感与多愁，加之以思想的支撑，在她的回忆中，还有一条隐线，却是在叙述着一个少女在成长中，除了苦难，除了爱情，除了多愁外，还有另一种隐痛，那就是“偌大的中国已放不下一张书桌”，这是闻一多先生的喟叹。在这国破家亡的时代，无论是教授也好，学生也好，能有一间教室，能有一处栖身之地，让书声琅琅是何等不易。在这种背景下，齐邦媛成为朱光潜的弟子，她把所有的精力投注到背诵欧洲史诗与戏剧中，成了受到左派学生嘲讽的对象。显然，她走了一条与父亲齐世英不同的道路。做一个学者，与政治保持距离，但是，在这个战火红遍了天，救亡图存的时代，死于象牙之塔，前景未必乐观。齐邦媛的“心事”重重，她是在寻找“五四”遗失的“启蒙”。以至于她在人生的中、晚年，把大量的精力，投入教学，办期刊，开文学讲座等社会活动，这种热闹、繁忙只不过是表面现象，其内在的锲而不舍，则是追求心灵的自由，她牢记着方东美先生的教诲：“学生是心灵的后裔。”让年轻的学子能在思想自由的气氛中，就得一份新鲜的养料，培养独立的人格。她的功夫没有白费，培养出了像柯庆明、王德威等国际知名学者。相比较，一些去了延安或者抗日前线的同学，他们在建功方面无疑是成功的。但是也是经历各种人生磨难，以至齐先生感到她的后半生境遇是幸运的。

那个时代，那些人的生趣

近读民国人物日记、随笔多种，对于那个时代的文人墨客的生存状态和人生态度，略窥一斑。像陈巨来的《安持人物琐忆》（上海书画出版社 2011 年 1 月第 1 版）、张珩的《张葱玉日记》（上海书画出版社 2011 年 7 月第 1 版）及周炼霞的小说集《遗珠》（海豚出版社 2010 年 8 月第 1 版）所透露出的那个时代的气氛与人物的风流洒脱、游戏人生的命运起伏，值得回味。

那是一个什么样的时代呢？近来出现了一股民国热，坊间所出的读物多矣。鲜有人为民国作出一个概括性的时代描述。人们的大抵印象是，军阀混战，战乱仍仍，然而却又是灯红酒绿，弦歌不辍，这似乎是矛盾的。其实，战乱带给人民的苦难大多是弱势群体领受了，而生活在上层的贵胄之家的子弟仍然承袭了晚清的遗风，天天诗酒年华，把都市经营得如世外桃源，不知有魏晋。

为了叙述的方便，我把故事讲述时期限制在 20 世纪 30 年代至 40 年代之间。上述三书所讲述的故事发生地都是上海。美国哈佛大学现代文学研究权威李欧梵教授在其专著《上海摩登》（人民文学出版社 2010 年 3 月第 1 版）中所揭示的“上海昔日的繁华象征着某种真正的神秘，它不能被历史和革命的官方大叙事所阐述”，进而，李欧梵还认为“上海和香港所共享的东西不光是一个殖民地或半殖民地的历史背景，还是一种扎根于大都会的都市文化感性”。然而，偏向左翼的作家郁达夫当时在上海办出版社，靠稿酬维持生活，他对上海的下层生活有切肤的感受：“晨七时即醒，听窗外雨滴声，倍觉得凄楚。半生事业，空如轻气，至今垂老无家，栖托在友人处，起居饮食，又多感不便，啊，我的荃君，我的儿女，我的老母！”这篇写于 1927 年 1 月 8 日的日记，比较真实地把北伐后的上海市民生活揭示出来了。

了解了那个时代的上海都市文化背景，我们再来看张葱玉、陈巨来、周炼霞是如何如鱼得水地徜徉在这温柔之乡，温文尔雅地活着。

《张葱玉日记》是从 1938 年写到 1941 年。当时，张葱玉正新婚燕尔，春风得意。他是个家缠万贯的富家子弟，虽然生活在孤岛时期的上海，不愁吃不愁穿，基本天天有应酬，不是别人请饭，就是他自个儿做东，天天喝得花天酒地，兴致盎然，通宵达旦，一掷千金，多的时候赢输达上万元。据统计，与他招饮娱乐的朋友，一些还是上海滩上赫赫有名的艺术家、收藏家，他们是许姬传、徐邦达、吴湖帆、张大千、沈尹默、蒋谷孙、江一平、陈巨来等，甚至还请来晚清大学者陈宝琛、陈三立参与游戏，或诗酒唱和，或品茗赏画，或观戏跳舞，不亦乐乎。葱玉是一个书画鉴赏家，天天去看朋友收藏的古董，帮人题跋书扇面，也大把大把地淘来别人看走眼的书画瓷器，他还善于周旋于各种政治势力之间，与青帮大老黄金荣、汉奸头目梁鸿志往来。对于左翼作家郑振铎搜寻古物，也予以经济上的支持。

张葱玉的私生活，比起早些年出道的袁寒云、蒋谷孙来还是要洁净得多，他在日记里写下新婚时“御一”“御二”的记录。在陈巨来的《安持人物琐忆》里，袁世凯的二公子袁克文，又叫袁寒云，专以收藏善本孤本宋版书驰名，寒云几乎以妓院为家。“当时大名妓富春楼，即其最爱之人也，与她摄影多帧，她穿了寒公衣帽，男装造像，寒公恭楷题了‘浊世翩翩’四字，因以贻余。”与张葱玉频频交往的蒋谷孙，一纨绔子，亦善鉴赏。据陈巨来观察，“渠有一怪习，非经名人嫖过或巨室下堂妾不取，自云玩古铜器需生阮名贵，玩姬妾要见过著录熟阮为佳云云”。这般寡廉鲜耻的游戏态度，揭露了这些世家纨绔公子哥儿的荒淫奢侈生活。陈巨来与他们朝夕相伴，要不湿脚也难，至少在汪伪把持江南时期，他投身于梁鸿志手下，便是他失足落水的污点。

上海才女周炼霞，吴湖帆的入室弟子，书画俱佳，还能吟诗填词，风流倜傥。她在 20 世纪 40 年代与张爱玲、苏青并驾齐驱，也在陈蝶衣主编的《万象》杂志，频频以小说散文露脸，倾倒一片文人雅士。人家给了她一个戏称“炼师娘”。周炼霞取材于自己的经历几近于自传的小说集《遗珠》重版面世，让人一窥其庐山真面目。《宋医生罗曼史》以中华艺术专科学校的学生生活为题材，还不是与她自己在艺专求学相叠合，她把素描的功夫，用于描写女同学的外貌上，无不栩栩如生。倒是她在文章结尾处，把几对男女的婚恋失败，用了抒情的笔调作出总结，“她们和他们，都曾做过美丽的理想之梦。然而理想，只是世界上好听的名词，理想永远是理想，事实哪里联得拢呢？”她这般的老到眼光，恐怕与其师吴湖帆对她的启蒙有关，她认清了这浑浊的现世与浑浊的男人，都不是净土与贾宝玉，都市男女看似温文尔雅地活着，其实都是空心人，都是失去灵魂的人，她另外的几篇小说写了城市与乡下的对比，骨子里还是认同乡下的纯真与宁静。

人生是过眼烟云。那个时代，那些生活在大上海追求生趣的才子才女们，一方面忍耐着战争年代的颠沛流离与朝不保夕，另一方面又享受着人生的快乐，偶尔流露一些恐惧与不安，人们常常把他们度过的时代误读成“最美好的时光”。

那个读书最堪忆的时代

——读扬之水《〈读书〉十年》(一、二)

20 世纪 80 年代，无疑是一个读书味最浓的时代，从学府到民间，都以读书为最大的快乐和幸福的时期，与如今的以崇钱猎物为时尚，判为两重天。作为一个酷爱读书的人，在扬之水出版的日记《〈读书〉十年》(一、二)(中华书局 2011 年 1 月、2012 年 4 月)面市后，我就迫不及待地先睹为快。重温那段时光，不禁让人感慨万千。

那时有一批学识渊博的老学者。

近读《傅斯年：中国近代历史与政治中的个体生命》时，读到 20 世纪 40 年代佛学家汤用彤先生写给傅斯年的信，“十分担心学识渊博的老学者弃世可能导致中国传统学术的断裂”。经过改朝换代的 1949 年后，到了拨乱反正的 80 年代，硕果仅存的学者已不多了。扬之水其时正在刚创办的《读书》杂志社做编辑，她利用约稿之便，骑着一辆单车，一户户敲开老学者、老作家的门，请教，约稿，送样书，帮忙誊抄稿件，购买文具等，不亦乐乎，似乎成了他们的忘年交，可以看到金克木、徐梵澄、张中行、赵萝生、杨绛、谷林、启功等，还可以开出一长串的名单来，他们对她的约稿有求必应，岁尾年初，还要寄上一张贺卡，以表对她的频繁光顾之谢意，这也是传统读书人的礼数，“秀才人情半张纸”。

尤其令人感动的是，以研究印度梵文经典著称的徐梵澄先生，老年孤单一人，在扬之水的帮助下，出版了两册小册子随笔集，老人硬要分出一部分稿费，感谢她帮忙誊稿，她推拒不成，只好收下，常帮老人买一些剃刀、茶叶、咖啡等物品，老人责怪她不该如此。每次上门催稿，老人不是把月饼给她一两枚，就是执意要她留下来一同上馆子吃饭，她素不喜在外吃饭，怕拂老人的好意，只好顺从。老人把她看成了私塾弟子，教她怎么练书法，怎么作古诗，讲解古文好的奥秘所在。

还有一位老人与她的交情也不浅，就是被她尊称为“负翁”的张中行先生。她在一则日记中记道，“张中行说，收到我寄去的后记，认为很好，道我已经形成自己的风格了。又将我好有一比：比作柳如是，说柳如是小个子，也是博览群籍。且云：看上去并不是一副很聪明的样子，但锦绣其中”。张中行 70 岁才在学术、艺文界火爆起来，这与《读书》给他提供了一个舞台，幕后推手扬之水的作用是分不开的。

金克木先生是一位怪老头，扬之水每次登门看望老人，他的话就像扫机关枪，喋喋不休。老人精力极旺，胆人物毫不留情。一次，扬之水与金氏夫人聊到当今红得发紫的大学者钱锺书先生，金夫人极力赞赏，这是她最佩服的人。金克木先生却说，他太做作，是个俗人。金老原不想为徐梵澄的大著《五十奥义书》写书评的，耐不过扬之水的多次催促，还是交出了他的千字文。

可以说，20 世纪 80 年代这些重新出土的老学者，在《读书》上刊发文章，在三联书店出版书籍，扬之水是真正幕后的推手与“助产士”。她也从老人身上学到了许多做人作文的知识，使得她日后成为社科院古典文学专家。她深知自己这是在抢救中国的传统文化，她也是在传承薪火。日记中鲜为人知的故事，可谓新版《世说新语》。

知识分子与中共领导通信的礼套

鄙人喜欢读近现代大学者、大艺术家、大作家的书信、日记、年谱及自传之类的书籍，看多了，留意了一下，在 1949 年中华人民共和国成立后，共产党取得了政权，一些文化艺术界的专家、学者，便成了党在文化方面的领导，如郭沫若、夏衍、周扬，还有从延安走上意识形态岗位的领导，如康生、胡乔木等，他们地位之显赫，成了一些学者、艺术家、作家在工作上沟通联系饶不过的人物，与他们的通信，便成了学人与“官人”之间的一些秘幸。

因这些写信者大多出生于晚清或民国初，受过较好的传统文化教育，他们把尺牍曾作为功课训练得挥洒自如。但是，对于新时代的领导的称呼，却是颇费了一番心思的。历史学家陈垣先生（见《陈垣来往书信集》，三联书店 2010 年 11 月第 1 版），在 1970 年曾致函当时的全国政协副主席康生，他便循党内的惯例，台头称呼冠之为“康老”。康生的回信，称“陈垣同志”，并肯定陈垣“对历史研究有素，著作等身，今意欲将多年收存的书籍文献，交与党和政府收存，中央同志闻之甚为称赞”

“我意不如暂存你处为宜”。同为历史学家的陈寅恪（见《陈寅恪集·书信集》三联书店 2001 年 6 月第 1 版），1954 年 1 月 16 日致信时任中国科学院院长郭沫若时，则循过去的老套路，即尊称对方为先生，于是，寅恪老的台头便以“沫若先生左右”开头。此信是寅恪老接到郭老的来信之回复，他婉谢了郭老请他北上任职中国科学院古代史所所长的劝说，并云“尊意殷拳，自当勉副”。

陈垣老因在中国社科院任职，接近中央高层，故志趣更谦抑。寅恪老偏居广州，以著书执教为生，不近官方，有一种清高避世之态，自然流露于笔端。比“二陈”辈分要小些的著名作家、翻译家傅雷、罗念生，在与周扬、夏衍、胡乔木、胡启立的通信中，没有老辈人的谦抑，行文的简洁，而是客套外，更多地直接表达自己的诉求。读《傅雷书简》（当代世界出版社 2005 年 11 月第 1 版），傅雷有 5 封信致夏衍、2 封致周扬，夏、周时为文化部副部长与中宣部副部长，开头一律称之为“先生”，所汇报、请求的是为其子傅聪在国外演出的事儿，给夏、周两人信的内容大致相同，长信有的达 1000 多字。偶见罗念生《书信、自撰档案摘录及附录》（上海人民出版社 2004 年 6 月第 1 版），罗念生教授，对刚从中共中央政治局委员任上卸职的胡乔木，致信称之为“胡乔木同志”，这很合党内通信的规矩。他这封信是答谢乔木赠诗词集《人比月光更美丽》，以及对于乔木向商务印书馆推荐出版《古希腊字典》一事的回复。罗教授还有一封致时任中央政治局常委、书记处书记胡启立的信函，则客气地称之为“胡启立先生赐鉴”，他是为了《古希腊语——汉语字典》早日问世，“特恳请玉成此书出版”，给中央最高主管领导写信求援的。这两位的信没有媚词，分寸掌握得好，读起来亲切，入情入理，有知识分子的风骨和人情味。

后记

岁月匆匆，距 1999 年 12 月出版散文集《书生情怀》二十多年了。时间把一个当年三十岁出头的中年人，洗磨成牙齿松落、头发染上霜的半老头。

岁月看似无情，却有情。这二十年，我依然乐为人做嫁衣，编辑报纸，因之结交了许多文友，茶余饭后，也写些短文，以打发闲憩与孤独。

从数百篇曾刊于博客、报刊、帖在微信上的文字中，挑选了 90 多篇，辑成一本散文随笔集，名曰《在水之湄》，以回报平常读我的拙文，给我鼓励的文友。

借此机会，我要感谢凌翔老师精心编辑、加工，为拙作增光添彩，也要感谢家人对我平时码字的支持，为我提供了写作的便利，尤其是女儿万昱帮我校改纠错。感谢报社同人为我的文学创作提供了宽松的环境。

近年，我的写作兴趣已转移到诗歌创作上，文友们更多地会在微信或报刊上，读到我的一些诗歌，这也是为了适应微信传播短平快的需要，所做的调整。

这本集子，是我对过去那段美好时光的一点存念吧，“却顾所来径，苍苍掩翠微”。

告别，是为了重聚。